AZ ELFELEDETT LOVAG

Út az igazsághoz

Németh Norbert
2017
Publio Kiadó
www.publio.hu
Minden jog fenntartva!
Korrektúra: Fekete Annamária

PROLÓGUS

Akik igazán összetartoznak, azokat a halál nem választja el, csak távolabb helyezi őket egymástól.

Európa
2099

Alex egy régi bérház kis szobájában ült, kezében egy csésze kávéval. Gondosan ügyelnie kellett arra, hogy a frissen lefőtt kávé illata se az ablakon, se az ajtó alatt ne szűrődjön ki. Az azt megelőző napon az ablakon keresztül nézte végig, ahogy pár lecsúszott alak minden erejével egy félig megszáradt kenyeret próbált megszerezni attól a szerencsétlen, vézna kiskölyöktől. Legalább ötször körbekergették a főtéren, ha nem többször. A féleszű legalább a kabátja alá rejthette volna, amíg haza nem ér. Alex belegondolt, hogy mit művelnének az ilyenekhez hasonló őrültek, ha megcsapná az orrukat a kávé illata. Viszont szüksége volt rá, az éjszaka alig aludt pár órát, ugyanis a főtéren lévő padoknál leállomásozott pár hazafelé tántorgó részeg fiatal, és végigüvöltözték az éjszakát. Legszívesebben jól elverte volna a bitangokat, de most a legkisebb feltűnést is kerülnie kellett; tudta jól, hogy a kormány emberei az összes közelben lévő utcát szemmel tartják. Nem szerette volna, ha ittléte a tudomásukra jutna, sok múlott most azon, hogy inkognitóban tud-e maradni.

A szoba alig volt nagyobb egy lakókocsi belsejénél, a mosdót leszámítva nem voltak benne elválasztott terek. A falakon helyenként omladozott a vakolat, fűtés már évek óta nem volt az egész épületben. Viszont olcsón jutott hozzá, és arról a helyről könnyen megfigyelhető volt a főtér melletti múzeum; neki most csak ez számított.

Az asztalon egy ócska rádió szólt folyamatosan; figyelnie kellett a híreket. Az ablak melletti matracon napilapok, hetilapok hevertek, a végében pedig hűséges kutyája feküdt összekuporodva, Gordon.

Egészen hasonlítottak egymásra. Alex sem volt valami nagydarab. Magas, vékony testalkatú, rövid, világos hajú, enyhén borostás, nagyjából a húszas évei végén járó fiú volt. Klasszikus találkozás volt az övék…

•••

Pár éve Alex a külváros szeméttelepe mellett sétált. Egy szökőkutat keresett, amely néhány napja még a telep munkásait látta el vízzel. A telepet azóta bezárták, ahogy minden mást a környéken. Remélte, hogy a szökőkutat még nem kapcsolták le, és legalább pár palackot meg tud majd tölteni. Muszáj volt megtalálnia, mivel a város közepén szervezett ivóvízosztást annyi ember rohanta meg, hogy azt már képtelenség lett volna megközelítenie.

A telep kapuja nyitva állt, így Alex beléphetett rajta.

A hatalmas szeméthegyektől alig lehetett látni az eget. A bűz orrfacsaró volt. Némelyik kupac tövében oszlásnak indult döglött állatok hevertek, valószínűleg ennivaló után kutattak a szerencsétlenek; akkoriban a város szegénynegyedében az átlagosnál is több állatot raktak utcára, vagy a gazdáikkal együtt haltak éhen.

A bejárattól néhány méterre egy kisebb épület állt, amely mögül Alex mintha morgást és nyüszítést hallott volna. Odaszaladt az épület sarkához, majd halkan végigosont a fal mentén, hogy szemügyre vehesse a zaj forrását. Amikor odaért a hátsó sarokhoz, óvatosan kinézett. Ekkor látta meg először a kis bolhás-bozontost. Éppen két agár igyekezett kettétépni a vakarcsot. Az egyik a nyakánál, a másik a farkánál fogva húzta, mintha éppen kötélhúzást támadt volna kedvük játszani, és kötél híján a kis rongyost kapták el egy menetre.

Alexnél volt két fémből készült tonfa, amelyeket elővett, és a végüket összecsapkodva megindult az agarak felé.

Pusztán csak el akarta ijeszteni őket, nem szívesen nézte volna végig, ahogy szétszedik a kis kócost.

A két agár megijedt, s miután elengedték játékszerüket, gyorsan eliszkoltak.

Alex odahajolt a földön szűkölő kis állathoz.

– Minden oké, cimbora? Megtalálták a nagyfiúk, mi?

A kis rongyos lassan feltápászkodott, vetett egy pillantást Alexre, aztán hátat fordított neki, és elindult.

– Most azt várod, hogy végignyaljam az arcodat?

– Hé, értem ám, amit vakogsz, kis komám! – felelte barátságos hangon Alex.

– Van neved?

Az eb megfordult, fültöveit felhúzva bámult Alexre.

– Szóval érted, amit „vakogok". – Pár másodpercre eltűnődött, majd folytatta:

– Akkor te egy olyan...

– Igen, az vagyok – vágott a szavába Alex. – Ketten érkeztünk a városba három hónappal ezelőtt.

– Áh, igen, hallottam rólatok. Mármint arról, hogy léteztek, de nem gondoltam volna, hogy egyszer összefutok egy...

A távolból hangos csapkodás, röhögés, alpári stílusú kiabálás hallatszott.

A hangok forrásai egyre közeledtek feléjük.

Erre a négylábú ismét hátat fordított Alexnek, és futásnak eredt.

– Hé, ne fuss el, várj! – szólt utána Alex.

A kutya nem állt meg, csak szaladt, vissza sem nézett, végül eltűnt a szemétkupacok között.

Alex visszafutott az épület elejéhez, majd lassan kilesett annak sarka mögül. Három nagydarab férfit látott a telep bejáratánál. Az egyiknek sebhely volt az arcán, a másiknak hiányzott az egyik karja, a harmadik egyszerűen csak tetőtől talpig koszos volt, alig lehetett megkülönböztetni a mellette álló szemétkupactól.

Ez a bizonyos harmadik odafordult a másik kettőhöz. A fellépéséből ítélve ő lehetett a góré.

– Uraim, a telep a miénk! Mondtam, hogy egyszer eljön a mi időnk, nem igaz? – mondta ezt olyan gőggel, mintha a világ legmenőbb vállalkozásába kezdtek volna bele.

Alex nem tudta elképzelni, hogy mitől olyan nagy fogás ez nekik. Mindenesetre a sebhelyes arcú és a félkarú elégedetten bólogattak egymásra.

A harmadik fickó becsukta a kapukat, azok rácsait egy lánccal fogta össze középen, amelynek két végét egy lakattal zárta le. – Innentől kezdve csak az lép be ide, aki nekünk fizet!

– Persze egyenlő részben osztozunk, ahogy megbeszéltük, igaz? – tette fel a kérdést a sebhelyes arcú.

– E miatt ne aggódjatok, csak csináljátok, amit mondok, és megkapjátok, ami jár!

Alexnek nem tetszett ez a dolog. Hátrálni kezdett, de nem figyelt eléggé, rálépett egy műanyag flakonra, amely nagy zajt csapva ropogni kezdett.

A három fazon erre azonnal odakapta a fejét, észrevették Alexet.

– Nocsak… Úgy látom, fiúk, már meg is van az első kuncsaftunk.

Lassú léptekkel megindultak Alex felé.

– Gyere csak ide, barátocskám!

„Vagy úgy… Szóval így működik ez az üzlet" – gondolta Alex.

Jobbnak látta menekülőre fogni a dolgot. Úgy emlékezett, hogy a telepnek van egy hátsó kapuja, azon talán elmenekülhet. A kerítés túl magas volt ahhoz, hogy átmássza, egyébként sem volt valami jó mászó. Elkezdett hát futni a telep hátsó része felé.

Futott, ahogy csak tudott. Néha hátranézett abban bízva, hogy lehagyta üldözőit, de a három fickó folyamatosan a nyomában volt. Úgy futottak, akár az atléták, egy pillanatra sem veszítették őt szem elől.

– Állj csak meg, öreg, nem fogunk bántani! – kiáltott utána rekedt hangon a góré.

Alex elért két igencsak széles szeméthegyhez, amelyek túloldalára egy közöttük lévő szűk átjáró vezetett át. Észrevette, hogy az egyik hegy tövéből egy bevásárlókocsi lóg ki félig. Gondolta, ha sikerülne kirántania, amikor elfut mellette, akkor talán beomlana az átjáró. Ezzel elvághatná a három alak útját.

Már csak pár méterre volt a kocsitól, amikor a sebhelyes arcú beérte, és megragadta a hátizsákját. Alex fordulatból arcon ütötte az embert, ettől az megtántorodott, és elengedte. Az ocsmány képű gazfickó a meglepetéstől hátralépett néhányat, közben megbotlott valami vacakban, amelyben hanyatt is esett.

– Ne engedd el, te marha! – üvöltött a góré.

Alex ugyan kiszabadult, de ez a kis kitérő túl sokat faragott le a lendületéből, és attól tartott, hogy nem lesz képes kirántani a kocsit. Viszont nem várhatott sokat, mivel már a másik két fazon is vészesen közeledett. Összeszedte hát minden erejét, megragadta, és húzni kezdte.

Az egy kicsit megmozdult.

– Gyerünk már, az istenit! – Karjai rohamosan fáradtak.

Már kezdte veszettnek érezni a dolgot, de a kocsi egyszer csak megindult. Sikerült kihúznia.

Másik két üldözője már csak alig tíz méterre volt tőle.

Egy kis részen megmozdult a szeméthegy oldala. Az alsóbb rétegekből csak kisebb dolgok hullottak le, de feljebb egy jó tucatnyi gumiabroncs is megindult a föld felé.

A két tagot ez megállásra kényszerítette.

Alex futásnak eredt, de egy abroncs megütötte a hátizsákját, amitől négykézlábra esett. Egy kicsit beverte a térdeit, de azonnal fel tudott állni, és már szaladt is tovább.

A sebhelyes arcú akkorra már talpon volt, de már nem volt ideje kimenekülni a szeméteső alól; betemették a lehulló gumik és az egyéb tárgyak.

– Hogy rohadnál meg, te kis féreg! – hallatszott az átjáró beomlott részének másik oldaláról.

Egy perc múlva Alex kiért az átjáróból. Egy kicsit fellélegezhetett, hiszen nyert egy kis időt. A maradék két pasasnak meg kell kerülnie az egyik széméthegyet, ha még el akarják kapni, bár ez nem volt kérdéses.

Már közel volt a telep hátsó része, három-négy kupac után végre oda is ért, és a kaput is megtalálta. Ám a látvány sajnos nem volt biztató: valóban volt ott egy kapu – ahogy emlékezett rá –, de azt teljesen eltorlaszolta a szemét.

Akkor hát nincs választása, másznia kell. Remélte, hogy támadói még elég messze járnak, hogy legyen rá ideje, de a háta mögül érkező, egyre erősödő dübörgés hallatán rájött, hogy tervén ismét változtatnia kell.

Megfordult, s a két rosszfiú ott állt előtte. Az imént ugyan tapasztalhatta, hogy mennyire jól futnak, de nem gondolta, hogy egy szempillantás alatt beérik, mivel igencsak széles volt az a kazal szemét.

Alex meglehetősen felhúzta őket, szinte érezte a belőlük áradó gyűlöletet, de igyekezett megőrizni a hidegvérét. Volt már dolga ilyen őrültekkel, így magabiztos volt.

Tudta, hogy most már nem kerülheti el az ütközetet. Egy gyors mozdulattal előrántotta a tonfáit.

– Na, nézd csak! Valakiben felébredt a harci szellem. Széttépünk, te kis szemét! – mondta a félkarú, miközben elindult Alex felé.

Alex támadóállásba helyezkedett.

Valami fura hang ütötte meg a fülét bal oldalról.

A kis bolhás szaladt elő az egyik szemétkupac mögül, és egyenesen a félkarú torkának ugrott, amitől az kidőlt, mint egy fa. Szorította a torkát, amennyire csak bírta, de a férfi oldalról úgy fejbe verte, hogy vagy két métert repült vonyítva.

Alex nem tétovázott, erőteljesen arcon taposta a hanyatt fekvő félkarút, az pedig azonnal el is ájult.

Már csak ketten maradtak, ő és a góré.

Alex aggódva odapillantott a földön nyöszörgő négylábúra, aki ugyan kissé imbolyogva, de igyekezett lábra állni.

Kemény kis állat ez; másodszor küldték padlóra, mégis tovább küzd.

Alex ellenfele egy kést húzott elő a kabátja belsejéből.

– Kibelezlek, tetű! – A góré elvesztette a fejét, immár gyilkos szándék vezérelte.

Megindult Alex felé.

Egyenesen a mellkasába próbált döfni, de a fiú egyik tonfájának szárával hárította a szúrást, majd oldalvást kitért. A fickó ettől szemmel láthatóan meglepődött, de nem hátrált, oldalról indított egy vágást Alex felé.

Alex kitért a vágás elől, ezzel párhuzamosan félig térdre ereszkedett, majd minden erejét összeszedve leverte a góré egyik térdkalácsát. Erre az a hatalmas fájdalomtól rárogyott az épségben maradt lábának térdére, Alex pedig végszóként fejbe könyökölte a nagydarab embert, aki ettől ájultan feküdt ki.

– Ez igen, haver! – ujjongott zihálva a bolhás. – Jól elkaptad őket!

Alex mosolyogva a négylábúra nézett.

– Most azt várod, hogy megsimogassalak?

Az eb értette a viccet. Közelebb ment Alexhez, és leült vele szemben.

Alex letérdelt hozzá.

– Na jó, azért besegítettél. Minden oké?

– Kutya bajom. Mi dolgod van egy ilyen környéken?

– Egy szökőkút miatt jöttem ide. Esetleg tudod, hol van?

– Ah, a szökőkút... Persze, hogy tudom. Gyere, odavezetlek! Reggel még működött. Ó, egyébként a nevem Gordon.

Alex felemelte az egyik kezét, és Gordon hátára helyezte.
– Az enyém pedig Alex.

•••

Alex, miután az utolsó korty kávét is megitta, felállt, és odalépett az ablakhoz. Ujjaival szétfeszítette az ablak előtt függeszkedő reluxa lapjait. Látta, hogy emberek gyülekeznek a főtéren, méghozzá a megszokottnál jóval többen. A múzeum bejáratát kordonok torlaszolták el, azokon belül fekete öltönyös alakok álltak egy sorban.
– Gordon, ébredj!
Gordon halk nyögéssel és szuszogással jelezte, hogy nincs ínyére az ébresztés. Lassan felemelte a fejét.
– Mi történt?
– Készülj, azt hiszem, hamarosan indulunk.
Alex, mielőtt beköltözött a lakásba, nem kapott konkrét felvilágosítást arról, hogy mi lesz a dolga a küldetésben. Csak annyit közöltek vele, hogy várjon, maradjon észrevétlen és figyelje a szokatlan eseményeket, elsősorban a múzeum körül. S most volt egy olyan érzése, hogy valami készülőben van.
Valaki kopogott az ajtón.
Gordon azonnal felpattant, és odaszaladt az ajtó fal felé nyíló oldalához.
Alex odalépett egy kis szekrényhez, amelynek a legfelső fiókjából egy pisztolyt vett elő. Nagyjából fél tárnyi töltény volt benne vészhelyzet esetére.
Ezután kiszólt:
– Ki az?
– Egy csomagot kell átadnom ezen a címen – érkezett a válasz női hangon.
– Kinek?
Pár másodpercet késett a válasz.
– Csak a címet kaptam meg.
Alexnek ez gyanús volt.

Odalépett az ajtóhoz. Egyik kezével a háta mögé rejtette a pisztolyát, a másikkal megragadta az ajtó kilincsét. Gordonra nézett, ő pedig egy bólintással jelezte, hogy készen áll. Alex visszabólintott, majd lassan félig kinyitotta az ajtót.

Az odakint álló nő feje egy kendővel volt körbetekerve, amely alól csak egy barna szempár látszódott ki. Testét ringyes-rongyos, összetoldott ruhadarabok takarták, egyik kezében egy zsákot tartott.

Szabadon lévő kezét lassan a fejéhez emelte, és lecsavarta róla a kendőt. Az alól hosszú, barna haj hullott ki és terült szét a vállain.

Alex szívét öröm töltötte be.

– Susan!

– Alex!

Susan ledobta a zsákot, azután egymás karjaiba borultak.

A lány könnybe lábadt szemekkel, örömteli hangon szólt:

– Elena küldött. Azt mondta, hogy itt leszel.

Gordon előbújt az ajtó mögül.

Susan lehajolt hozzá, hogy megsimogassa a fejét.

– Szervusz, Gordon!

Gordon heves farokcsóválásba kezdett.

– Nahát, Susan, milyen csinos vagy ezekben a koszos... rongyokban.

Alex és Susan elmosolyodtak.

Alex kihajolt a folyosóra, hogy szétnézzen, aztán visszazárta az ajtót.

– Mit hoztál? – mutatott a zsákra.

– Ruhákat, hamis igazolványokat, némi lőszert... Fogalmam sincs, mire kellhetnek.

Alex visszament az ablakhoz, ujjaival ismét szétfeszítette a reluxa lapjait, s vetett még egy pillantást az egyre csak növekvő tömegre.

– Valami készül odakint.

– Igen, láttam idefelé jövet – mondta Susan.

– Szerinted a kormány emberei állnak e mögött?

– Szerintem igen. Az elmúlt hetekben mindenhol ott voltak, persze civilben.

A szobát hirtelen hatalmas fény árasztotta el. Közepén egy fénypont jelent meg, amely növekedni kezdett, ember alakot vett fel, végül a fény elhalványult.

Gordon ijedtében behúzott farokkal a mosdóba szaladt. Egy fiatal nő állt előttük. Testét enyhén átlátszó, fátyolszerű öltözék borította.

Alex meghajolt előtte.

– Elena!

Elena biccentett egyet feléjük, amit Susan nem viszonzott, pusztán karba tett kezekkel állt előtte.

– Örülök, hogy újból találkozhatok veletek – szólalt meg Elena lágy, meleg hangon.

– Tudtam, hogy gond nélkül el fogtok jutni idáig. Most, hogy újból együtt vagytok, küldetésetek utolsó szakaszához érkeztetek.

Alex és Susan egymásra néztek.

Elena folytatta:

– Bizonyára sejtitek, hogy a múzeumban készülődik valami. Két óra múlva ott lesz az elnök, rá fél órával pedig a város polgármestere.

– Igen, már napok óta szinte csak ettől zeng a média – mondta Alex. – Tárgyalni fognak arról, hogy bizonyos feltételek mellett újraindítanának néhány szolgáltatást a városban.

– A tárgyalás csak ürügy, valójában merénylet készül a polgármester ellen.

Susan aggódó tekintettel Alexre pillantott.

– Miután végeztek, az esetet az elnök elleni merényletként fogják majd beállítani. A zsarnokoknak újból az egész Földre kiterjedő hatalomra fáj a foguk. Ezt meg kell akadályoznotok!

Alex ezt olyan kifejezéstelen arccal fogadta, mintha csak arra kérték volna, hogy vigye ki a szemetet.

– Rendben, és hogyan?

– Az álruhákat és az igazolványokat használva könnyedén bejuthattok az épület keleti bejáratánál. Az őrök ott fognak találkozni a polgármester biztonsági szolgálatának embereivel; nekik kell kiadnotok magatokat, akkor nem lesz gond. Ez után be kell jutnotok az emeleten lévő irodába, ott fogjátok megtalálni az elnököt. A testőre is vele lesz. Úgy állítsátok meg, ahogyan szükséges, de ne késlekedjetek sokat! S ami még fontosabb: ne keveredjen gyanúba a polgármester, ha esetleg arra kényszerítenének titeket...

Alex egy nagyot sóhajtott.

– Értem.

– Készüljetek fel! Sok minden múlik a küldetésetek kimenetelén.

A szobát ismét vakító fény töltötte be. Elena teste felizzott, majd apró fénypontokká vált szét, amelyek végül szétoszlottak a szobában – ezzel együtt a fény is kialudt.

Susan járkálni kezdett a szobában, hevesen gesztikulálva fogott bele mondandójába:

– Ez őrültség! Még ha be is jutunk, ami már önmagában is épp eléggé kockázatos, mégis hogyan... – Hirtelen elhallgatott, arcát a tenyereibe temetve az asztal szélének dőlt.

– ...hogyan fogunk kijönni?

Alex megállt a lánnyal szemben, egyik kezét a vállára helyezte, a másikkal lágyan végigsimította a haját.

– Nem kell aggódnod. Igaz, ilyen veszélynek eddig még nem tettük ki magunkat, és nem tudom, hogy mi fog történni...

– Mi sosem dönthetünk másképp?

Alex merengően az ablak felé fordította a tekintetét, egy ideig hallgatott.

– Hosszú évek óta, minden egyes nap, amikor felébredünk, úgy döntünk, hogy csináljuk. Természetesen van választásunk, dönthetnénk másképp, de mi mást csinálhatnánk? Álljunk egy futószalag mellett, vagy talán hamis mosollyal ámítsunk másokat azért, hogy megnyíljon előttünk a pénztárcájuk? Mindig csak mások helyett cselekedjünk, a saját életünk célját pedig hagyjuk figyelmen kívül? Susan, mi nem ezek vagyunk! Tudod jól, az elején sokszor éreztem magamat gyengének; nem egyszer féltem, és visszaléptem. Próbáltam úgy élni, mint bárki más: reggelente elmentem dolgozni, befizettem a számláimat, az elém tálalt kicsinyes dolgoktól reméltem a boldogságot. De folyton azzal a szörnyűséggel szembesültem, hogy nem a saját életemet élem, hogy csak kihasználnak. Végül rá kellett jönnöm arra, hogy el kell fogadnom azt, aki vagyok, és erre a valakire kell ráépítenem az életemet, nem pedig arra az elképzelt személyre, akit mások alkottak meg. Susan, mi már jó ideje minden egyes nap azt az embert választjuk, akik igazából vagyunk, és ezt akkor is helyesen tesszük, ha másoknak ez nem tetszik, vagy ha nem úgy fog véget érni az életünk, ahogy szeretnénk.

Alex szavai erőt öntöttek Susan lelkébe. Felnézett a fiúra, és átölelte.

– Csak… nem akarlak elveszíteni.

Sokszor éltek már át hasonló helyzeteket. Ezek mindig emlékeztették őket arra, hogy mennyire fontosak egymás számára. Mindig nehéz percek voltak ezek nekik.

– Tudod, ha valami igazán a tiéd, akkor azt nem kaptad, hanem mindig is a tiéd volt. A részed, ezért el nem veszítheted, el nem veheti senki. Mi pedig egymás részei vagyunk; tudom, hogy így van. – Pár pillanatig csak nézték egymás szemét, majd finoman megcsókolta a lányt.

– Velem tartasz?

– Veled tartok. Bármi is lesz.

Gordon lassan kidugta a fejét a mosdóból, rövid füleit hátrahúzva szétnézett a szobában.

– Elment már?

Alex és Susan halvány mosollyal az ebre pillantottak.

– Elment – mondta Alex. – Most már előjöhetsz.

– Ne haragudj, Alex, nem bírom megszokni…

Alex bólintott egyet.

– Jobb lesz, ha felkészülünk. Nem lesz egyszerű a dolog.

Alex és Susan a főtéren nyüzsgő tömeg szélén álltak ugyanolyan ütött-kopott ruhákban, mint mások. Jobban szemügyre akarták venni a történéseket. Gordon egy, a múzeum keleti bejáratára néző sikátorban várakozott. Szemmel tartotta a bejáratot, hátha korábban érkezik a biztonsági szolgálat. Az emberek tüntetni jöttek. Magasba emelt korhadó deszkadarabokból összetákolt tábláikat megvilágította a tetőkön áteső napfény. Legtöbbjükön az *„elég az éhezésből"* felirat volt olvasható. Egy nő a rongyba csavart síró gyermekét tartotta a karjaiban. Két sorral előtte egy ősz hajú, csontsovány alak kotorászott az előtte álló férfi hátizsákjában. Amikor az észrevette a zsebes ügyködését, lerántotta a földre, és rugdosni kezdte. Közben ordítozott:

– Nyomorult tolvaj!

Erre a körülötte állók is taposni, rugdosni kezdték az öreget, egészen addig, amíg mozgott.

Alex odahajolt Susanhoz.

– Szóval ezért figyelték a környéket. Tudták, hogy ez lesz.

– Remélem, arról nem tudnak, amire készülünk.

– Hiszen… mi magunk sem tudtunk róla.

– Igaz.

– Eleget láttunk, induljunk!

A tömeget megkerülve közelebb mentek a múzeum elejéhez. Az ott felállított kordonok mögött álló öltönyösök – kezükben pisztolyt tartva – az embereknek kiabáltak:

– Vissza! Ne jöjjenek közelebb!

A tér végén lefordultak jobbra, majd betértek abba a sikátorba, amelynek végében Gordon várta őket.

Ott a földön nem volt olyan hely, amelyet nem szemét borított volna. Némelyik felborított kukából patkányok szaladtak elő, majd eltűntek a betört pinceablakokon keresztül.

Amikor odaértek Gordonhoz, Alex halkan így szólt:

– Történt valami?

– Semmi, még időben vagyunk – válaszolta Gordon.

Alex és Susan gyorsan megszabadultak a koszos öltözékektől. Azok alatt ugyanolyan fekete öltönyök voltak, mint a múzeum előtt álló embereken.

Susan hátul összekötötte a haját, és felvett egy napszemüveget.

– Mi lesz, ha nem veszik be?

Alex behelyezett egy teli tárat a vészhelyzetre szánt pisztolyába, felhúzta, és betette az öltönye alatt lévő vállszíjas tokba.

– Akkor gyorsan és halkan kell belépőt váltanunk.

Ez után Gordon felé fordult.

– Te maradj itt, és jelezz, amikor megérkezik a polgármester!

Gordon sosem szeretett kimaradni az akció legizgalmasabb részéből, de tudta, hogy Alexszel nem lehet alkudozni. Beletörődött hát a döntésébe, és bólintott egyet.

– Aztán visszajönni ám! Ha bedobjátok a törölközőt, ki fogja felbontani a konzervemet?

Gordonnak sikerült mosolyt csalnia mindkettejük arcára.

Susan leguggolt a hűséges ebbel szemben, tenyerével néhányszor végigsimította a bundáját.

– Nyugi, visszajövünk, mint mindig.

Alex tekintete komorrá vált, sóhajtott egyet, majd megérintette Susan vállát.

– Induljunk! Fogy az idő.

Amikor Susan felállt, Alex még biccentett egyet Gordon felé, aztán elindultak.

Ahogy a sikátor végéhez értek, Gordon utánuk kiabált:

– Alex! – Várt, amíg Alex megfordult. – Sok szerencsét! Normál esetben Alex erre valami olyasmit reagált volna, hogy ez nem szerencse kérdése, de felvillant fejében a gondolat, hogy talán most látják egymást utoljára, így hát ennyit mondott:

– Köszönöm, barátom!

A múzeum keleti oldala mellett haladva észrevettek két őrt, akik egy egyszárnyú ajtó előtt álltak.

– Ez lesz az – suttogta Alex. – Akkor... ahogy megbeszéltük...

Megálltak az őrök előtt, hamis igazolványaikat a levegőbe emelték.

– A polgármester úr biztonsági szolgálatától jöttünk – mondta határozott hangon Alex. – Előzetes felmérést kell végeznünk a terepen, mielőtt megérkezne.

Az őrök nagydarab fickók voltak; kopasz, napszemüveges kétajtós szekrények.

– Elnézést, még egyszer az igazolványaikat... – szólalt meg az egyikük.

Alex és Susan ismét felemelték az igazolványokat.

Mindkettőjüket elfogta az érzés, hogy most lebuknak, ezekkel a pasasokkal pedig nehezen fognak elbánni.

A jobb oldali őr elővett valami széles, lapos készüléket, amelybe begépelte az igazolványok számait.

– Köszönöm!

Legalább egy percen át váltogatta a tekintetét kettejük és a kijelző között, majd Susanhoz szólt:

– Levenné a szemüvegét, kérem? – Miután Susan eleget tett a kérésnek, tovább méregette őket.

Arcukon nyugalom látszódott, de a gyomruk már görcsölt az idegességtől. Alex Susanra nézett, készült jelt adni a támadásra.

Ekkor lövés hallatszott a főtér felől.

A bal oldali őr elfordult, és halkan hadarni kezdett valamit a rádiójába.

A másik rántott egyet a fejével az ajtó felé.

– Mehetnek! – Mivel hirtelen fontosabb dolguk akadt és mert minden rendben látszott, az őr úgy döntött, hogy nem akadékoskodik velük.

Nem is kellett nekik több, tempós léptekkel bementek az épületbe, majd becsukták maguk mögött az ajtót.

Egy keskeny folyosón találták magukat, amelynek plafonján csak egy pislákoló neonlámpa adott némi fényt. A jobb oldalon betört faajtók sorakoztak, azok kisebb szobákba vezettek – amelyeket régebben talán irodáknak használhattak. A folyosó végében egy, a többinél valamivel nagyobb, helyenként benyomódott fémajtó csillogott.

Azon keresztül a múzeum főcsarnokába léptek be. A hatalmas üvegkupolán keresztül beáradó napfény jól bevilágította a tágas helyiséget. Mindenfelé üres, betört üvegű vitrinek álltak; bármerre néztek, a fosztogatás nyomai szembetűnőek voltak.

A főbejárattal szemben széles márványlépcső vezetett fel az emeletre.

Lassan elindultak felfelé, közben Alex a fejét rázta.

– Itt valami nem oké.

– Mire gondolsz?

– Belül sehol egy őr…

– Ez talán azt segíti, hogy hihetőbb legyen a történet, miszerint az elnök a célpont; védtelennek akar látszani.

– Igen, ebben van valami.

A lépcsőn felérve megpillantották a tőlük pár méterre lévő résnyire nyitva hagyott emeleti iroda ajtaját.

Halkan odaosontak.

Alex óvatosan belesett az irodába. Először a testőrt vette észre, aki még a bejáratnál maguk mögött hagyott két őrhöz képest is sokkal magasabbnak és erősebbnek látszott. Egy lépéssel mellette az elnök állt. Alacsony, kövér testén úgy feszült az öltönye, akár egy teletömött pulyka hasán a bőr.

Az elnök hátratett kezekkel az ablakon át bámulta a tömeget, közben monológját szavalta:

– Micsoda... csőcselék. Kibulizták maguknak a demokráciát, a függetlenséget, és lám, mi lett a vége. A saját súlyuk alatt rogytak össze. Túl ostobák voltak ahhoz, hogy éljenek a lehetőségeikkel. Most pedig van képük azoktól követelni a jólétet, akikkel korábban szembeszálltak. Mégis mit képzelnek ezek? Komolyan azt hiszik, hogy ez így működik? Először letaszítanak minket a trónról, aztán, amikor elbuknak, sírva és jajveszékelve szaladnak vissza hozzánk? – Eközben a testőr komoly ábrázattal bólogatott az elnök szavaira, amitől az peckesen járkálni kezdett.

– Legyen hát... a jelenlegi korszak hamarosan úgyis lezárul. Akkor pedig visszafoglaljuk a minket megillető helyet a világban. Uralkodni fogunk minden és mindenki felett, egyszer s mindenkorra leszámolunk az emberi ostobasággal... Visszaállítjuk azt a rendszert, amely már a kezdetektől fogva a lehető leghatékonyabban biztosította a fajunk fennmaradását: az erősek túlélnek és gyarapítanak, a gyengék pedig elhullanak, többé nem húzhatják vissza azokat, akiknek a csúcson van a helyük.

Alexnek ennyi bőven elég is volt. Ugyan nem kételkedett Elena szavaiban, de immár az orra előtt volt a bizonyíték: az embereket ismét szörnyű veszély fenyegeti.

Közel hajolt Susanhoz.

– Ne bonyolítsuk a dolgot, szedd le az őrt! – súgta oda neki.

Susan egy bólintással nyugtázta az utasítást. Öltönyének ujjából előhúzott egy dobókést, aztán várt, amíg Alex is elővette a pisztolyát.

Behelyezkedtek az ajtó két oldalához. Susan a bal oldalon állt.

Bal kezével belökte az ajtót, a jobbal eldobta a kést.

A kés a szobán átrepülve egyenesen a testőr nyakába állt bele, amitől az összerándult testtel, fuldokolva zuhant bele a mögötte álló fotelbe.

Rögtön ez után – pisztolyát az elnökre szegezve – Alex is belépett.

– Ne mozduljon! – ordította.

Az elnök egy darabig meglepően közömbös tekintettel a fotelben haldokló testőrt figyelte, majd feléjük fordult.

– Áh, végre... pár felfelé törekvő egyén.

– Tudjuk, mire készül – mondta Alex. – Azért jöttünk, hogy megállítsuk.

– Igazán?

– Nem hagyjuk, hogy megölje a polgármestert, és hogy rémuralom alá hajtsa ezt a világot!

– „Rémuralom"? – Az elnök arcára ijesztő vigyor ült ki. – Nem az a célom, hogy szörnyeteggé váljak. Én ezt inkább... irányított rendnek nevezném.

– Mindegy, minek nevezzük. Maga csak még több kínt és szenvedést hozna az emberekre.

Az utcáról ugatás hallatszott.

Susan érezte, hogy Alex nincs a helyzet magaslatán.

– Alex!

– Tudom!

– Ez egy elmebeteg. Intézzük el, aztán menjünk!

Az elnökre imponálóan hatott Alex fellépése, egy pillanatra sem vette le róla a szemeit.

– Nem kapták meg az emberek, amit akartak? Nem kaptak lehetőséget arra, hogy szabadon dönthessenek? De igen. És mi lett belőle? Be kell látnunk, hogy az emberek elbuktak! Nem képesek irányítani az életüket, nem képesek felelősséget vállalni a tetteikért.

– Ez sajnos igaz, de az elnyomás által nem fognak megváltozni. Utat kell mutatnunk nekik.

A főcsarnok csendjét hangos, visszhangzó ajtócsapódás törte meg.

Susan kétségbeesett hangon kérlelte Alexet:

– Elkéstünk, add ide a fegyvert, majd én megteszem!

Alex tudta, hogy teljesen hiábavaló ez a párbeszéd, valamiért mégis tétovázott.

Susan megragadta a pisztoly csövét, hogy kivegye Alex kezéből.

Ekkor az elnök öltönyének belsejéből pisztolyt rántott, és lőtt.

A töltény Susan mellkasába hatolt, egyenesen a szívébe; azonnal holtan esett össze.

Alexnek abban a pillanatban még nem jutott el a tudatáig az, ami történt. Az elnök fejére célzott, majd meghúzta a ravaszt.

Az elnök homlokát átlyukasztó, tarkóján távozó töltény kitörte a mögötte lévő ablaküveget, amelynek kirepülő szilánkjai a tömegre zuhantak – némi vér és agyvelő kíséretében. A kövér test ezután úgy terült ki a padlón, mint egy levadászott állat.

Már hallani lehetett a lépcsőkön kopogó cipőket, de Alexet ez már nem érdekelte. Térdre hullva, zokogva hajolt szerelme holtteste fölé.

– Susan! Istenem…

A polgármester két őrével a háta mögött rontott be az irodába.

– Ez… Te jó ég! – Elborzasztotta a vérfürdő látványa, többet nem is tudott mondani.

Alex felállt.

Az őrök rászegezték a fegyvereiket.

Elena szavai jutottak az eszébe: *„Ne keveredjen gyanúba a polgármester!"*

Tudta, mit kell tennie. Ha nem lesz elég gyors, akkor a küldetés elbukott.

– Ne merjen megmozdulni! – ordították az őrök.

Alexet nem érdekelte a fenyegető hangnem. Már nem érdekelte, hogy élve vagy holtan távozik onnan.

Felrántotta a fegyverét és lőni kezdett, közben testét oldalra fordította, hogy nehezebben találják el.

Első két lövése halálosan megsebesítette az egyik őrt és a polgármestert – mindketten kiterültek.

A harmadik lövésnél Alex és az őr egyszerre húzták meg a ravaszt. Eltalálták egymást. Az őr a fejébe kapta a találatot, amitől természetesen azonnal meghalt. Alexnek a gyomrába fúródott a töltény.

Az elviselhetetlen fájdalom miatt nem bírt talpon maradni, nagyjából Susantól két méterre esett össze.

Tudta, hogy vége van, ezt nem éli túl. Egy gyomorlövés ugyan nem okoz azonnali halált, de mielőbbi beavatkozás nélkül csak idő kérdése... Azon a helyen pedig nem számíthat segítségre.

Kintről ismét léptek zaja hallatszott, de az nem cipők kopogása volt.

Gordon szaladt be az ajtón, hatalmasat fékezve a látvány miatt.

– Susan! Alex! A rohadt életbe! Mi történt itt?

– Gordon! – szólt elszorult hangon Alex.

– Alex! Mi történt? – Gordon nem akart hinni a szemeinek. A férfi, aki számára a leghatalmasabb hős volt, ott feküdt haldokolva a lábai előtt.

– Gordon... Túl sokáig voltunk idebent. Az én hibám... – Alexnek egyre nagyobb fájdalmai voltak, a töltény ütötte lyukból egyre csak bugyogott a vér.

– Ne mondd ezt! Miért lenne a te hibád? A francba! Az elejétől fogva nem tetszett nekem ez a dolog. Ez az istenverte város, az istenverte emberekkel...

– Most már nem számít. Megcsináltuk; igaz, hatalmas áron. Figyelj... Segíts odébb kúsznom egy kicsit!

– Jó, oké. Mit csináljak?

– Csak fogj meg valahol, és húzz!

Gordon tudta, hogy Alex Susanhoz akar közelebb jutni, így hát ráharapott a nadrágszíjára, és három nagy nekirugaszkodással odahúzta hozzá. Ez volt kettejük utolsó közös erőfeszítése.

– Köszönöm!

Alex megfogta Susan kezét. A lány gesztenyebarna szemei élettelenül néztek a semmibe. Alex csak bámulta, mintha arra várt volna, hogy felébredjenek, és közölje vele, hogy csak egy rossz álom volt az egész.

– Gordon! Kérnék még valamit.

– Bármit, haver! Bármit!

– Ne hagyj magamra! – Alex ezeket a szavakat már csak halkan, nyöszörögve bírta kimondani. Érezte, hogy itt az idő.

Gordon lefeküdt Alex mellé, fejét a mellkasára helyezte.

– Eszemben sincs. Isten veled, barátom!

Alex utolsó erejével átkarolta Gordont.

Lelkét egyre jobban fájdította a valóság ridegsége, a halál közelsége. Próbált azokra a boldog időkre gondolni, amelyeket hárman együtt töltöttek. Életének legszebb perceit velük élte át; egy család voltak.

Fejéből kiürültek a gondolatok, a szoba lassan sötétedett körülötte, a főtéren üvöltöző tömeg hangja egyre halkult.

A testét görcsben tartó fájdalom megszűnt, mellkasán már nem érezte Gordon fejének súlyát, ahogy Susan kezének melegét sem. Feltűnt neki, hogy már jó ideje nem vett levegőt; de már nem is volt rá szüksége.

A gyötrő szenvedés megszűnt, már nem érzett semmit, nem gondolt semmire. Tudata kiszabadult a fizikai világból, és a végtelen ürességben lebegett.

Egy apró fénypont tűnt fel előtte.

Feléledt benne a vágy, hogy közelebb jusson ehhez a fényhez.

Ahogy a vágya erősödött, úgy a fény is növekedett, míg végül mindent elborított.

A fényességben különféle alakzatok kontúrjainak kirajzolódását vélte felfedezni. Kis idő múlva a kontúrok között színek jelentek meg.

A tárgyak egyre gyorsabban töltötték be a teret.

Alex hirtelen egy hosszú asztal előtt találta magát. Az asztal körül székek, rajta ételmaradékos tányérok, félig kiivott poharak jelentek meg.

A környezet teljesen összeállt.

Az asztal után, a terem végében egy kis színpad állt, azon gazdátlan hangszerek hevertek szanaszét.

Alexnek ismerős volt ez a hely. Pontosan olyan volt, mint az a régi étterem, ahol a Susan osztályának szalagavatója utáni vacsorát tartották.

A felismerést követően érezni kezdte a karjait, a lábait.

Testén egy ruha jelent meg, olyan régi öltöny, mint amilyet arra az estére vett fel magára.

Végigtapogatta magát, a feje tetejétől a talpáig. – Ez... ez én vagyok!

Kinyílt az étterem ajtaja. Kívül nem volt más, csak a nagy világosság.

Elena lépett be rajta – utána az ajtó magától becsukódott mögötte.

– Elena! – szólította meg Alex.

– Üdvözöllek, Alex!

– Hol vagyok?

– Hát nem ismered meg? Ez volt életed egyik legboldogabb napja.

– Persze, ismerem. Pontosan úgy néz ki... De hát a saját szemeimmel láttam, amikor letarolták az épületet, és egyébként is, annak már tíz éve... Ezt nem értem...

– Ez a létezésnek egy olyan szintje, amelyet közvetlenül a tudat irányít – magyarázta Elena.

– Itt vagy, mert azt akartad, hogy itt legyél; mert kötődsz hozzá. Itt nincsenek fizikai akadályok, csak a tudatod, és amit benne hordozol.

Alex úgy hallotta, mintha a bejárat másik oldalán valaki énekelne. Lassan, lágy hangon szólt a dal, ez szintén ismerős volt neki.

Elena rámosolygott.

– Mi lenne, ha megnéznéd, hogy ki van odaát?

Alex odament az ajtóhoz.

Arra számított, hogy csak a nagy fényességet látja majd – amelyet Elena mögött látott az érkezésekor –, de amikor kinyitotta az ajtót, a helyett egy egészen más látvány fogadta: egy auditóriumba lépett be.

Több száz ülőhely volt a teremben – mind üresen állt. A színpadon egy barna hajú lány állt – fekete estélyi ruhában –, ő énekelt.

Ahogy közelebb ment hozzá, a lány elhallgatott, majd kilépett a színpad vakító fényeiből.

– Alex!

Alex nem akart hinni a szemeinek. Susan állt előtte.

Odarohantak egymáshoz, és egymás karjaiba borultak.

A fiú izgatott hangon szólalt meg:

– Tényleg te vagy?

Egy villanást követően Elena jelent meg mellettük.

– Ő az. Létezését nem befolyásolhatja a tudatod. Azért érzékelhetitek egymást, mert ugyanazt akarjátok. Olyan ez, mint amikor megbeszéltek egy találkozót, csak ebben az esetben ezt nem szavakkal teszitek, hanem érzelmekkel.

Alex erősen magához szorította szerelmét, már biztos volt abban, hogy ő az. Érezte az érintését, az illatát, a teste melegét.

Susan Alexre nézett.

– Mi történt? Hogyan kerültünk ide?

– Nem emlékszel semmire?

– Hát... ott álltunk az elnökkel szemben. El akartam venni tőled a pisztolyt. Aztán volt valami hatalmas zaj, és sötét lett. Abban a nagy sötétségben egy darabig nem éreztem semmit. Aztán – mosolyogva körbenézett – rád gondoltam, amikor

eljöttél az első fellépésemre; a felvételi fellépésemre. Azután... fogalmam sincs, hogyan, itt találtam magamat.
– Az a zaj... egy pisztoly volt... az elnök pisztolya. Susan, mi... meghaltunk.

Susan meglepetten nézett Alexre. Mivel felkészületlenül érte a halál, neki nem volt ideje felfogni a múzeum irodájában történteket. Zavartan pislogni kezdett, majd így szólt:
– Ez a túlvilág?
– Nem egészen – szólt közbe Elena. – Oda csak a teljesen megtisztult lelkek kerülnek. Ez... egy afféle köztes állapot.
– *„Megtisztult lelkek"*? – Ugyan már nem először vannak itt, de az életben eltöltött idő minden egyes alkalommal megköti a tudatukat, ezért a kezdetekben még nem emlékeznek bizonyos dolgokra.
– Egy lélek attól lesz tiszta, ha befejezte a feladatát és elengedett minden olyan dolgot, amely arra készteti, hogy visszatérjen az életbe – magyarázta Elena. – A ti feladatotoknak még nincs vége. Bár a háború ismét befejeződött, és az emberek békében élnek egymással, az életben a béke sosem tart örökké. A legjobbnak vélt helyeken is felüti a fejét a gonosz. Sokan vannak, akik bátrak és készek bármikor harcolni, de önmagukban kevesek ehhez. Lovagokra van szükségük, akik fellobbantják szívükben a lángot. Ti ezen Lovagok közé tartoztok. Ti vagytok az Ősi Lovagok. Küldetéseteket az első két ember Földre kerülése óta végzitek.

Alex és Susan melegséget éreztek magukban.

A környezet remegni kezdett körülöttük, majd gyorsan apró fénypontokká oszlott szét.

Ismét a nagy világosságban álltak.

Alex kérdezni akart valamit Susantól, de a lány megelőzte őt válaszával:
– Veled tartok!

Alex derűs tekintettel biccentett egyet.

Elena széttárta a karjait.

– Ne aggódjatok, ti összetartoztok. Megtaláljátok egymást. Most induljatok, a gonosz újból mozgásban van.

Elena teste ezután ragyogni kezdett, majd beleolvadt a nagy világosságba.

Alex és Susan megfogták egymás kezét.

A világos tér lassan elszürkült, végül minden újból sötétségbe borult.

Testüket egyre nehezebbnek érezték. Már nem látták, nem érezték egymást. Tudatuk kezdett egyre merevebbé válni, ahogy visszatértek a fizikai létbe.

Holdkővárad
2708

Phil Kapitány hátratett kezekkel állt az ablak előtt, figyelte az odakint tomboló vihart.

A Kapitány nagyjából a hatvanas éveit taposta. Hosszú, őszülő haja kontyban volt összefogva a tarkóján. Arcán a ráncok olyan mélyek voltak, akár egy sziklafal oldalán a repedések. Láncinge csillogott a mellette álló kandalló fényében; csilingelő hangja visszhangzott a szobában, amikor néha felemelte egyik kezét, hogy végigsimítsa hajánál valamivel őszebb szakállát.

Mögötte Emma járkált türelmetlenül fel s alá, nagyokat sóhajtva. Felváltva szorongatta egyik kezét a másikkal.

Mindössze ketten várták a nagy eseményt.

Ez a szegényesen berendezett, jókora kődarabokból felépített ház a Város egyik bábájának adott otthont.

A szomszédos szoba ajtaja kinyílt – odabentről keserves nyögések hallatszottak –, rajta egy alacsony termetű öregasszony szaladt ki. Aggódó tekintettel kivett néhány tiszta törölközőt a bejárat melletti szekrényből, majd visszaszaladt, és becsapta maga mögött az ajtót.

– Phil, szerintem valami nincs rendben. Túl régóta vannak odabent.

A Kapitány erre csak sóhajtott egyet – sosem tudta kezelni a női aggodalmat, de valahogy nem is vágyakozott ennek elsajátítására.

– Ugyan fiatal még ez a bába, de bízzunk benne, hogy mindent jól megtanult a Segítőjétől.

Nagyjából tíz perc múlva ismét kinyílt az ajtó, de ezúttal a bába lépett ki rajta. Karjaiban egy fehér törölközőbe csavart gyermeket tartott.

Emma és a Kapitány odaléptek, hogy megnézzék.

– Nézd csak, Phil! – Emma a lehető legnagyobb ámulattal nézte. – Nem is sír.

– Mert erős. – Phil elégedetten bólogatott, és kinyújtotta a karjait.

A bába átadta neki az új jövevényt.

– Az anyja? – kérdezte Phil.

A bába nem szólt, csak borús tekintettel az ajtó felé pillantott.

Emma kezét a szájához emelve átrohant a szomszéd szobába.

– Kapitány úr! – szólt a bába. – Az édesanyja sajnos már nem tudott nevet adni neki...

Phil egy pillanatra mintha elérzékenyült volna. – Értem. Akkor hát ránk maradt ez a feladat. Legyen a neve... Thén!

ELSŐ RÉSZ

Még a legszebb virágok is elhervadnak, ha nem öntözik őket.

Holdkővárad
2723. március

Teltek a reggeli órák. Thén már ébren volt, de még az ágyában feküdt. Figyelte a levegőben szálló porszemcséket, amelyek úgy csillogtak az ablakon beszűrődő napfényben, akár a csillagok. Közben az éjjel látott álmára gondolt. Ez egy visszatérő álom volt. Emlékei szerint már egészen kisgyerekkorától kezdve látja:

●●●

Hatalmas fémépületek között sétál. Mindenfelé kékesen fénylő kábelek futnak a levegőben. Az épületek felett fura, lapos, hosszúkás tárgyak repülnek, amelyeket képtelen beazonosítani, mert annyira gyorsan mozognak, hogy tekintetét éppen csak egy pillanatra képes rájuk szegezni. Ezektől feljebb jóval nagyobb, viszont sokkal lassabban mozgó tárgyak úsznak – szinte a felhők között. Széleiken lámpák pislákolnak intenzíven, közepükön pedig folyamatosan égnek különböző színárnyalatokban. Észrevehető, hogy némelyik ilyen tárgy összekapcsolódik a másikkal, majd miután leválnak egymásról, tovább folytatják útjukat. Az utcán kevés ember van. Egy közeli padon egy nő ül, olyan, mintha valakivel beszélgetne, pedig nincsen mellette senki. Thén megáll egy épület előtt. Ez az épület szembetűnően különbözik a többitől, falai téglából vannak. Bejárata egy nagy kétszárnyas kapu, amelyen egy-egy gömb alakú fémkilincs csillog a kapu két oldalán álló kellemes, meleg fényű lámpák fényében.

A kapun keresztül egy portára lép be. A falakat sötét tapéta, a padlót bordó színű szőnyeg borítja. Jobbra egy bordó ruhába öltözött, kopasz, bajszos ember áll mosolyogva. A belső, kisebb kapun is belépve egy tágas teremben találja magát. A terem végében lát egy színpadot, azon emberek állnak hangszereikkel a kezükben, egymással beszélnek. A színpad előtt lányok és fiúk várakoznak. Mögöttük, a terem közepén van egy hosszú asztal, körülötte éppen csak egy-két ember ül.

A zenészek egy lassú számot kezdenek játszani, erre a lányok a fiúkkal összeölelkezve ringatózni kezdenek.

Thénhez közel, egy díszes oszlop mellett, neki háttal egy lány áll egyedül. Földig érő, sötét ruhát visel. Hosszú, barna haja szétterülve lóg rá vállaira.

Thén odalép hozzá, és megérinti a vállát.

•••

Ennél a pontnál még sosem ment tovább az álom.

Thén nem tudja, ki lehet ő.

Minden egyes ébredése után még percekig érezte tenyerén a lány testének melegét.

Gyakran álmodozott róla; elképzelte az arcát, neveket talált ki neki...

Most viszont nincs sok ideje ábrándozni, mivel nemsokára kezdődik az ébredés ünnepsége – amelyet már annyira várt. Az emberek ekkor üdvözlik a meleg hónapokat. Ez volt Holdkővárad kevés szokásainak egyike.

A Város lakóit – képességeiknek megfelelően – három különböző csoportba osztották be.

Az első csoportot Városvezetőknek hívták. A Városvezetők szervezték és bonyolították le például az ünnepségeket, megtervezték a fiatalok taníttatását, illetve – a többi csoporttal egyeztetve – ők hozták meg a Város törvényeit.

A második csoportba a Városvédők tartoztak. Ők a Városban lévő békét voltak hivatottak őrizni. Nem pusztán a fegyverforgatáshoz értettek, hanem az emberi lélek rejtelmeit is ők tanulmányozták a legbehatóbban. Általában az utcákon járőrözve segítettek azokon az embereken, akiknek meggyűlt a bajuk saját magukkal vagy másokkal.

A harmadik csoportot a Városfenntartók alkották. Ők javarészt a termőföldeken dolgoztak, de szükség esetén akár házakat is építettek, vagy a meglévőket javították. Mivel leginkább ők ismerték a növényeket, ők készítették a gyógyszereket is.

Ezt a három csoportot további három szintre osztották fel. Legalul voltak a Gyakorlók. Ez a szint fiatalokból állt, akik még csak tanulták az adott csoport mesterségét. Öltözékükre sárga színű kör, illetve a már tapasztaltabb Gyakorlók ruhájára zöld színű kör volt felvarrva.

Sorrendben a kék és barna kör jelezte a Segítők szintjét. A Segítők saját teendőik elvégzése mellett maguk mellé fogadtak általában két-három Gyakorlót, akiknek igyekeztek átadni a tudásukat.

A csoportok legfelső szintjein egy-egy Tanács állt. Az oda bejutó javarészt idős emberek az adott csoport helyes működését felügyelték – normál esetben beavatkozás nélkül.

A gyerekek hat évesen kezdtek iskolába járni. Hat éven keresztül egy úgynevezett alapozó oktatásban vettek részt. Ez idő alatt az alapvető készségeiket fejlesztették és megtanították nekik a Város törvényeit. Az alapozó képzés elteltével további három éven át Segédként dolgoztak mindhárom csoportban, hogy kiderüljön, mire a legalkalmasabbak.

Thén a most kezdődő meleg hónapok elejétől a Városvédők között kezdheti meg munkálkodását – Gyakorlóként.

A másik két csoportban valahogy nem találta a helyét.

Vezető Segédként állandóan nyomasztotta a rengeteg ülőmunka, folyton kivágyott a szabadba. Munkáját unottan, kényszeredve végezte, ezért a Vezetők Tanácsa hamar tovább is küldte őt a következő csoportba. Az ez utáni, szintén rövid időszakot Fenntartó Segédként töltötte. Végre minden idejét a szabadban tölthette. Itt viszont – gyenge testalkata miatt – túlságosan megviselte az egész napos nehéz fizikai munka. Rendszerint nehéz, ennivalóval teli ládákat cipeltettek vele. A Fenntartók Tanácsa innen is továbbküldte.

Végül a Védők között talált rá önmagára. A Város utcáin tartott járőrözések, az emberekkel való beszélgetések, a problémáik meghallgatása teljesen újraformálták benne a munka fogalmát. Onnantól kezdve semmit sem azért csinált, mert kellett. Élvezte a Védőkkel együtt töltött időt, örömmel segédkezett nekik. Így hát a Városvédők – a harmadik év leteltével – befogadták őt maguk közé.

– Thén! – hallatszott Emma néni hangja a földszintről.

Thén lerúgta magáról a takarót, s egy halk sóhajjal kísérve felült az ágy szélére.

– Megyek!

Szobája nem volt túl nagy. Két nagy lépéssel el lehetett jutni az egyik végéből a másikba. Egy ágyon, egy kisebb szekrényen és egy vastag, szőtt szőnyegen kívül nem volt benne más.

Thén egy percig még ült az ágy szélén, aztán felállt, és magára vette szokásos világosbarna ingét, sötétbarna nadrágját és csizmáját.

A recsegő falépcsőkön lement a konyhába.

A konyha közepén egy asztal, körülötte három szék állt.

Az egyik fal mellett sorakozó konyhaszekrények előtt Emma néni serénykedett. Szokásos módon szürke felsőt és szoknyát viselt, derekán egy fehér köténnyel. Kontyba fogott haja már csaknem teljesen ősz volt, ahogy az hatvanéves korban megszokott egy embernél.

– Jó reggelt, drágám! – énekelte örömteli hangon. – Ülj le, szívem, mindjárt kész a leves.

– Jó reggelt! – mondta Thén, majd leült az asztal mellé.

Emma néni elővett egy kis zsákot az egyik szekrényből, amelyből két átlátszó, hosszúkás rudat húzott elő. Azokat egyszerre beledobta az előtte álló leveses fazékba, amitől az zubogni kezdett, mintha csak már egy órája forralták volna. Úgy látta, mintha Thént nyomasztaná valami. A fiú csak komoran bámult maga elé az asztalnál.

– Na... jól vagy, fiam?

Thén gyorsan pislogott párat – mint aki egy látomást igyekszik elhessegetni a szemei elől.

– Persze, jól. Csak gondolkodtam.

– Ne feledd, holnap lesz a nagy nap. Amelyet annyira vártál. A felavatás nem egy mindennapos dolog. Emlékszem, amikor engem avattak fel Fenntartó Gyakorlónak...

Thén meg volt győződve arról, hogy már legalább százezerszer hallotta a sztorit, de ilyenkor sosem vágott közbe. Imádta nézni, ahogy Emma néni szinte lebegett az örömtől nosztalgiázásai közben. Ilyen volt ő, állandóan áradt belőle a derű, bárki szívéből képes volt kiűzni a bánatot.

Ez a derű pár pillanat erejéig Thénre is átterjedt.

Az ablakon kinézve a szemben lévő ház előtt egy lányt pillantott meg, aki éppen néhány őt körülvevő kisgyereknek magyarázott. Elegáns, bordó színű ruhát viselt; valószínűleg az egyik Városvezető család lánya lehetett. Bőre világos, haja hosszú és barna volt.

Thén arra gondolt, hogy mennyire hasonlít az álmában látott lányhoz. Percekig figyelte őt.

– ...Na, azt hiszem, ezt sosem fogom elfelejteni. – Emma néni a történet végére ért.

Ezután elővett két tányért.

– Kész is van. – Mindkét tányért megtöltötte levessel, majd letette őket az asztalra, és ő is leült.

– Na... együnk!

Thén merített egy kanállal a levesből, majd így szólt:
– Megint… azt álmodtam.
– Tényleg? És? Láttad végre őt?
– Nem – mondta Thén, miközben tekintetét a tányér mélyére szegezte. – Megint ott ért véget… Nem is amiatt különös ez az álom, mert gyakran visszatér, inkább attól, hogy annyira valóságos. Nem olyan, mint a többi. Nem egyszerűen csak képek vagy kisebb jelenetek villannak fel. Olyan, mintha tényleg ott lennék. Olyankor úgy érzem a körülöttem lévő világot, mint mondjuk most.

Emma néni elgondolkodott.
– Hát… én ebben nem vagyok járatos, de annyit tudok, hogy az ilyesfajta álmok valami nagyon fontos dolgot akarnak közölni az emberrel. Arra a bizonyos dologra pedig rendszerint fény szokott derülni.
– Remélem, úgy lesz. – Thén ismét kinézett az ablakon, de a lány és a gyerekek már nem voltak ott.
– Biztosan, szívem. Biztosan.

Emma néni hirtelen kerekre nyitotta a szemeit.
– Nézd csak… majdnem el is felejtettem. – Benyúlt köténye zsebébe, ahonnan egy levelet húzott elő. – Phil pár napja itt járt. Ezt neked hagyta itt. – Odanyújtotta Thénnek a levelet.
– Meghagyta, hogy ma adjam oda neked.

Thén izgatottan vette át a levelet Emma nénitől. Gyorsan felbontotta, és olvasni kezdte.

Drága fiam!

Hatalmas örömmel tölt el, hogy Városvédő leszel. Mindig is tudtam, hogy közénk tartozol. Közvetlenül az ünnepség után sajnos nem tudunk majd találkozni; lesz jó pár elintéznivalóm. Ezért arra kérlek, hogy sötétedés után keress fel az otthonomban!

Barátod:
Phil Kapitány

Odakint megszólaltak a Város Tornyának kürtjei.
Ez ilyenkor azt jelentette, hogy a Városvezetők Tanácsa gyülekezésre hívja Holdkővárad lakóit.

– Ó, szívem... jobb lesz, ha sietünk! – mondta Emma néni.

– Tudod, a harmadik kürtszó után elkezdik.

Toronyudvar
Néhány órával később...

Thén és Emma néni pár óra alatt odaértek a Város Tornyának udvarára.

A félköríves udvar nagyjából négy kilométer sugarú lehetett, és közvetlenül a Torony előtt terült el. Felharsant a harmadik, egyben utolsó kürtszó.

– Éppen időben – szólt Emma néni.

Thént mindig is lenyűgözte a Torony látványa, amely egy szimpla, henger alakú épület volt. Külső fala fehér, teljesen simára csiszolt kövekből épült. Nagyjából egy kilométer széles lehetett, viszont a magasságát pontosan senki sem ismerte. Egyesek szerint valahol a felhők között végződhetett. Tövétől két irányba magas, egyenes falak vonultak végig egészen a Város szélén lévő félköríves falig. Így tehát a Város – legalábbis ahogy az emberek tudták – félkör alakban épült.

Aznap kellemes idő volt. Felhők alig voltak az égen, a Nap gyengén melegített, a hűvös szél lágyan simogatott. Még a Torony tetejéhez közeli erkélyt is látni lehetett a magasban.

A Torony kapuja előtt állt egy, az időszaknyitó ünnepség idejére összeszerelt emelvény, amelyre a Vezetők Tanácsa már lassan vonult felfelé. Egytől-egyig ősz hajú, idős férfiak és nők voltak, tetőtől talpig hosszú, fekete ruhákban.

A nyüzsgő tömeg elhallgatott.

Emma néni már nem volt Thén mellett. Minden bizonnyal rátalált valamelyik barátnőjére – ahogy az lenni szokott –, és rögvest szükségét érezte egy roppant „fontos" téma kitárgyalásának.

Thén körbepillantott annak reményében, hogy talán ott lesz a közelben az a lány, akit Emma néni háza előtt látott. Persze a sűrű tömegben nem látta őt sehol.

Érezte, hogy valaki oldalba böki. Azt hitte, hogy valakinek útban van, ezért nem nézett hátra, csak előrébb lépett egy kicsit.

– Pszt! – hallatszott Thén háta mögül.

Thén megfordult. Jó barátja, Ex állt előtte.

Ex Thénhez hasonlóan magas, vékony, de valamivel izmosabb fiú volt. Kissé kopott, helyenként foltos ruhát viselt.

Még hat éves korukban, az iskolába járás első évében ismerték meg egymást. Hamar összebarátkoztak, azóta együtt vannak minden jóban s rosszban.

A hideg hónapok alatt éppen csak párszor találkoztak, ezért igencsak örültek egymásnak.

Megszorították egymás kezét.

A Tanács elfoglalta a helyét az emelvényen. Egy sorban álltak, ahonnan egy köpcös, szakállas Tanácsos lépett elő.

A férfi széttárta a karjait.

– Holdkővárad népe! – A Tanácsos hangja érdekes módon mintha a Torony oldalán lévő nyílásokból szólt volna. Ez így is volt, csak így volt képes bezengeni a hatalmas udvart.

– Városunk négyszázhuszonharmadik évében járunk…

Kezdetét vette az ilyenkor szokásos beszéd a közösség érdekében történő cselekvések fontosságáról, a közös munkáról…

Az emberek nagy része néma csendben, mozdulatlanul hallgatta a Tanácsos mondandóját.

Ex odahajolt Thénhez.

– Ugye nincsen semmi dolgod ez után?

– Mi? Nem, semmi – válaszolta Thén.

– Találtam valamit. A falnál…

Az előttük álló nagydarab férfi rosszallóan hátranézett a válla felett, ezzel jelezve, hogy zavaró számára a sutyorgásuk.

Thén csak bólintott egyet Exnek, aztán hallgattak a beszéd végéig.

A Tanácsos beszéde végén még maradásra intette a tömeget.

– Végül, még mielőtt hazatérnétek, a Városvédők Tanácsa egy bejelentést szeretne tenni nektek.

Az emelvényen egy Védő Tanácsost kísérve Phil Kapitány jelent meg.

A zavartalan napfényben ragyogó láncinge – amely a legtöbb Védő számára szimbolikus jelentéssel bírt – még a Toronytól távolabb állók figyelmét is azonnal felkeltette. Az emberek összesúgtak, találgatták, vajon mi készül.

A Védő Tanácsos felemelte az egyik kezét, erre a tömeg elhallgatott.

– Igyekszem rövidre fogni – zengett hangja a Toronyból.

– Ismeritek jól a Kapitányunkat, nem kell bemutatnom. Több évtizede szolgálja Városunkat a lehető legnagyobb tisztességgel és odaadással. Azonban... az idő mindenki felett eljár. – Tartott pár másodperc szünetet.

– Phil Kapitány kiérdemelte, hogy elfoglalhassa helyét a Tanácsban. Utódjának kijelölését rábízzuk, így kifejezve az iránta való tiszteletünket.

Thén erre nem számított. Akárcsak az emberek nagy részét, őt is kissé megdöbbentette a bejelentés.

Ezzel a Tanácsos be is fejezte a mondandóját.

Az ünnepség lezárása után a tömeg mérsékelt zsivajjal oszlani kezdett.

Ekkor Emma néni előkerült valahonnan – természetesen fülig érő mosollyal.

– Áh, Ex! Szervusz, drágám!

– Szia, Emma néni! – köszöntötte Ex.

Thén egy darabig még Philt figyelte, ahogy a Tanácsosokkal beszélt, aztán Emma néni felé fordult.

– Emma néni! Ex-szel van egy kis dolgunk, azután még Philt is meglátogatom. Csak valamikor este leszek otthon.

– Ó, hát persze, menjetek csak, kedveskéim! Most már fontos férfiemberek vagytok. – Emma tekintete megakadt egy ponton.

– Áh, Meriett! – Azzal repült is tovább barátnőjéhez.

Erre Thén – száját félmosolyra húzva – Exre nézett.
– Na, menjünk!

A termőföldeknél
Aznap délután...

Thén és Ex a városfalnál lévő termőföldek mellett sétáltak. A termőföldek látták el élelemmel a Város lakóit. Az ott végzendő munkák az ébredés ünnepsége utáni napon szoktak kezdődni, így még éppen csak pár ember volt odakint. Az út másik oldalán végig épületek álltak. Ezek mind kőből épültek, tetejük pedig fából készült. Egyszerű kis otthonok voltak, amelyekből mindenféle technika mellőzve volt – ugyanis az nyilvánosan nem volt elérhető az emberek számára. A Város egyik törvénye tiltott mindenféle luxust vagy kényelmi eszközt: *„Erőtöket ne olyan javak megszerzésére használjátok, amelyek halálotok után hasztalanná vagy teherré válnának a közösség számára!"* Ezzel azt akarták elkerülni, hogy bárkiben is feléledjen a birtoklás illúziója, és hogy abból adódóan az önzés állapotába merüljön.

Amikor a gyümölcsösökhöz értek, Ex így szólt:

– Mindjárt ott vagyunk. A földek végén lesz, ahol a levágott gallyakat gyűjtik.

Thén fejében a Kapitány előléptetése járt. Ez alapvetően kellemes érzéssel töltötte el, hiszen a Tanácsba való bekerülés nagy dolognak számított. Ez csak a legnagyobb tiszteletnek örvendő Segítőknek adatott meg. Viszont afelől voltak kétségei, hogy az új Kapitány képes lesz-e pótolni Philt a Város számára. Bár jobban belegondolva Phil biztosan csakis olyan Védőt fog választani a helyére, akiben feltétlenül megbízik. Talán felesleges kétségeket táplálnia ez ügyben.

A gyümölcsösöket elhagyva megérkeztek a hatalmas gallyrakásokhoz.

Ezeket mind fűtésre használták a hideg hónapokban.

– Bent van a sarokban – mondta Ex. – A fal tövénél.

Thént különös érzés fogta el, miközben a jó húsz méter magas kupacok között haladtak. Sokszor nézett a háta mögé, úgy érezte, mintha követnék őket.

Egyre erősödő lihegést hallott a háta mögül.

Gyorsan megfordult, de nem látott semmit.

– Hallottad ezt? – kérdezte Extől.

Ex megállt, egy darabig fülelt.

– Mit?

Thén odafordult Ex felé. Az egyik mögötte lévő gallykupac felé egy alacsony, sötét színű, négylábú állatot látott szaladni.

Holdkőváradon nem voltak állatok, hasonlót eddig még sosem látott.

Ösztönösen kirántott egy hosszabb faágat a mellette álló kupacból, amelyet aztán dárdaként hajított oda a lény felé.

Amire az ág odaért, az állat már eltűnt a kupac mögött, így az a földbe állt bele.

– Szép dobás! – szólt Ex. – De mi a francra...

– Gyerünk! Utána! – Thén futásnak eredt az állat után.

Ex követte őt, de felbotlott az egyik gallykupacból kiálló vastagabb faágban.

– Thén! Lassíts!

– Gyere! – Thén nem állt meg. Futott a lény után, ahogy csak bírt.

Egy ideig még hallotta a hangos lihegést és a négy láb dobogását, de a hangok egyszer csak megszűntek. Ekkor megállt.

Ex utolérte.

– Cimbora, néha vannak ám érdekes dolgaid. – Majd' kiköpte a tüdejét. Térdeire támaszkodva kapkodta a levegőt.

Thén a szájához emelte a mutatóujját.

– Sss... – Megfogta Ex vállát, a másik kezével az előttük álló gallykupacra mutatott.

– Azt hiszem, a mögött van.

Ex felegyenesedett, de még kissé zihált.

– Menjünk két oldalról! – mondta Thén.

Ex beleegyezésképp bólintott.

Elindultak két oldalról.

Beletelt egy jó percbe, amire összetalálkoztak a jól megtermett gallyhalmaz túloldalán.

– Na? – kérdezte Thén.

– Nem láttam semmi különöset. Már a Város falánál voltak.

– Egyáltalán mit láttál? – kérdezett vissza Ex.

– Nem tudom… Még sosem láttam ilyet. Kicsi volt, és négy lába volt. Az egész testét szőr borította.

– Négy lába? – Ex felkacagott. – Ne hülyéskedj!

– Hová tűnhetett?

Ex megveregette Thén vállát.

– Nyugi, Kapitányom! Nem tudom, miről van szó, de biztosan úgy volt. Majd legközelebb elkapod.

Thén kifújta magából a levegőt.

– Ja… Na, jól van… inkább nézzük meg azt, amit találtál. Hátha az nem szalad el az orrunk elől.

Fél óra alatt beértek a sarokhoz.

Az volt az egyik olyan hely, ahol a Toronytól induló egyenes falak egyike belefutott a félkör alakú falba.

Amikor megálltak, Thén felnézett a fal tetejéig. Az szédítően magas volt. Ha sokáig nézte, olyan érzése támadt, mintha rá akarna dőlni.

A fal közelében mindig volt benne egy kis izgalom. Fogalma sem volt arról, hogy mi lehet a másik oldalán – ahogy másoknak sem –, az oda való átlépést szintén törvény tiltotta.

Ex odalépett egy, az egyenes fal tövében lévő kisebb gallyrakáshoz.

– Pár hónapja vettem észre. Idepakoltam ezeket, nehogy más is rátaláljon. Segítesz?

Pakolni kezdték az ágakat.

Amikor azok elfogytak, Thén értetlenül nézett maga elé. Nem volt ott semmi.

– És most?

– Várj egy kicsit! – Ex kotorni kezdte a homokot, amely alól két széles, rövid deszka tűnt fel.

– Na, most figyelj! – Lehajolt, és elhúzta a deszkákat.

Thén izgalma hirtelen megnőtt.

– Ez nem lehet igaz!

A deszkák egy ásott alagutat takartak, amely egyenesen az egyenes fal másik oldalára vezetett. Éppen csak annyira volt mély, hogy egy ember kúszva beférjen rajta.

– Na, mit szólsz? – kérdezte Ex.

Mindketten letérdeltek, fejüket leengedték egészen a földig, hogy benézzenek az alagútba.

Abban koromsötét volt. Nem láttak benne semmit.

– Vajon ki csinálhatta? – kérdezte izgatott hangon Thén.

– Nem tudom.

Pár percig csak nézték a sötét alagutat.

– Menjünk át! – szólt Ex.

– Micsoda? Én aztán nem.

– Miért? Nem tudná meg senki. Téged nem érdekel, mi lehet odaát?

– Dehogynem. De… inkább jelentsük a Segítőknek! Oké?

– Jaj, ne csináld már!

Az alagútból por csapódott ki, ezzel együtt halk kaparás hallatszott odabentről.

Mindketten ijedten hátraugrottak.

– Gyorsan, a deszkákat! – kiáltott fel Thén.

Hamar visszadobták a deszkákat az alagút bejáratára, rákotortak egy kis homokot, majd visszapakolták rá a gallyakat.

Thén megragadta Ex vállát, és húzni kezdte magával.

– Jobb lesz, ha eltűnünk innen!

Phil háza
Aznap este...

Este nyolc óra volt. Thén ekkor ért oda a Kapitány házához.

Addig ő és Ex a Városban lézengtek, ki kellett szellőztetniük a fejüket a délutáni élményük után. A hideg hónapok alatt összesen nem érte őket annyi izgalom, mint az alatt a bizonyos pár óra alatt.

Thén azon gondolkodott, hogy beszámoljon-e Philnek az élményéről. Nyilvánvaló volt számára, hogy a Kapitány valami meglepetéssel várja őt, ezért nem volt biztos abban, hogy el kéne rontania ezt az alkalmat afféle kikapart gödrök hírével.

Végül úgy döntött, hogy majd a legközelebbi találkozásukkor számol be neki az alagútról.

Phil háza kívülről semmiben sem különbözött a többitől. A Város középső körzetében állt, ahogy a többi Városvédőé is.

A legbelső körzetben, a Toronyhoz legközelebb a Városvezetők éltek. A legkülső körzetben, a termőföldek mellett pedig a Városfenntartók.

Az egyik ablakon halvány fény szűrődött ki.

„Ezek szerint már itthon van" – gondolta Thén.

A főbejáraton át belépett a ház szűkös előszobájába, onnan pedig tovább a nappaliba. Ám odabent nem a megszokott látvány fogadta: a nappaliban majdnem teljes üresség és sötétség volt.

Beljebb mozgolódni kezdett valami.

– Phil!

Ekkor az egész nappaliban éles fény villant fel.

Thén az arca elé rántotta a karját, aztán, amikor leengedte, a nappalit már a megszokott állapotában látta: a bal oldalon egy kandalló tüze lobogott, az előtt egy asztal, a mellett egy fotel és két egyszerű szék állt.

A magas háttámlájú fotel mögött Phil Kapitány állt.
– Áh, fiam! – kiáltotta örömteli hangon. – Gyere csak beljebb!
Nem meglepő módon akkor is fényes láncingét viselte. Hosszú, ősz haja kiengedve terült szét a vállain.
Thén még mindig értetlenül állt az ajtó előtt.
– Ez meg mi volt?
– Csak egy kis álca. Sajnos elkél manapság. Gyere, ülj le! Nem vagy éhes?
– Hát... – Thén egyik kezét a hasára helyezte – egész nap az utcákat jártam, szóval...
– Jól van, hozok valamit enni. Egy perc... – azzal Phil sarkon fordult, és kiment a konyhába.
Thén leült az asztalhoz.
Phil a konyhából visszatérve letett az asztalra egy kis kosarat, amely tele volt gyönyörűen barnára sült süteményekkel. Ez után beült a foteljába.
– Köszönöm! – mondta Thén. Igencsak éhes volt már, ezért neki is látott az evésnek.
Phil türelmesen várta, hogy Thén végezzen.
Amikor valaki először találkozik a Kapitánnyal, nehezen képes elhinni, hogy ez a veszedelmes harcos hírében álló férfi valójában egy gyengéd, melegszívű öregember. Thén tudta ezt róla jól, hiszen Phil gyakran ismételte előtte jelmondatait: „*Nem attól lesz erős az ember, ha erejét mások eltaposására használja, hanem attól, ha másokat segít a növekedésben. Az indulat, a megfélemlítés a gyenge, zsarnok emberek eszköze.*"
Az utolsó falat után Thén így szólt:
– Mi volt az a valami a szoba közepén?
Phil gondolkodott egy keveset.
– Ó, az álcára gondolsz? Tudod, ha esetleg ártó szándékú emberek térnének be hozzám, kell valami, ami elijeszti őket. És hát... ez a valami... szörnyű látvány. Még magam is beleborzongok néha, pedig tudom, hogy csak egy hologram.
– „*Hologram*"? – Thén most hallja ezt először.

– Nagyjából hétszáz éves technológia, de még mindig hatásos. A lényege, hogy bármit láthatóvá és hallhatóvá lehet vele tenni. Az ezt produkáló szerkezetnek hordozható változata is van. Most már jó, ha tudod, hogy a Védők néha használják ezeket. – Phil elővett a derekán lévő kis táskából egy lapos, korong alakú tárgyat, és az asztal közepére helyezte.

– Érintsd meg a tetejét, aztán mondd ki, amit látni szeretnél!

Thén megérintette a korong tetejét, erre az enyhén, kékes színben világítani kezdett.

Gondolkodott, hogy mit mondjon.

– Almafa!

Pár másodperc múlva egy nagyjából egyméteres almafa jelent meg a korong felett. Teljesen valóságosnak látszott. Ágai úgy hajladoztak, mintha a szél mozgatta volna őket. Még egy kis madár is csiripelt az egyik ágán.

Ahogy a madár szökdelni kezdett az ágon, arról lepottyant egy alma az asztalra, és gurulni kezdett. Amikor túlgurult a kivetítés hatókörén, egyszerűen csak eltűnt.

Thén még levegőt is elfelejtett venni, annyira lenyűgözte a látvány.

– Ez… varázslatos!

Phil mosolyogva megérintette a korong tetejét.

– Valós méret!

A kis fa hirtelen hatalmasra nőtt.

Thént ez annyira meglepte, hogy székestül hanyatt borult.

A Kapitányból kacagás tört elő.

A fiú azonnal felugrott, és visszaült az asztalhoz. Persze ő is csak nevetett a dolgon.

– Látom, tetszik – mondta Phil.

– De még mennyire!

Phil még egyszer megérintette a készülék tetejét, ekkor a kivetítés megszűnt.

– Vidd el!

– Komolyan?

– Persze. Most már neked is jól jöhet.

– Rendben... köszönöm!

Egy percig csendben ültek, aztán Thén így szólt:

– Csak egy dolgot nem értek az álcáddal kapcsolatban: mégis ki akarna ártani neked?

Phil végigsimította a szakállát, közben sóhajtott egyet.

– Hát... ezt most inkább hagyjuk... Inkább áruld el nekem, hogy milyen érzés tizenöt évesnek lenni, mert én már nem emlékszem rá. Ma van a születésnapod, ha nem tévedek.

– Igen, ma van. Nos... olyan, mint... bármikor máskor.

– Hm... volt egy ilyen sejtésem – mondta széles mosollyal Phil.

Egy kis zsákot emelt fel a fotel mellől.

– Hát, akkor... ezen és Városvédővé válásod alkalmából... ezt szántam neked ajándékul. – Odanyújtotta Thénnek a zsákot.

– Parancsolj!

Thén elvette a zsákot, és kíváncsian belenyúlt.

Egy könyvet húzott elő belőle. Nagyon réginek látszott. Külső borítása barnára színezett, kopott bőrből volt.

– Tudom, nem nagyon szereted a könyveket, de azt szeretném, ha ezzel az eggyel kivételt tennél, és elolvasnád – mondta Phil.

Thén felnyitotta a könyv fedelét. Lapjai megsárgultak az idők folyamán. Az első oldalon kézzel írottan ez állt: „ Út az igazsághoz ".

– Elolvasom. Megígérem.

– Az enyém volt, előttem pedig az előző Kapitányé. Remélem, számodra többet fog mondani az, ami benne áll.

Phil várt egy keveset, majd folytatta:

– Ezen kívül van még egy ajándékom számodra, de azt csak holnap tudom odaadni. Holnap délután négy órakor várj rám a Torony előcsarnokában! Nagyon fontos, hogy pontosan ott légy, és hogy ne beszélj róla senkinek! Sem arról, hogy én hívtalak oda, sem pedig arról, amit mutatni fogok neked. Rendben?

– Persze! – vágta rá habozás nélkül Thén. – Nem probléma.

– Jól van. Most pedig menj haza, és pihenj egyet! Holnap lesz a felavatás és az első órád. Nem árt épkézláb állapotban megjelenni.

– Phil, ugye te leszel a Segítőm?

– Sajnos nem. Én is ezt akartam, de nem megy; mindent nekem sem lehet. De ne aggódj, a Segítő, akit felkértem mellétek, megfelel a feladatra.

Thén kissé csalódott volt, de tudta, hogy kénytelen lesz beletörődni ebbe.

Kezében a könyvvel és a holovetítővel felállt, majd elindult az ajtó felé.

Phil utána szólt:

– Thén!

Thén visszafordult Phil felé.

– Igen?

– Boldog születésnapot, fiam!

– Köszönöm, Phil!

Azzal Thén kilépett a Kapitány házából, és elindult hazafelé.

A gyakorlópályáknál
Másnap délelőtt...

Thén belépett a gyakorlópályákhoz vezető széles fémkapun. A létesítmény a Toronyhoz közel épült, a Város keleti felén. Az egykori építők az égvilágon mindenféle kényelmet mellőztek belőle, a pályák még tetőket sem kaptak. Az ott tartózkodó Gyakorlók, ha esett az eső, áztak, ha hideg volt, fáztak. A pályákon a homokkal leszórt talajon és a kövekből épült válaszfalakon kívül nem volt más.

Thén izgatottan menetelt a fedetlen, kövekkel végigrakott folyosón.

Kétoldalt még nyitva álltak a pályák ajtói, némelyiken bepillantott: a legtöbb helyiségben megilletődött fiatalok várakoztak – bizonyára nekik is ez volt az első napjuk.

Előhúzott a zsebéből egy darab papírt, amelyen ez állt: „bal oldal, 130-as".

Még csak a tizenegyedik ajtónál járt, beletelt egy kis időbe, amire odaért.

A 130-as pályára belépve hozzá közel kilenc vele egykorú Gyakorló állt egy kupacban, halkan egymással beszélgettek.

Thén elindult feléjük, de még mielőtt odaért volna, a háta mögött valaki megszólalt:

– Üdvözöllek titeket! – hallatszott egy férfihang.

Thén megfordult.

Az ajtóban egy magas, rövid, sötét hajú férfi állt hosszú, fekete ruhában. Mellkasa bal oldalára egy kék színű kör volt felvarrva.

Mellette egy fiatal Gyakorló állt, kezében egy tucat világosbarna öltözékkel.

– Kérlek, álljatok egy sorba! – szólt a Segítő.

A csapat gyorsan felállt. Thén balról a második volt.

– Vágjunk is bele! – A Segítő intett a mellette álló Gyakorlónak, erre az elkezdte kiosztani az öltözékeket.

– Ezeket vegyétek magatokra! Ez az egyenruhátok.

Thén – nem kis büszkeséget érezve – magára vette az egyenruhát. A világosbarna öltözék bal oldalán egy sárga színű kör ékeskedett.

Ezután az öltözékeket kiosztó Gyakorló kiment az ajtón.

A Segítő végigment a sor elejétől a végéig, mindenki előtt megállt pár másodpercre. Mélyen a szemükbe nézett a Gyakorlóknak. Ezt egyedül csak Thén viszonozta rezzenéstelen ábrázattal, a többiek legfeljebb a férfi feje mellett bírtak elnézni.

Ezt követően a Segítő visszaállt a sor elé, és belekezdett mondandójába:

– A nevem Szyn. Engem kértek fel Segítőnek a csoportotokhoz. Az elkövetkező jó pár évben az lesz a feladatom, hogy bevezesselek titeket a Városvédők világába. Hetente egyszer itt fogunk találkozni, hogy megbeszéljük a heti feladataitokat. Ezeket alapvetően önállóan fogjátok végezni. Emellett gyakran elő fog fordulni, hogy a saját feladataim elvégzéséhez magam mellé foglak venni titeket.

A Szynnek segédkező Gyakorló visszatért a pályára tíz darab, egyik karjával a mellkasához szorított fakarddal, amelyeket azonnal ki is osztott, aztán ismét távozott.

– Egyelőre ezeket fogjátok hordani – mondta Szyn. – Most a képességeitekre lennék kíváncsi; párbajozni fogunk.

A sor szélén – Thén mellett – álló fiú felszólalt:

– Lenne egy kérdésem!

– Tessék!

– Miért csak fakardokat használhatunk?

– Hm... Hogy miért? Megmutatom. – Szyn a falnak támasztotta saját fémkardját, majd megállt a Gyakorlóval szemben.

– Támadj meg!

A fiú meglepett képet vágott.

– Hogyan?

– Csak bátran! Rajta!

A fiú vett egy nagy levegőt, felemelte a kardját, és lesújtott vele Segítőjére.

Szyn kitért a vágás elől, közben elkapta a Gyakorló kardját, és – lendületét visszafordítva felé – kicsavarta a kezéből. Ahogy mögé került, nekiszegezte a fakard hegyét a Gyakorló torkának – az pedig az előbbinél is nagyobb meglepetéssel nézett rá.

– Nos... ezért használhattok „csak" fakardot.

Szyn a többiek felé fordult.

– Jegyezzétek meg! Az indulatból kivont kard végül visszafordul felétek. Ameddig ezt nem tanuljátok meg, addig egy acélkarddal csak magatokat kaszabolnátok le.

Odanyújtotta a kardot a Gyakorlónak.

A fiú tisztelettel meghajolt Szyn előtt, miközben átvette tőle a fegyvert.

Thént nagy elégedettséggel töltötte el a jelenet. „Phil valóban jó Segítőt választott" – gondolta.

Az ajtón váratlanul Phil Kapitány lépett be.

– Üdv!

Szyn oldalra szorított karokkal kihúzta magát előtte.

– Kapitány!

– Elnézést, Szyn, amiért megzavarom az órádat, de fontos beszélnivalóm lenne az egyik Gyakorlóddal. Gyors leszek.

– Csak nyugodtan! – mondta Szyn.

– Thén, gyere ki egy percre, légy szíves!

Thén kivonult a Kapitánnyal. Odakint odébb léptek egy kicsit az ajtótól.

Phil halkan szólt:

– Változott a terv. Hamarabb kell találkoznunk. Az óra után egyből gyere az előcsarnokba! Ott fog rád várni valaki.

Thén bólogatott.

– Rendben.

– Na, mit gondolsz Szynről? – váltott hirtelen témát a Kapitány.

– Azt hiszem, tényleg meg fog felelni.

– Örülök, hogy így gondolod. Rendben, most megyek. – Azzal Phil megfordult, és tempósan távolodni kezdett Théntől.

Thén, még mielőtt visszament volna az órára, a Kapitányt figyelte egy rövid ideig. Nem tudta hova tenni ezt a nagy titokzatosságot.

A Toronyban
Pár órával később...

Thén a Torony előcsarnokában várakozott.

Az előcsarnokot fekete, tükröződő márványpadlójával, hófehér falával és csillagboltozatú mennyezetével minden egyes alkalommal lenyűgözőnek vélte – igaz, eddig éppen csak párszor láthatta. A kör alakú helyiség falának mentén végig ajtók álltak, s mint mindig, akkor is számtalan ügyeiket intéző Segítő és Tanácsos sétált rajtuk ki-be.

Thén karjai még kissé sajogtak a Szynnel való párbajozása óta. Segítője alapvetően meg volt vele elégedve, viszont arra fel kellett hívnia a figyelmét, hogy a jövőben érdemes lenne megfontoltabbnak és türelmesebbnek lennie, ha egy esetleges éles küzdelem során nem akar gyorsan elvérezni. Ezen hiányosságainak köszönhetően szerezte fájdalmas találatait.

A távolból észrevett valakit, akire akkor éppen nem számított: az egyik ajtón az a lány lépett ki, akit az azt megelőző napon látott Emma néni háza előtt.

A lány odébb állt az ajtón keresztül áramló emberfolyamtól, és a tömeget kezdte fürkészni – mintha keresett volna valakit.

Amikor meglátta Thént, pár másodpercnyi méregetés után elindult felé.

Thén úgy tett, mintha nem tudná, hogy a lány felé közelít. Tekintetét folyamatosan más-más pontokra vándoroltatta. *„Pont ő lenne az, akit Phil értem küldött? Nincs olyan szerencsém"* – gondolta.

A lány odaért Thénhez.

– Szia! Te vagy Thén?

Thén egy pillanatra belemerült a lány ragyogó, barna szemeinek látványába.

– Ő... igen. – Meglehetősen zavarba jött, de ezt minden erejével próbálta rejtve tartani.

– Örülök! A nevem Szyli. – A lány odanyújtotta jobbját.

– Phil Kapitány küldött, hogy vezesselek hozzá.

Thén megfogta Szyli kezét.

Valami különleges dologra számított abban a pillanatban, de nem történt semmi. Nem volt benne semmi rendkívüli, pusztán csak egy másik ember kezét fogta – ez enyhe csalódottságot ébresztett benne.

– Menjünk is! – mondta Szyli.

– Rendben.

Thén követte a lányt.

A csarnok egyik ajtaján keresztül egy folyosóra léptek be, ahol kétoldalt szintén rengeteg ajtó volt.

– Hú… Itt minden olyan… egyforma – mondta Thén. – Nem fogunk eltévedni?

Szyli elmosolyodott.

– Ne aggódj, az elmúlt három évben sok időt töltöttem a Toronyban, már ismerem a járást.

– Rendben. Amúgy te ismered a Kapitányt?

– Igen – válaszolta Szyli.

– Honnan? – Thén vetett egy pillantást a lány elegáns, bordó színű ruhájára. – Ha jól sejtem, te nem a Városvédőkhöz tartozol…

– Nem. A Városvezetőkhöz. Phil… az én keresztapám.

– A keresztapád? – Thén teljesen elámult. A Kapitány nem szokott a családjáról mesélni, így ez nagy meglepetésként érte.

– De hisz ez… fantasztikus!

– Sajnos nem mindig.

– Miért? – kérdezte értetlenül Thén.

– Néha ér némi kivételezés emiatt, és a társaim közül sokan ezt nem nézik jó szemmel.

– Értem…

Elértek a folyosó végére, ahol csak egy, a többinél valamivel nagyobb fekete ajtó állt.

– Itt volnánk – mondta Szyli.

– És most?

– Itt várunk. Egyébként mit fogtok csinálni?

– Hm… Én sem tudok semmit.

Szyli mosolyogva a falnak támaszkodott.

– Akkor ez megint valami Phil-féle szupertitkos ügy lesz – mondta viccelődve.

– Igen… ez rávall.

A fekete ajtó zárja kattant egy hangosat, aztán kinyílt. Phil lépett ki rajta.

– Áh, hát ideértetek. Nagyszerű! Remélem, idejövet megismerkedtetek…

A fiatalok egymásra nézve bólogattak.

– Pompás!

Phil odalépett Szylihez, és megérintette a vállát.

– Kedvesem, köszönöm a segítséget! Ha nem bánod, mi most továbbállnánk.

– Hát persze…

Szyli Thénre nézett.

– Még találkozunk!

– Igen… még találkozunk.

Szyli visszaindult a csarnok felé.

Amikor a lány már elég távolra ért tőlük, Phil odafordult Thénhez.

– Nagyjából egy óránk van. Gyere!

Thén követte Philt a fekete ajtó mögötti szűk helyiségbe, amelyet egy plafonra felillesztett kristály töltött meg kellemes, meleg színű fénnyel.

– Te mit csináltál itt? – kérdezte Thén.

– Semmit. Ez egy lift. Függőleges irányba képes mozogni. Felvisz minket… az… erkélyre.

Thén hatalmasra nyílt szemekkel nézett Philre.

– Az erkélyre?

A falon, nekik mellmagasságban egy kékes színű kristály kapaszkodott, amely Phil érintésére zöldre változott. Rá pár másodpercre egy fényes energiafal jelent meg a lift bejáratában.

Halk, folyamatos zúgás vette kezdetét – a szerkezet elindult.

A zúgás megszűnt, és az energiafal is eltűnt. Egy ugyanolyan fekete ajtó állt előttük, mint az előbb. Phil kinyitotta az ajtót. Előrement. Thén kilépett utána.

Egy helyiségben találta magát, amely nagyjából akkora volt, mint egy átlagos szoba. Ott is – akárcsak a liftben – egy világos kristály fénylett a plafonon. Kétoldalt, egymással szemben egy-egy átlagos ajtó állt.

– Készen állsz? – kérdezte Phil.

– Készen! – Thént már majd' szétvetette az izgalom. Ha jól gondolja, egy olyan élményben lesz része, amelyről addig még csak nem is álmodott: látni fogja a falon túli világot.

Kiléptek a bal oldali ajtón.

Thén egyenruhájába azonnal belekapott a magasan áramló levegő, egy kicsit még meg is lökte.

Az erkély széle még jó száz méterre volt tőlük, ezért a tiszta égbolton kívül más még nem látszott.

Elindultak a faragott kőből készült korlát felé.

Közelebb érve Phil megragadta Thén ruháját a hátán.

– Nem akarom, hogy lepottyanj. Nagyon magasan vagyunk. Elsőre kissé… szédítő lehet.

Lassan odalépdeltek a korlát mellé.

Feltárult előttük a világ.

Thén képtelen lett volna szavakkal kifejezni azt az érzést, amely abban a pillanatban az egész testét kővé dermesztette és még a lélegzetét is elállította.

Ott volt alattuk az egész Város. Tényleg nagyon magasan voltak.

A mákszemeknek tűnő épületek és az azokat elválasztó hosszabb-rövidebb utcák szabályos mintázatot alkotva terültek el a toronyudvar és a termőföldek között. A kevésbé forgalmas utcákon haladó embereket egyenként alig lehetett észrevenni, elsőre csak a méretesebb csoportok mozgása volt feltűnő. Thén továbbvezette a tekintetét a falon túli világra. Az nem is látszott olyan veszélyesnek, mint amilyennek régen leírták neki. Az erdős és a puszta területek úgy váltakoztak, akár a fehér és a fekete mezők egy sakktáblán. A távolban magas hegyek zárták körül azt az óriási területet, amelynek Holdkővárad pontosan a közepén helyezkedett el. A hegyeken túlra már nem lehetett ellátni.

– Tudom, elsőre egy kicsit nehezen érthető – mondta Phil.

– Eddig úgy tudtad, hogy a falakon túli világ káosz-uralta és veszélyes. Amint látod, ez nem teljesen igaz.

Thén csak ámult az igéző táj látványától.

Tekintete megakadt egy nagyobb tavacskán, amelynek felszíne a csillagos égbolthoz hasonlóan ragyogott a déli napfényben.

– Valóban. Ez inkább... mesés.

Ez után a hegyekre mutatott.

– Azok is falak?

Phil visszafogottan nevetve elengedte Thén ruháját.

– Nem... nem. Bár azok is kőből vannak, de nem falak. Hegyek. A természet művei.

– És azokon túl mi van?

Phil a fejét rázva a korlátnak támaszkodott.

– Nem tudom. Senki sem tudja. Nagyjából annyi idős lehettem, mint te, amikor először felhoztak ide. Akkoriban az volt a legnagyobb álmom, hogy egyszer elmenjek a hegyeken túlra. Volt is rá lehetőségem, nem is egy, még mielőtt kijelöltek volna az előző Kapitány utódjának, de egyszer sem mertem élni velük. Inkább a Város kényelmét és biztonságának illúzióját választottam. Nagyobb álmom azóta sem volt...

– Nem elég nagy dolog Holdkővárad Kapitányának lenni?

– Csak kívülről tűnik annak. Azért látszom nagynak, mert mások a magasba emelnek. Így működik ez: senki sem születik kicsinek vagy nagynak, az emberek döntik el, hogy mekkora hatalmat adnak neked maguk felett.

Phil sóhajtott egyet.

– De most inkább térjünk rá arra, amiért idehívtalak; nincs sok időnk. Szeretném, ha tudomást szereznél a Városban zajló dolgok miértjéről és arról, hogy jelenleg merre is tart mindez.

Thén élénken figyelt.

– Az iskolában ugyebár azt tanultad, hogy a falak megvédenek minket a kinti világ szörnyűségeitől. Azonban az igazság az, hogy a Holdkővárad lakóira leselkedő veszély nem odakint van. A félelem... az emberben van, bennünk gyökerezik, nem kívülről érkezik. Minden korszakban, ahogy a jelenlegiben is, ez a bizonyos félelem késztette az embereket arra, hogy falakat emeljenek maguk köré. Tudod, falakat nem csak kövekből lehet építeni. A fal lehet egy gondolatrendszer is; az előző korszakunk végén sok ilyen létezett: politikai, gazdasági, vallási falak... Csakhogy ezekkel a falakkal előbb-utóbb két dolog történhet: az egyik, hogy egy külső erő rombolja le. A másik, hogy egy belső feszültség robbantja szét. Ugyanez érvényes a mi falainkra is. S már omladoznak is, méghozzá egy belső feszültség által.

Thén komoran hallgatott.

Phil folytatta:

– Egyre gyakrabban fordulnak elő törvényszegések, és egyre nagyobb erőket kell megmozgatnunk ezek kezelésére. Előbb-utóbb el fog jönni az a pont, amikor majd tehetetlenné válunk. Akkor a falaink le fognak dőlni.

Phil Thénre nézett.

– Gyere, fiam! Van még valami.

Visszatértek a Toronyba, s kiléptek a másik, szemben lévő ajtón. Ott is egy ugyanolyan erkély kapaszkodott a Torony oldalán.

Az ottani korláthoz érve Thént ugyanazon látvány fogadta, mint a másik oldalon.

– Ez a Város déli oldala – kezdett bele Phil. – Ide kerülnek a törvényszegők.

Thén szótlanul, a korlátnak támaszkodva figyelte a déli oldalt. Kezdte egyre távolibbnak, szinte megszűnőnek érezni az addigi életét. A hirtelen rázúduló titkok minden bizonnyal át fogják formálni mindazt, amit addig a világról gondolt.

– Hogyan lehet az, hogy senki sem tud erről? – szólalt meg végül.

– Egyre komplikáltabb titokban tartani. A déli oldalt folyamatosan az ellenőrzésünk alatt kell tartanunk; mindig próbálkoznak valamivel, néha sikerül is átszökniük. Általában ennivalót lopnak, pedig a földek odaát is termékenyek, de nekik így egyszerűbb. Tudod, a Város épülésekor az egyenes fal még nem volt meg; a kezdetekben még nem volt megosztottság. Az első generáció, akik a Várost építették, békében és szeretetben éltek egymással, hiszen örültek, hogy túlélték az előző korszak végét. Ismerték a veszedelmet. Viszont az ő gyerekeik már nem ismerték a veszedelmet, és anélkül már nem voltak képesek teljes mértékben értelmezni az akkori Segítők tanításait. S a gondok kezdődtek elölről... Nagyjából száz év elteltével a három Tanács egyhangúan úgy döntött, hogy kettéosztják a Várost, és titokban elkülönítik a törvényszegőket másoktól.

– És erre már senki sem emlékszik? Hogy az egyenes fal nem volt mindig itt?

– A Város történelmét pusztán csak az emberek emlékezete őrzi, és háromszáz év szinte bármit képes feledésbe meríteni. Szerintem néhányan még őrzik az osztatlan Város emlékét, de összességében már feledésbe merült a dolog.

Thénnek eszébe jutott az egyenes falnál talált átjáró. Már értette. A törvényszegők nyilván azt is az átszökésekhez használják.

– Phil! Azt hiszem, nekem is mondanom kell valami fontosat...

Az egyenes falnál
Aznap este...

Thén és Phil még aznap este elmentek ahhoz az átjáróhoz, amelyet Ex talált.

Két Védő Segítő már a helyszínen volt. A Kapitány küldte őket előre az alagút megvizsgálására. Egyikük az alagút bejárata mellett térdelt, a másik neki háttal állva őrködött. Amikor Thén és Phil a közelükbe értek, az őrködő Segítő oldalra szorított karokkal kihúzta magát.

– Uram!

Gondolata kiült az arcára, amikor Thénre nézett: *„Mit keres itt egy Gyakorló?"*

– Vele ne törődjön! – utasította Phil. – Beszéljen!

– Ez egy újabb átjáró a... – A Védő újból Thénre pillantott.

– Szóval? – Phil felvette azt az arckifejezését, amely egyértelműen azt jelezte, hogy éppen semmi türelme a várakozáshoz.

A férfi ezt ismerte jól, ezért gyorsan be is fejezte a mondatot: – ...a déli oldalra.

– Thén, mit is mondtál, mikor talált rá a barátod? – kérdezte Phil.

– Pár hónapja.

A másik Segítő felállt az alagút bejárata mellől, aztán közelebb lépett hozzájuk.

– Nos, valóban pár hónapja itt lehet már. A nyomok alapján úgy tűnik, hogy nem használták mostanában.

– Minél hamarabb temessék be, és vegyék fel a helyet az ellenőrzendő pontok listájára! – adta ki a parancsot Phil.

– Igenis! – mondta a második Segítő. – Idehozok még pár embert, aztán neki is látunk.

– Menjen csak. Addig mi itt őrködünk.

Miután a Segítő elment, Thén és Phil odébb vonultak az ott maradt gyanakvó tekintetű férfitól.

– Szóval ez egy átjáró a törvényszegőktől? – kérdezte Thén.

– Igen. Sajnos nem egy ilyet találtunk már. Van jó néhány emberem, akiknek csak az a dolguk, hogy átjárókat keressenek.

Phil kifújta magából a levegőt, tekintetét egy pillanatra felemelte a csillagos égboltra, aztán folytatta:

– Figyelj, fiam... Ma sok mindent tudtál meg. Mára ennyi bőven elég lesz. Most jobb lenne, ha kiszellőztetnéd a fejedet. Hívni foglak, ha szükségem lesz rád. Rendben?

Emma néni háza
Aznap este...

Thén arcát a két tenyerébe temetve ült az ágya szélén. Vadul kavarogtak fejében a gondolatok. Azok között ott voltak a Torony erkélyén látottak, a déli oldal és a közelgő veszély. Úgy érezte, hogy túl sok minden szakadt a nyakába, és hogy bele fog telni némi időbe, amire megemészti mindezt.

Mindeddig azt gondolta, hogy az életét teljes mértékben ő irányítja, tehát nem érheti semmi kellemetlenség, ha nem hibázik. Be kellett látnia, hogy tévedett. Rájött, hogy sorsának alakulását a saját akaratán kívül más tényezők is befolyásolhatják. Először kellett szembesülnie a jövő kiszámíthatatlanságával, ami az élettel szembeni kiszolgáltatottság érzését keltette benne.

Vajon mi volt Phil szándéka ezzel? Miért akarta, hogy tudomást szerezzen minderről? Az rendben van, hogy közel állnak egymáshoz, de ez önmagában kevés. Talán tervez vele valamit. De mit? Ő még túl fiatal, túl tapasztalatlan, még éppen csak most vált Gyakorlóvá, a Kapitány pedig azonnal rábízta a Város talán legnagyobb titkait – már ha egyáltalán ennyi van. Nem ért volna rá később, amikor érettebb lesz, amikor majd tud mit kezdeni a dologgal?

Ahogy teltek a percek, egyre több olyan kérdés merült fel benne, amelyeket nem tudott megválaszolni magának. Ez az elmélkedés csak egyre nagyobb zűrzavart okozott a fejében, ezért jobbnak látta felfüggeszteni.

Elővette a holovetítőt, maga elé tartotta, és aktiválta. Úgy érezte, jólesne látnia valakit, aki elterelné a figyelmét a gondokról.

– Szyli! – mondta ki a lány nevét.

A készülék várt pár másodpercet, majd kékes fényét vörösre változtatta – a kivetítés nem történt meg.

„Talán elromlott..." – gondolta.

Füleit az ajtó mögül érkező léptek zaja csapta meg. Gyorsan berejtette a holovetítőt a párna alá.

Az ajtón Emma néni lépett be. Már hálóruhában volt.

– Szervusz, szívem! Nem is hallottam, hogy megjöttél. Csak mintha beszédet hallottam volna innen...

– Igen, én voltam. Felébresztettelek?

– Nem. Nem tudok aludni; tudod, a meleg hónapok elején ez így szokott lenni. Minden rendben? Kicsit nyúzottnak látszol.

– Persze, minden rendben. Csak... egy kicsit sok volt a... tennivaló.

– Megértem. A munka néha kicsit megterhelő. Majd hozzászoksz. Hozzak egy jó teát?

– Azt hiszem, az jólesne, de ne fáradj! Majd megcsinálom magamnak.

– Jól van, szívem. Jó éjt!

– Emma néni! Várj még egy kicsit! Kérdeznék valamit.

– Kérdezz, angyalom!

– Szóval... mit éreznél, ha egyszer... elmennék innen? Messzire. Talán nem is látnál többet.

– Ó... Hát... – Emma néni leült Thén mellé. – Egy darabig biztosan nagyon szomorú lennék. Sajnos én sosem tudtam egykönnyen elfogadni mások távozását. Túlságosan ragaszkodó vagyok. – Hát igen, Thén ezt tudta jól, pont ezért tette fel a kérdést. – Viszont amikor a gyászom elmúlna, helyét a végtelen öröm venné át a szívemben, mert abban hinnék, hogy bárhol is vagy, ott jó helyen vagy. Tudod, az ember életében az az egyik legnagyszerűbb dolog, amikor elhagyja a szülői házat, és elindul a saját útján. De hát nem igazán értem. Olyan messzire úgysem tudnál költözni, hogy ne látogathass meg néha. Nem igaz? – Emma néninek fogalma sem volt arról, hogy Thén mire is gondolt valójában. Ő ezt úgy értette, hogy amikor Thén már nem lesz kezdő Gyakorló, akkor átköltözik majd a Városvédők körzetébe. Hiszen számára ez volt természetes.

Bár nem ugyanarról beszéltek, Thén így is kielégítőnek és megnyugtatónak érezte Emma néni válaszát, ezért csak ennyit mondott:

– Hát persze.

– Na ugye... Van más is, szívem?

– Csak ennyi. Köszönöm!

Amikor Thén újból magára maradt, elővette a könyvet, amelyet Philtől kapott. Végiglapozta, minden oldalára vetett egy pillantást. A könyv végig bejegyzéseket tartalmazott, mint valami napló. Az első bejegyzést 1743-ban, az utolsót 2099-ben írták. Az utolsó lapok üresen álltak.

Szívesen belekezdett volna az olvasásba, de már túl fáradt volt, ezért letette a könyvet, és lement a konyhába, hogy megigyon valami meleget, mielőtt lefeküdne.

A Város egyik utcáján
Pár nappal később...

Thén és a Kapitány egy, a Város szélén álló elhagyatott ház előtt álltak.

Annak falait helyenként méretes repedések csúfították. Tetőjének egy kis része nem volt a helyén, a hiányzó rész az épületen belül hevert összetörve.

– Mi dolgunk van itt? – kérdezte Thén.

– Ez most egy különóra – válaszolta Phil. – Csak neked szól. Gondolkodtam, mivel pótolhatnánk azt, hogy nem lehetek a Segítőd. Ez volt az egyetlen ötletem. Amikor az időnk engedi, találkozni fogunk. Ezen órák célja az lesz, hogy megkíséreljem átadni neked minden tudásomat.

Végül mégiscsak összejött valami abból, amire Thén vágyott. Különórák a Kapitánytól. Az nem akármi.

– Egy egyszerű leckével fogjuk kezdeni – folytatta Phil. – Itt ez a ház. Már nagyon régi, nagyon rozoga. Túl sok munkába telne kipofozni, egyszerűbb, ha lebontják, és újraépítik. A Fenntartók ma kezdték volna a bontást, de megkértem őket, hogy bízzák ránk ezt a feladatot. Azt szeretném, ha te bontanád le.

Thén rámeredt a házra.

– Egyedül?

– Persze, egyedül – mondta Phil a lehető legnagyobb komolysággal. – Odabent találsz egy nagy kalapácsot. De vigyázz, mindig légy kívül, nehogy rád omoljon. Egy óra múlva visszajövök. – Azzal Phil sarkon fordult, és egy szempillantás alatt el is tűnt.

– Na de... – Thén körbefordult. Észre sem vette, hogy Phil távozott.

Megkereste odabent a kalapácsot, aztán kijött.

Fogalma sem volt, hogyan kezdjen hozzá. Percekig csak állt a házzal szemben. Úgy bámulta, mintha az elárulhatná neki a megfejtést.

Többször körbejárta az épületet. *„Egy egész házat? Egyedül?"* – ismételgette magában.

Végül megállt az egyik ablak előtt. Maga mögé lendítette a kalapácsot, és rávert egyet a párkány alatti, gyengének tűnő részre. Nem történt semmi, a fal nem mozdult. Újból és újból nekirugaszkodott, de az eredmény mindannyiszor ugyanaz lett.

Keresett egy másik pontot a falon, és ott is megpróbálta. Az a rész sem hagyta magát.

Kezdte bosszantani a dolog. Indulatosan ütni-verni kezdte a falakat, ahogy csak bírta, de azokról még csak egy körömnyi kő sem pattant le.

Már majdnem letelt az egy óra.

A számtalannak tűnő sikertelen próbálkozást követően elege lett az egészből. Odavágta a kalapácsot a földhöz, majd leült az utca másik oldalán. A hátralévő percekben ott dúltfúlt magában.

A Kapitány visszatért – arcán barátságos mosollyal.

– Látom, nem sikerült.

– Phil, ez képtelenség!

Phil a fejét rázta.

– Nem... nem az. Gyere, segítek egy kicsit.

Thén felkelt a földről, és leporolta a nadrágját. Felvette a kalapácsot, majd követte a Kapitányt a ház mögötti kis kertbe.

Amikor megálltak, sóhajtott egy mélyet, és így szólt:

– Jól van, hogyan csináljam?

– Játszva.

– Játszva? – értetlenkedett Thén.

– Igen, játszva. Azt szeretném, ha most játszanál. Emlékszel, kisgyerekként mennyire szeretted, amikor a földek mellett kardoztunk?

– Emlékszem. Hogyne emlékeznék...

– Remek! Akkor most idézd fel magadban! S amikor kellőképpen átjárta a lelkedet, akkor kezdd el újra! Képzeld azt, hogy én vagyok a ház, és hogy megint úgy kardozunk egymással, ahogyan régen. Játszd el a párbajunkat!

Thén nem tudta elképzelni, hogy ez mire lesz jó, de tette, amit Phil mondott.

Behunyt szemekkel belemerült az emlékeibe: ott áll kisgyerekként Phillel szemben. Kezeikkel egy-egy fakard markolatát szorongatják. Thén támad, Phil pedig védekezik. Phil egyszer csak – szándékosan – hanyatt esik, kezéből kiesik a kard. Thén vicsorogva fölé áll, kardja hegyét a Kapitányra szegezi.

Thén elmosolyodott.

„Na, ez már jó lesz" – gondolta Phil.

Thén újból és újból átélte gondolatban az emléket. Végül kinyitotta a szemeit, és megindult a ház felé.

Körbelendítette a feje körül a kalapácsot, ezzel akkora lendületet vitt bele az első csapásba, hogy a becsapódásba az egész ház belerezgett. Akkorát dörrent, mint az ég.

Meglepetten Philre nézett.

Phil biztatóan bólogatott.

– Jó lesz, csináld csak!

Thén sürgött-forgott, ide-oda ugrált – pontosan úgy, ahogyan azt kisgyerekként is tette. Sikerült megvalósítania azt, amit Phil kért tőle. Szívét betöltötte a gyermeki öröm, teste bizsergett az izgalomtól.

Fürgén befutott egy fa mögé – mintha el akart volna bújni valaki elől –, aztán széttárt karokkal és hangos, leleplező nevetéssel előugrott, hogy újból nekirontson a háznak.

– Haa! – Meglendítette a kalapácsot, és kicsapott egy jókora darabot az épület egyik sarkából. Ettől a sérült sarok feletti rész egészen a tetőig végigrepedt.

Végre az igazi erejével dolgozott. Nem az elméje vagy az izmai erejével, hanem a lelke erejével. Karjai és lábai már nem az indulat, hanem az öröm által mozdultak.

A következő pár csapástól a meggyengült fal félig berogyott. Thén egy végzetes csapással bedöntötte a ház belsejébe. A megfelelő alátámasztás nélkül maradt tető recsegniropogni kezdett, pár másodperc múlva be is szakadt. A beomló tető magával rántotta a többi falat, azok nagy robajt csapva feküdtek egymásra. A ház teljesen összedőlt. Thén beleveszett az épület körül örvénylő porfelhőbe.

– Thén! – kiáltotta Phil.

Thén köhögve, a kalapácsot maga mögött hagyva odaszaladt Philhez.

– Semmi bajom. Sikerült! Ledöntöttem a házat! Egyedül!

Phil nevetve megveregette Thén vállát.

– Na látod!

Leültek a fűbe. Figyelték a lassan feloszló porködöt.

– És te még kételkedtél magadban – szólalt meg Phil. – Nagy erő rejtőzik az emberben, csak elő kell csalogatni. Neked ez most sikerült. Eleinte bosszantott a dolog, igaz? Bosszantott, mert nem tudtad elérni a kitűzött célt.

– Igen – mondta két nagy levegővétel között Thén.

– Ebben van a hiba. Végig az elvárt végeredményre összpontosítottál, nem pedig az odavezető útra. Aztán elkezdtél játszani. Hogy miért pont erre kértelek? Mert a játék nem lehet egy elérendő cél. A játék egy állapot, amely mentes minden elvárástól, benne önmagad lehetsz, úgy csinálhatod, ahogyan szereted, ahogyan mindig is szeretted: boldogan. Közben nem arra gondoltál, hogy te most egy Városvédő vagy, akinek van egy teljesítendő feladata, hanem csak csináltad. Az útra figyeltél, így el tudtál jutni a végére; sikerrel jártál.

Thén elégedetten bólogatott.

– Mit gondolsz, meddig játszottál? – folytatta Phil.

– Hát... nem is tudom. Talán tíz percig.

– Tíz percig? Nem igazán. Ugyanúgy egy óra telt el, mint az első nekifutásodkor.

– Egy óra? – kérdezett vissza lepődötten Thén. – Nem is érzékeltem.

– Még szép, hogy nem érzékelted, hiszen a boldogság időtlen. Az időnek a mulandóság ad értelmet. Ameddig a mulandó végcélra figyeltél, addig érzékelhető volt számodra az az egyórányi idő.

Az elkövetkező percekben szótlanul üldögéltek.

– Mára ennyi elég lesz – szólalt meg végül Phil.

Thén bólintott egyet.

A Kapitány észrevette a fiú övén lévő kis táskából előcsillanó holovetítőt.

– Áh, látom, már magadnál hordod – bökött a készülék felé az ujjával. – Helyes!

– Igen, csak… azt hiszem, valami baj lehet vele. – Thén kivette a vetítőt a táskából. – Használni akartam, de csak vörösen világított.

– Semmi baja, csak nincsen a memóriájában az, amit meg akartál jeleníttetni vele. Csak akkor képes bármit is megjeleníteni, ha előbb bemásoltatod vele. Nem mondtam?

Thén a fejét rázta.

– Nem.

– Akkor add, megmutatom.

Phil a kezébe vette a vetítőt, majd aktiválta.

– Bemásolás! – Thén felé tartotta a készülék tetejét, ekkor az egy széles, kékes fénysugárral kezdte pásztázni őt. Amikor a szerkezet végzett, Phil a szájához emelte, és belebeszélt:

– Thén! – Ezután a gép kikapcsolt. – Így. A beolvasás után adj nevet a tárolt képnek, a későbbiekben az alapján tudod kivetíttetni vele. Nézd meg magadat!

Thén magához vette a vetítőt, és aktiválta.

– Thén! – Pár másodperc múlva ott tartotta a saját holoképét a tenyerén.

– Másolj be engem is! Nem árt, ha mindig ott leszek a zsebedben.

– Oké.

Thén megismételte a folyamatot. Phil holoképmása bekerült a gép memóriájába.

– Jobb lesz, ha most indulok – mondta Phil, miközben felkeltek a földről. – Ma még van egy találkozóm a Tanáccsal.

– Rendben, és… köszönöm a tanítást!

– Nem kell. Vagyis… nem szavakkal. Élj a tanítással, amelyhez hozzájutsz. A mester számára ez a legnagyobb köszönet.

Toronyudvar
2725. december

Thén a Torony kapuja mellett állt a fagyos decemberi szélben. Szynt és a Kapitányt várta.

Egyelőre annyit tudott, hogy egy, a Tanács által sürgősen kivizsgálandónak minősített ügynek fognak utánajárni. Az elmúlt két év alatt nem egy problémás eset megoldásában vett részt Segítője mellett, tehát nem izgult. Az alkalom mégis különlegesnek számított, mivel Phillel csak nagyon ritkán dolgozhatott együtt.

A kapu kitárult, de csak Szyn lépett ki rajta.

– Thén! – Hangjában érzékelhető volt az öröm, ám örökösen komor tekintete ezt tökéletesen rejtve tartotta a fiú szemei előtt.

Rangját immár egy barna színű kör jelezte. Kiváló Városvédő volt, kijárt már neki ez az előléptetés.

– A Kapitány? – kérdezte kissé csalódottan Thén.

– Sajnos nem tud velünk jönni. Csak a szokásos: elszólította a Tanács. Nem kell messzire mennünk, induljunk!

A toronyudvart maguk mögött hagyva az utcákon haladtak.

A házak ablakaiban gyertyák égtek. Némelyik konyha asztalát emberek ülték körül, akik egymással beszélgettek, énekeltek. A kisebb gyerekek az utcákon, a szállingózó hóban kergetőztek vagy a házak között bújócskáztak.

– Beavatnál a részletekbe? – kérdezte menet közben Thén.

Szyn körbenézett, majd közelebb húzódott Thénhez.

– Az egyik megfigyelőnk jelentést tett egy Vezetőről, akit nemrég léptettek elő Segítővé. A jelentés szerint engedély nélkül vett maga mellé három Gyakorlót. Ez önmagában még nem lenne olyan nagy baj. Állítólag szolgákként bánik velük:

naphosszat dolgoztatja őket, még a saját feladatait is velük végezteti el.

– Ha ez így van, akkor ez törvényszegés – állapította meg határozottan Thén.

– Igen. Egy család nemrég bejelentette, hogy a lányaik eltűntek. Szerintünk ők lesznek azok. Meg tudod-e mondani, hogy mi a probléma ebben az ügyben?

Thénnek az volt az érzése, hogy Szyn vizsgáztatja. Összeszedte hát a gondolatait, aztán így felelt:

– Mi egymásért dolgozunk, nem pedig egymásnak; egymást támogatva végezzük a feladatainkat. Ha helytálló az, amit a megfigyelő állít, akkor a Gyakorlók egyvalakinek dolgoznak, alárendelt szerepben. Egy ilyen viszonyban az alárendelt fél elveszíti a szabadságát, mert csak a másik ember akarata szerint cselekedhet. Minden, ami az élet szabad folyását gátolja, az bűnnek számít; a hatalmaskodás pont ilyen.

– Kitűnő! – mondta dicsérően Szyn.

Közben megérkeztek a házhoz. Tényleg nem volt messze.

– Gondolom, készen állsz…

Thén bólintott egyet, aztán bekopogott az ajtón.

Egy perc elteltével egy fiatal lány nyitott ajtót. Arca meglehetősen sápadt volt. Testének soványságát még vastag ruhái sem voltak képesek leplezni. Az egyik kezében egy nedves rongyot tartott. Meglehetősen zavarba jött a két Védő láttán.

– Üdv! – köszöntötte Szyn.

A lány alig mert megszólalni.

– Ő… Üdv! Miben segíthetek? – kérdezte vékony, alig hallható hangon.

Thén közelebb lépett hozzá.

– Egyedül vagy itt?

– Hát… nem…

Thén oldalra döntötte a fejét, hogy belásson a házba a lány válla felett.

Még két lány volt odabent. Az egyik egy tányért törölgetett, a másik egy zsákot húzott maga után, de mindketten nyomban ledermedtek, amikor felfigyeltek az ajtó előtt álló egyenruhásokra. Ők sem voltak valami jó bőrben.

– Ők a testvéreid?

A lány lesütött szemekkel bólintott egyet.

Thén és Szyn egymásra pillantottak. Elég egyértelműnek látták a helyzetet.

– Beengednél minket? – kérdezte Szyn.

A lány ellépett az ajtóból, hogy a két Védő bemehessen a házba.

– Nézzétek, tudjuk, hogy mit csináltok itt – kezdett bele Thén. – Nem kell ezt az embert szolgálnátok. Egyáltalán hogyan kerültetek ide?

A zsák mellett álló lány szemeiből könnyek kezdtek csordogálni.

– Apánk nagyon beteg lett. Anyánk pedig nem tud egyedül négyünket fenntartani.

– Miért nem kértetek segítséget?

– Az uraság felajánlotta, hogy idejöhetünk, hogy ő majd ad nekünk enni…

– Ti pedig cserébe szolgáljátok őt, igaz? – vágott közbe a kérdéssel Thén.

A lány lehajtotta a fejét, úgy szipogott tovább.

– Nem akartunk otthon terhet jelenteni, ezért elfogadtuk…

– Hol van most ez az „uraság"? – kérdezte Szyn.

– Az emeleten – válaszolta a lány. – Lefeküdt aludni.

– Jól van, figyeljetek! – vette vissza a szót Thén. – Senkit sem kell szolgálnotok. Menjetek el a Toronyba, ne máshova, és beszéljetek a Városvezetőkkel! Mondjátok el nekik, hogy a családotok bajban van, és hogy segítségre van szükségetek. Gyorsan ki fognak találni valamit. Aztán menjetek haza a szüleitekhez! Itt végeztetek. Legközelebb ne egyezzetek bele abba, hogy bárki is a szolgálatába állítson benneteket!

A lányok megkönnyebbült tekintettel egymásra néztek. Gyorsan megszabadultak a kezükben lévő tárgyaktól, aztán sietve megindultak az ajtó felé.

– Köszönjük, köszönjük! – harsogták egyszerre.

Az utolsó könnyáztatta arcú teremtés megállt Thén előtt. Kezeit a mellkasa előtt összekulcsolva fejet hajtott előtte.

– Köszönjük!

– Ne aggódjatok, minden rendben lesz – nyugtatta a fiú. – Gyorsan, menjetek!

Ketten maradtak a ház földszintjén.

– Jól csináltad! – hangzott el az újabb dicséret.

Thén Szynre nézett, és bólintott egyet.

– Köszönöm! – mondta szerény hangon.

– Már csak egy maradt hátra: nézzük ezt az uraságot!

Halkan elindultak az emeletre.

Még a lépcsők felét sem mászták meg, de már hallották a hálószoba ajtaján átszűrődő éles horkolást.

Amikor felértek, Szyn benyitott az ajtón, és előrement.

Az ágyon egy nagydarab, hordóhasú, kopasz, bajszos férfi feküdt hanyatt szétterpesztett karokkal és lábakkal. Bajsza szálai úgy nyújtózkodtak és rezegtek az erős horkolástól, akár egy bokor levelei a viharban.

Megálltak az ágy mellett.

– Hé, ébresztő! – kiáltott rá Szyn.

A férfi még hangosabb horkolásba kezdett.

Csizmájának talpával megrúgta az ágy szélét.

– Ébresztő! – ismételte az előbbinél hangosabban.

A bajszos hájtömeg erre felriadt. – Öhm… Mi a franc… Ti meg kik vagytok?

– Városvédők vagyunk – mondta Thén.

– Védők? És akkor azt hiszitek, hogy csak úgy betörhettek ide és felrúghattok az álmomból? – A zsíros Vezető nagy nehezen kimászott az ágyból.

– Ez itt az én házam, barátocskáim!

– Nem, nem a tiéd – mondta ellentmondást nem tűrő hangon Szyn. – Semmit sem birtokolhatsz; főleg embereket nem. Vezetőként elöl kéne járnod a törvények ismeretében.

– Köpök a törvényekre! Nekem csak senki se mondja meg, hogy mit csinálhatok! Várjunk csak... Tudom már, mire megy ki a játék. – A Vezető az ajtó felé pillantott. – Hol vannak a lányok? Lányok!

– A lányok hazamentek a családjukhoz – mondta Thén. – Oda, ahol szeretik őket.

A férfi feje olyan vörössé vált, mint egy paradicsom. Átkozódva megragadott egy falnak támasztott farudat, és a levegőbe emelte.

– Vigyázz! – kiáltotta Thén, közben rávetette magát a férfi rudat tartó karjára.

A kövér Vezető felemelte a szabadon maradt karját, hogy megüsse Thént.

Szyn egy pillanatig sem tétovázott, egyik kezével megragadta a férfi ütésre emelt karját, a másikkal pedig úgy orrba verte, hogy az hátratántorodott, nekicsapódott a falnak, majd onnan a földre zuhant. Orrából ömleni kezdett a vér.

– Az orrom... Ezt megbánjátok, rohadékok! – üvöltötte torkaszakadtából.

Thén a hasára fordította a Vezetőt, hogy megkötözze a kezeit.

– Ezt elszúrtad, uraságom!

Szyn megfogta Thén vállát.

– Jól vagy?

– Jól. Most mit csinálunk vele?

– Megvárjuk, amíg eláll az orra, aztán bekísérjük a Toronyba. Remélem, innentől elmegy a kedve attól, hogy királyt játsszon.

A Toronyban
2725. december

Phil Kapitány és a Védők egyik Tanácsosa egymással szemben ültek a Torony egyik szobájában. A közöttük lévő asztalon Segítők jelentései hevertek rendezetten, egy kupacban. A szélén egy ökölnyi méretű, aranyszínű gömb állt vékony fémlábakon. A tetején lévő szűk réseken kiszűrődő halvány füst kellemes, a gyümölcsösökre emlékeztető illattal töltötte be a szobát. Délutáni órák jártak, a lenyugvó Nap narancssárgás fénnyel árasztotta el a helyiséget.

Az idős, kopaszodó Tanácsos – hosszas keresgélést követően – előhúzott két jelentést az előtte álló kupacból, majd foteljában hátradőlve nyugtalan tekintettel olvasni kezdte azokat. Természetesen tudta, hogy mi állt bennük, de még nem érezte magát teljesen késznek a beszélgetésre.

Egy kis idő elteltével letette a jelentéseket, és a Kapitányra nézett.

– Köszönöm, hogy eljöttél, barátom! Remélem, semmi fontosat nem kellett félbeszakítanod a találkozónk miatt.

– Ugyan, dehogy. – Phil nyugodt volt, pedig tudta, hogy amikor a Tanácsos privát beszélgetésre hívja, az általában valami rosszat jelent.

– Nos, két olyan jelentés is érkezett, amely... úgy vélem, okozhat némi fejtörést.

Phil erre röviden felkacagott.

– Csak kettő? Még jó, hogy nem kötöttem fogadásokat; nagyjából harmincra tippeltem volna.

Igaz, sokan kedvelték, de mint a legtöbb magas rangú, befolyásos embernek, úgy neki is akadtak haragosai, akik folyton a neve befeketítésén munkálkodtak.

– Mennyiségre ugyan nem sok, de ezúttal sajnos nem egyszerű lejárató pletykákról van szó. – A Tanácsos ismét belebújt a papírokba. – Az első jelentés rólad és egy Védő Gyakorlóról szól. A neve Thén. Két éve felvitted őt a Torony erkélyére.

Phil elsőre nem értette, hogyan derülhetett ki a dolog. Pedig mindent úgy rendezett, hogy senki se tudhasson róla. Aztán beugrott neki az az este, amikor ő és Thén elmentek megvizsgálni az Ex által felfedezett átjárót. Alighanem az a furcsán viselkedő Védő puhatolózott körülöttük, és valahogyan kikövetkeztette a dolgot.

– Áh, kitalálom. A jelentés az egyik fal melletti őrjárattól érkezett.

– Igen, onnan. Nézd, nem tudom, mit rontottál el, de mostantól óvatosabbnak kell lenned; a Város már nem a régi. Alaposabban kell megválogatnod a bizalmasaidat! Emlékszel, mit mondtam neked mindig?

– Hogy egyszer a túlzott bizalmam fog a sírba vinni.

– Bizony. És a mai viszonyok között ez könnyen megtörténhet. Mellesleg ki ez a Thén? Mire volt jó ez a dolog?

– Hidd el, jó okom volt arra, hogy beavassam a titkokba. – Phil összefonta ujjait a mellkasa előtt, tekintete a távolba meredt. – Rengeteg Gyakorlóval volt már dolgom. Sokat közülük én magam képeztem ki; okosak, erősek... kiváló harcosok. De Thénben van valami... valami, ami még közülük is kiemeli őt. Úgy gondolom, hogy ő többre hivatott. A szíve... csak a lelkéből lüktető ütemre képes dobogni. Most még helyénvalónak tartja, hogy a Várost szolgálja, mert még nem talált rá önmagára. De hamarosan szólítani fogja az Út, ő pedig el fog indulni rajta. Gondolom, hallottál már az Ősi Lovagok legendájáról.

– Az Ősi Lovagok... Persze. A legenda szerint ők óvták az első, Földre született fiú- és lánygyermekeket a sötétségtől. Amikor a gyermekek felnőttek, nem tudtak ellenállni a gonosz csábításának, és oltalmazóik ellen fordultak...

– A Lovagok megbocsátottak, és visszatértek az első férfi és nő leszármazottjaihoz, hogy tovább folytassák feladatukat – fejezte be Phil.

– Úgy gondolod, hogy ez a fiú... ezen Lovagok egyike? – A Tanácsos egy mély sóhajtással kísérve a fejét ingatta. – Phil... ez csak egy legenda. Ezzel nem állhatok oda a többiek elé.

– Csak bízz bennem! Érzem, hogy nem tévedek. Segítenem kell neki, ameddig szüksége van rá.

A Tanácsosnak sokszor támadtak kételyei Phil teóriáit illetően, ám a vele kapcsolatos addigi tapasztalatai mindig arra késztették, hogy bízzon benne.

Hezitált egy keveset, de végül úgy döntött, hogy ez ezúttal sem lesz másképp.

– Jól van. Majd... átfogalmazom a dolgot. Biztos vagyok abban, hogy a Tanács szemet fog hunyni az ügy felett. Viszont ami a másik jelentést illeti... – Kényelmetlenül mozgolódni kezdett a fotelben, miközben a kezébe vette a papírt. – Megint az a negyven évvel ezelőtti dolog...

Phil távolba meredő tekintete komorrá vált.

– Mit találtak megint? – kérdezte monoton hangon.

A Kapitánynak negyven éve volt egy hatalmas botlása. Őrülten szeretett egy nőt, aki eleinte nagy érdeklődést mutatott iránta, de végül mégis egy másik férfit választott. Phil ezt nem bírta elviselni, szó szerint majdnem belehalt a fájdalomba. Egyszer aztán, egy adódó alkalommal nem tudott ellenállni a kísértésnek, és a férfi nyakába varrt egy ügyet, amely miatt száműzték a déli oldalra. Megpróbált visszajutni onnan, hogy bosszút álljon Philen, de az egyenes fal mentén járőröző Védők végeztek vele. A nő közben eltűnt. Tíz hónappal később vérbe fagyva találtak rá a külső körzet egyik elhagyatott házában. A jelek szerint öngyilkos lett. Így Phil nemcsak hogy elvesztette a reményt, de még szerelme vére is örökre a kezéhez tapadt. A múló évek hiába enyhítették a leleplezödéstöl való félelmét, az akkor szerzett sebei miatt érzett fájdalmai végigkísérték eddigi életét.

– Kiderült, hogy született egy gyerekük – folytatta a Tanácsos. – Egy gyerek, akiröl nem tudtunk. Phil a padlóra szegezte a tekintetét. Ezt még ö sem sejthette.

– Ez a gyerek nemrég lett negyvenéves, és a Védök között van. Ö maga adta át nekem ezt a jelentést. Tudod, mi áll benne? A történeted; az elejétöl a végéig, minden pontosan úgy, ahogyan történt. Több mint húsz éven át kutakodott. Az hosszú idö. Mi legyen most, Kapitány?

Phil egy percig némán bámult maga elé. Az iménti derüs hangulata szemmel láthatóan az ellenkezöjére váltott.

– Szóval mindent tud. Meddig tudnád visszatartani ezt a jelentést?

A Tanácsos furcsállóan nézett Philre.

– Visszatartani?

– Igen. Visszatartani.

– Hát, elvileg bármeddig. De ha a fiú újból lépne, akkor már nem biztos, hogy módomban áll majd segíteni. Most is csak szerencséd volt, hogy hozzám került ez a papír.

– Ezzel ne törödj! Rajta fogom tartani a szemeimet. Aztán… amikor eljön az ideje… örökre le fogom zárni ezt a rémálmot.

A Város egyik utcáján
2725. december

Éjjel volt. A Város utcáin csend és nyugalom uralkodott. A házak tetőin lévő olvadt hó ezüstösen csillogott a felhők mögül előbújó Hold fényében. Thén egyedül tartott éjjeli őrjáratot.

A szűk utcákból egy kisebb térre ért ki, amelynek közepén egy vastag törzsű, magas fa állt. A fát háttámlás fapadok vették körbe, amelyektől pár lépésnyire egy utcai lámpa lefelé lógó zöld kristálya fénylett.

Az egyik padon egy fiatal fiú és egy lány ült, egymáshoz közel. A fiú egyik karjával a lányt ölelte, a másikkal a kezét fogta gyengéden. Néha egymásra néztek, egymásra mosolyogtak, aztán tovább üldögéltek összebújva, szótlanul.

Thénnek, ahogy őket figyelte, Szyli jutott az eszébe.

A lánynak Vezető Gyakorlóként sok időt kellett a Toronyban töltenie, neki Védőként pedig legtöbbször az utcákat kellett járnia, így a feladataik végzése közben nemigen találkozhattak, viszont a szabadidejükben gyakran voltak együtt. Olyankor általában a Városban sétáltak, kikapcsolódtak, megvitatták egymás élményeit. A meleg hónapok estéin sokszor a termőföldek mellett találkoztak, hogy együtt várják meg a fal mögé elbújó Napot felváltó Holdat és az égboltot beborító csillagokat. Thén szerette őt. Az elmúlt két év során sok lányt ismert meg, de egyedül csak Szyli volt képes megdobogtatni a szívét; vele képzelte el a jövőjét.

A szerelmesek felálltak a padról, majd egymás derekát átkarolva lassan elhagyták a teret.

Thén odasétált a padokhoz, és leült a helyükre. Fakardját a vállának támasztotta.

Leheletét zöldre színezte a felette ragyogó kristály fénye.

Figyelte, ahogy újból és újból lassan szétoszlik a levegőben.

Arra gondolt, hogy akár ő és Szyli is ülhetnének ott úgy, ahogyan az előbbi pár.

Egy ideje már vágyott arra, hogy bevallja neki az érzéseit, de félt a kudarctól, az elutasítástól.

A zöld kristály fénye mintha gyengülni, halványodni kezdett volna. A teret körülvevő házak falai teljesen elsötétültek, csak Thén körül kör alakban maradt némi fény – mintha reflektorfénybe került volna.

Mozgásra lett figyelmes a sötétben. Onnan egy alacsony, szőrös testű, négylábú állat sétált be a kristály halvány fénye alá, aztán leült vele szemben. Thén felismerte a lényt. Őt látta, őt üldözte a falnál két évvel ezelőtt.

Fakardját szótlanul az ölébe fektette, markolatát erősen megragadta, hogy azonnal cselekedhessen, ha arra lenne szükség.

– Susan már ott van veled – szólalt meg az állat. – Találd meg őt, cimbora! Nemsokára én is visszatérek, és újból együtt lesz a csapat.

Thén zavartan fürkészte a számára különös teremtmény szemeit.

– Milyen Susan? Ki vagy te?

– Viszlát, Alex!

Ez után az állat felállt, és visszaszaladt a sötétségbe.

A kristály fénye felerősödött. A zöld fény ismét betöltötte az egész teret.

Thén – továbbra is zavartan – felállt a padról. „Ez meg mi a fene volt?" – gondolta.

Kissé fáradtan vágott bele az éjszakázásba, ennek tudta be a látomást.

Jobbnak látta, ha folytatja az őrjáratozást. Ezt a kis jelenetet pedig igyekszik majd kiverni a fejéből. Már amennyire el lehet felejteni az ilyesmit.

A Torony erkélyén
2727. február

Borús, hideg nap volt.

Phil és Szyn egymás mellett álltak a Torony északi erkélyén. Figyelték az alattuk elterülő hatalmas Várost. Egyes utcákon úgy áramlottak az embertömegek, akár a test ereiben a vér.

Phil láncingét egy hosszú, vastag, sötét színű palást takarta el, amely széles vállain kapaszkodott. Arcán látszottak a gondterheltség jelei: résnyire nyitott szemei körül jókora sötét karikák éktelenkedtek. Hosszú, ősz haját kiengedve viselte, hogy az valamelyest eltakartja fáradt ábrázatát.

Azért voltak odafent, mert a Kapitány egy bizalmas ügyről akart beszélni Szynnel.

– Tudod, kezdek... fáradni – mondta Phil. – Már nem vagyok a régi. Úgy érzem, eljött az ideje, hogy kijelöljem az utódomat. Te leszel az.

Szyn megilletődve Philre nézett.

– Én legyek a... következő Kapitány?

– Elég idős és tapasztalt vagy ahhoz, hogy megálld a helyedet ebben a pozícióban. De még mielőtt döntenél, valamit meg kell beszélnünk: a segítségedet kell kérnem. Negyven évvel ezelőtt elkövettem egy szörnyű hibát. Elindítottam valamit, amit tiszta módszerekkel már nem tudok leállítani. Pedig muszáj lesz. Azért választottalak téged, mert egyedül a te képességeidben bízom. Tudom, hogy bármit képes lennél megtenni a Városért. Még azt is, hogy... ellent mondj az elveidnek.

– Phil, bármiről is legyen szó, számíthatsz rám! – vágta rá gondolkodás nélkül Szyn.

– Csak ne ilyen elhamarkodottan! Ha segítesz nekem, és elrontunk valamit, akkor könnyen meglehet, hogy az egykori hibám következményei továbbszállnak a következő

Kapitányra. Vagyis rád. S ha én mondom, akkor elhiheted: nem kis teher ez. Ennek fényében gondold végig a dolgot, s amikor döntöttél...

– Phil! – vágott közbe Szyn. – Nincs mit átgondolnom ezen. Vállalom!

Phil nagyot sóhajtott, miközben az erkély korlátjára támaszkodott.

– Rendben. Akkor hamarosan megtesszük a bejelentést. De előbb rendbe tesszük ezt a dolgot. Mindent a lehető legnagyobb pontossággal kell megterveznünk!

Toronyudvar
2727. február

A reggeli órákban a megszokott tömeg zsibongott a Torony udvarán. Thén éppen ott járőrözött, közel a házakhoz. Nemrég léptették elő, sikerült kiemelkednie a kezdő Gyakorlók soraiból. Világosbarna egyenruháját egy sötétebb árnyalatúra válthatta, amelynek bal oldalára egy zöld színű kör volt rávarrva. A fegyverövén lógó kardtokba immár egy acélpengéjű kard volt behelyezve. Természetesen büszke volt magára, hiszen négy év alatt nem sok Városvédő érte el ezt a fokozatot.

Tőle távolabb négy jól megtermett férfi szúrt szemet neki, amint azok egy Városvezető háza előtt várakoztak. Az öltözetükből ítélve Fenntartók lehettek.

Az egyikük dörömbölni kezdett a ház ajtaján.

Thén jobbnak látta, ha szemmel tartja őket egy ideig.

Látótere perifériájából közeledni vélt valakit maga felé. Odanézett. Szyli volt az. A lány mosolyogva integetett neki.

Ezt meglehetősen furcsállta, mivel az elmúlt időszakban folyton kerülte őt. Hiába hívta találkozókra, azok elől mindannyiszor valami váratlan elfoglaltságra hivatkozva, hűvös kedéllyel igyekezett kitérni. Ám a szívet melengető mosoly láttán kezdte remélni, hogy minden vissza fog kerülni a megszokott kerékvágásba.

Sajnos még mindig nem bírta rávenni magát, hogy feltárja előtte az érzelmeit és a vele kapcsolatos szándékait, de tudta, hogy sokáig már nem halogathatja a dolgot; úgy érezte, hogy a rettegett elutasítás mellett már valami más is veszélyezteti a vágya megvalósulását.

– Szia! – üdvözölte Szyli.

– Szia! – Thén odalépett hozzá, hogy megérintse, de Szyli elhúzódott tőle, és zavartan a füle mögé sodorta a haját.

– Ő... éppen sietek valahova, csak megláttalak itt, és gondoltam, gratulálok az előléptetésedhez.

– Aha... Hát, köszönöm! – mondta csalódottan Thén. – Kár, hogy a múltkor nem értél rá, szép volt a csillaghullás.

– Igen, kár... Igazából én is láttam, csak... hát... máshol voltam.

Thén érezte, hogy Szyli takargat előle valamit.

– Akkor... most mennék is tovább.

– Várj egy kicsit! Mondani szeretnék valamit. – Thén végre összeszedte a bátorságát. Elhatározta, hogy ott helyben szerelmet vall Szylinek. Ha elengedi, ki tudja, mikor lesz egy újabb lehetősége erre.

– Ne haragudj, tényleg...

– Kérlek, ez fontos!

Szyli egy kelletlen mozdulattal megigazította a ruháját, majd karba tett kezekkel Thénre pillantott.

– Jó, csak siess, kérlek! Már várnak rám.

– Oké, oké... Szóval... tudod... – Thén nem igazán tudta, hogy mit csinál. Nem éppen így képzelte el ezt a jelenetet. Semmiképp nem a zajos toronyudvaron és főleg nem úgy, hogy Szyli ismét próbálja lerázni őt.

Egy tompa, hangos dörrenésre lett figyelmes annak a háznak az irányából, amely előtt a négy férfi állt. Amikor odanézett, azt látta, hogy az egyik fickó a talpával rugdosta a ház ajtaját.

A közelükben lévő emberek megálltak, figyelték a kirívó történést, közben néhányan segélykérő pillantásokat vetettek Thén felé; abban a pillanatban ő volt ott az egyetlen Védő.

„Pont a legrosszabbkor" – gondolta.

Mérhetetlenül bosszantotta a helyzet, de tudta, hogy a kötelességének nem fordíthat hátat.

– Ne haragudj! – mondta Szylinek, aztán futni kezdett a vandálok felé.

Szyli utánafordult, hogy lássa, mi történik, de a köztük összezáruló tömeg miatt hamar szem elől vesztette a fiút.

Thén lelassított, ahogy közeledett a nagydarab gazfickókhoz. Elgondolkodott, hogy mégis mit tehetne ellenük. Ő egyedül kevés ide.

Aztán az eszébe jutott valami: elővette a holovetítőt az övére rögzített kis táskából, majd aktiválta.

– Phil! Valós méret! – Ezután odahajította a vetítőt a jómadarak mögé.

Ahogy az földet ért, már meg is jelent felette a Kapitány élethű holoképe.

Az egyik ördög hátranézett, majd a kivetített Kapitány láttán rémülten felkiáltott:

– A fenébe! Pucoljunk innen!

Erre a többiek is hátranéztek.

Nem kellett felvilágosítani őket a helyzet súlyosságáról; egy másodpercbe sem telt, hanyatt-homlok menekült az egész bagázs. Hamar kitisztult a levegő.

Ekkor kinyílt a ház ajtaja, és egy vékony, ijedt képű idős Városvezető bicegett ki rajta.

Addigra a holovetítő már kikapcsolt.

– Ó, köszönöm! – hálálkodott az öreg Vezető Thénnek. – Ezek biztosan megöltek volna, ha nem lép közbe...

– Jól van, most már megnyugodhat – vágott közbe Thén. – Mi volt ez az egész?

– Fenntartók... Nemrég kaptam tőlük pár láda ennivalót, cserébe kértek valamit... amit nem tudtam teljesíteni – hadarta az öreg. – Eljöttek, hogy behajtsák a tartozást.

– A tartozást? Jól van... Van ötlete, hogy hová mehettek?

– Igen, azt hiszem...

– Rendben. Nem lesz semmi gond. Megvárjuk az erősítést, aztán elkapjuk őket.

Thén ez után összeszedte a vetítőt.

Körbenézett, Szylit kereste, de nem látta sehol. Megint elvesztette őt.

A távolban már látni lehetett a feléjük szaladó Városvédőket.

A Város egyik utcáján
2727. február

Thén és Phil az utcákat járták.

A Torony udvarán történtek óta eseménytelenül teltek a napok. Ezt kihasználva a Kapitány szervezett Thénnek egy újabb különórát.

– Olvastam a jelentésedet – mondta Phil. – Minden elismerésem! Senki sem sérült meg, és a törvényszegőket is könnyen elfogtátok. – Tartott egy rövid szünetet, aztán folytatta: – Viszont az aggasztó, hogy már a Torony környéke sem teljesen biztonságos. Az eset óta módosítanom kellett az ottani őrjáratok útvonalait; egyes szintű védelem a Torony számára... – Phil a fejét rázva felsóhajtott.

– Holdkővárad épülése óta először van szükség erre.

Leültek egy gyerekzsivajjal telt tér padjára.

Az apróságok észre sem vették őket, annyira bele voltak feledkezve az önfeledt játékba.

Phil mosolyogva figyelte őket.

– Tudod, Thén, amíg egy gyereknek van oka a mosolyra, addig semmi sincs veszve. Ők tudják igazán, hogy mit jelent boldognak lenni. Nem gyötrik magukat kétségekkel, nem foglalkoznak a holnap bajaival. Hogyan is foglalkozhatnának, amikor ismerik a valóságot. A valóság pedig az, hogy nincsen múlt és jövő. Csak a jelen van, s ők képesek benne élni; most örülni annak, ami megadatik. Úgy néznek a másik emberre, hogy közben nem gondolják: te jó ég, miféle alak ez? Nincsenek előítéleteik.

Thén egy rövid mosollyal kísérve egyetértően bólogatott.

Egy darabig csendben ültek, amelyet végül Phil tört meg:

– Érdekelne, hogy mit gondolsz az udvaron történtekről. Szerinted mitől fajult idáig a dolog?

Thén hamar felelt:

– Az elvárás miatt. A négy Fenntartó elvárásokkal közelített a Városvezetőhöz. Ha természetes módon adtak volna, akkor természetes módon kaptak volna vissza. Talán nem ugyanattól az embertől, hanem valaki mástól, de mindenképp kaptak volna vissza valamit.

– Igen, jól látod. Az a helyzet, hogy az ember csak nagyon ritkán kapja meg azt, amit elvár. Aki elvárásokkal él, annak azokra a dologra szűkül le a figyelme, amelyekre számít, s közben nem veszi észre, hogy megannyi csodás lehetőség veszi körül. Ebből adódóan boldogtalanná válik, és ez az állapot egészen addig fennmarad, amíg meg nem szabadul az elvárásoktól. Amint azt te is jól tudod, az egyik törvényünk tiltja, hogy üzleteket kössünk egymással.

Thénben azonnal meg is fogalmazódott egy számára fontos üggyel kapcsolatos kérdés:

– Mondd csak, ugyanez a helyzet a… szerelemmel is?

– De még mennyire! Thén, annak borzalmas következményei lehetnek, ha valaki üzletet csinál a szerelemből. Elvárni az érzelmeket? Az képtelenség. Az olyan, mintha az éjszaka közepén elvárnád a Naptól, hogy keljen fel és ragyogjon, csak mert azt szeretnéd. Nem, ez nem így megy. Türelmesen ki kell várni a reggelt.

Phil vetett egy pillantást Thénre. Tudta jól, hogy miért tette fel ezt a kérdést.

– Mondd… hogyan állnak a dolgok Szylivel?

Thén ezt még nem tárta fel mások előtt, mégsem lepte meg a kérdés. Már hozzá volt szokva, hogy a Kapitány előtt semmit sem lehet sokáig titokban tartani.

Lejjebb csúszott, és nekidöntötte a fejét a pad háttámlájának.

– Nos… nem is tudom. Nem könnyű ez a dolog. Másnak képzeltem el régen. Sokszor olyan… fájó.

– Igen… fájó. Minél közelebb akarunk kerülni a másikhoz, annál inkább érezzük, hogy ketté vagyunk választva. A szerelemben sokkal több fájdalom van, mint öröm. Ennek ellenére mégis akarjuk, keressük azt a bizonyos pillanatot, amikor átélhetjük az eggyé válást. Én ezen a téren sajnos... nem a szerencsések közé tartozom. Egyszer volt valaki, aki mélységesen megérintett, de... elvesztettem őt.

Thén érdeklődve figyelt, hátha belekezd Phil a történet elmesélésébe, de ő csak komoran nézett maga elé.

– Egyébként tudja, hogy mit érzel iránta? – vitte tovább a szót a Kapitány.

– Nem. Csak mostanában szántam el magamat, de valami nincs rendben. Egy ideje valamiért nem akar találkozni velem.

– Akkor minél hamarabb tisztáznotok kell a dolgot. Holnap lesz nálam egy kis összejövetel. Ő is ott lesz. Gyere el, teszek róla, hogy ezúttal ne menekülhessen el előled.

Phil házánál
Másnap este...

Már órák óta sötét volt. A Hold erősen fénylett az éjjeli égbolton.

Thén megérkezett abba az utcába, ahol Phil háza állt.

A háta mögött álló két ház között beeső holdfény egyenesen a ház ajtajáig festett utat neki a földön. Megállt az ajtó előtt.

Bentről nagy zsivaj hallatszott ki, majdnem akkora, mint amekkora a Torony udvarán szokott lenni. Phil általában jól megadta a módját ezeknek az összejöveteleknek.

Thén a kilincs felé nyúlt, de még mielőtt megragadhatta volna, bentről valaki ajtót nyitott.

A sötét előszobából Szyli lépett ki az utcára.

– Szia, Thén! – A lány arcán langyos mosoly ült.

– Szia! Örülök, hogy látlak. – Thén arra számított, hogy ez majd jól fog esni Szylinek, de szemmel láthatóan semmit sem váltott ki belőle.

– Az ablaknál ültem, láttam, hogy jössz. Phil azt mondta, hogy fontos lenne beszélnünk.

– Igen. A múltkor sajnos bele sem tudtam kezdeni abba... amit mondani akartam. Sajnálom, hogy hiába tartottalak fel.

– Semmi gond. Utólag hallottam, hogy mi történt. Szükség volt rád, megértem. Amúgy sikerült megoldani az ügyet?

– Igen, persze. A Vezető biztonságban van, és a törvényszegőket is elkaptuk.

– Ez jó hír. Akkor hát, most itt vagyok. Hallgatlak.

Thén addig annyit törte a fejét, hogy mit fog mondani, de abból semmi sem jutott az eszébe. Egy darabig csak állt, és nézte a lány holdfényben ragyogó szemeit. Már nem is hallotta a bent zajló mulatság zaját.

Aztán Phil szavai jutottak az eszébe: „Csak hallgass a szívedre! Akkor minden úgy fog történni, ahogyan történnie kell."

Mindkét kezével finoman megfogta Szyli egyik kezét. Gyengéden tartotta, mint egy megsérült madarat; nehogy véletlenül összetörje, de ki se tudjon esni a markából.

Vett egy mély lélegzetet, aztán belekezdett:

– Tudod, ezt... a legnagyobb igyekezetem ellenére is legfeljebb csak körülírni tudom. Évek óta... nekem nem hidegek és sötétek az éjszakák. Felnézek, és látom a Holdat. S amikor a hiány gyötör, ő emlékeztet, hogy a Napom nem veszett el. Az éjszakát csak a szemeim látják. A Napom mindig velem van. Te vagy az én... Napom, s a szívem az én Holdam; ha nem előttem ragyogsz, fényedet benne hordozom. Te adsz nekem fényt, te adsz nekem meleget. Úgy vártam minden egyes napot, amikor láthattalak, amikor hallhattalak. – Ujjaival megsimította a lány kézfejét. – Fontos vagy nekem. Én... szeretlek!

Szyli könnybe lábadt szemekkel, remegő hangon, halkan szólalt meg:

– Thén... Ha tudnád, meddig vártam arra, hogy eljöjjön ez a pillanat. – Egyre csak folytak a könnyei. – Sajnos... nem elég sokáig. – Kihúzta a kezét Thén kezei közül.

A fiú bizakodása kezdett szertefoszlani.

– Ezt nem értem.

– Vártam rád... éveken át. Annyira sajnálom... – Szyli átölelte Thént. Amikor elengedték egymást, folytatta: – Thén! Én... fél éve... megismertem valakit. Megkért az esküre.

Thén ledermedve állt Szyli előtt, képtelen volt bármit is mondani.

– Szeretem őt – folytatta a lány. – És... igent mondtam.

Thén lábai elgyengültek. Alig kapott levegőt, a gyomra görcsbe rándult. Addig fel sem tűnt neki az őt körülvevő fagyos levegő, de az azonnal gyötörni kezdte a testét, ahogy helyet kapott a tudatában.

A Hold elé vastag felhők gyűltek.

A világ körülötte sötétté, fakóvá változott. Többé nem látta a lány szemeinek csillogását; kialudt, akárcsak a fény a szívében.

– Kérlek, Thén, bocsáss meg! Bocsáss meg nekem!

Szyli lassan távolodni kezdett tőle. Csak távolodott, távolodott, végül eltűnt az éjszaka sötétjében.

Utolsó szavai még halkan visszhangoztak a fejében.

Kinyújtotta az egyik kezét oda, ahol Szyli állt, de ott már csak a hideg, élettelen üresség volt, semmi más.

Phil kilépett a házból.

A háta mögül kiszűrődő zaj ismét felerősödött.

Szemeivel gyorsan végigpásztázta az utcát.

Semmit sem kellett kérdeznie, minden válasz ott volt Thén könnyekkel áztatott arcán.

Félig visszalépett a házba.

– Csendet! – kiáltotta. Erre a benti nyüzsgés azonnal megszűnt.

A házban lévő emberek kíváncsian az ablakokhoz siettek.

Phil odalépett Thénhez. Egyik kezét a vállára helyezte, és részvétnyilvánító módon lehajtotta előtte a fejét.

– Fiam… Sajnálom.

A Toronyban
2727. március

A férfi gyors léptekkel haladt a Torony egyik folyosóján. A Védő Segítők hosszú, fekete öltözékét viselte, rajta egy kék színű körrel. Hosszú, fekete haja összekötve lobogott mögötte. Egy sürgős megbeszélésre sietett, amelynek részleteiről egyelőre semmit sem tudott.

A folyosó végén megállt, és benyitott a jobb oldali utolsó ajtón.

A kis szobában majdnem teljesen sötét volt; nem voltak ablakai. A túlsó végében egy asztal állt, azon egy gyertya égett halványan. Az asztal mögött ülő alak kilétét rejtve tartotta a sejtelmes félhomály.

– Jöjjön csak be! – szólalt meg az asztal mögött ülő férfi.

A Védő belépett a szobába, és becsukta maga mögött az ajtót.

– Gyorsan ideért. – A homályban rejtőző férfi az asztal túloldala felé mutatott. – Jöjjön, foglaljon helyet!

A Védő lassan elindult a nyomasztó hangulatú helyiségben.

– Sürgős ügyben kaptam riasztást. Siettem, amennyire csak tudtam.

A székhez érve leült. Onnan közelről felismerte az asztal mögött ülő férfit. Szyn volt az.

– Rá is térnék a lényegre. Egy ön által leadott jelentésről kell beszélnünk, amely a Kapitányról és egy súlyos bűncselekményről szól, amelyet több mint negyven éve követett el.

A férfi ennek hallatán szemmel láthatóan izgatottá vált.

– Végre... Hallgatom.

– Kivizsgáltuk az ügyet, és... bebizonyosodott a bűnösség.

A Védő kérdőn nézett maga elé, miközben nekidőlt a szék háttámlájának.

– Ennyi? És... elnézést a kérdésért, uram, de ehhez kellett ennyi idő? Annak az embernek már rég a déli oldalon kéne lennie.

– A bizonyítás nem jelentett gondot, azzal hamar megvoltunk. Nézze... – Szyn előredőlt, és könyökeivel az asztalra támaszkodott. – Bármennyire is súlyos ez az ügy, valamit szem előtt kell tartanunk: itt most nem akárkiről van szó. Nem rángathatjuk elő a Kapitányt úgy, mint bármelyik másik törvényszegőt. Ön is tudja jól, hogy a Kapitány az emberek számára egy személyben jelképezi mindazt, amiért a Védők tevékenykednek. Gondoljon csak bele... mi történne, ha az emberek ezen dolgokba vetett hite megrendülne; ha nem bíznának bennünk... A rendszerünk már így is a végidejét járja. Nem cselekedhetünk gondolkodás nélkül. Védőként a Város érdekeit a személyes érdekeink elé kell helyeznünk.

– Persze... értem. Kissé elragadtattam magamat. Elnézést kérek!

– Megértem önt.

– Ő okozta a szüleim vesztét. Fontosabban voltak számára a személyes érdekei. Gyenge volt. Érdemtelenül maradt a pozíciójában. De most meg fog bűnhődni, igaz?

– Igen – bólintott Szyn. – Már a terv is készen áll.

– Terv? És mi lenne az?

– Először is meg kell győződnünk az ügy elszigeteltségéről. Ezért hívattam ide. Szóval... tud még erről valaki?

A Védő egy rövid ideig habozott a válaszadással, aztán így felelt:

– Senki.

– Biztos ez? – kérdezett vissza Szyn. – Mert ha nem, akkor hiábavalóvá válhat az eddigi munkánk.

– Biztos – bizonygatta a Védő. – Nem tud róla senki.

Szyn belenézett az asztalon pislákoló gyertya lángjába, és le sem vette róla a szemeit. Tekintete vészjóslóan komorrá vált.

A férfit rossz érzés fogta el. *„Valami nincs rendben ezzel a jelenettel"* – gondolta. De már késő volt bármit is tennie: mellkasa jobb oldalából – éles süvítéssel – egy hosszú kardpenge tört elő.

Phil Kapitány alkarjával a hasához szorította az előtte ülő férfi fejét, és lerántotta a földre.

Kihúzta a kard pengéjét a bordái közül.

Rátérdelt a hátára, fejét a földhöz nyomta.

A Védő tüdeje hamar megtelt vérrel, nem tudott kiáltani.

Egy percig még kapálózott a karjaival, de csak szétkenni volt képes a szájából kiömlő vért a padlón. Keményen vívta a haláltusáját.

Teste lassan elernyedt. Eltávozott belőle az élet.

Phil felállt. Óvatosan átlépte a holttest körüli vértócsát. Hátát a falnak támasztotta.

Percekig nézte a férfit, egykori szerelme fiát; belőle származott, egy élő darab volt belőle, és most ezt az életet is kioltotta.

Azok a mondatok jártak a fejében, amelyeket róla mondott az imént.

Szyn felemelte a tekintetét a gyertya lángjáról, és a Kapitányra pillantott. Tekintete még a félhomályban is jól árulkodott az érzelmeiről: ismét a múlttal küzdött magában.

Phil végül halkan így szólt:

– Hány ártatlan életet ragad még el… a vész? S mi lesz a végére a lelkünkkel?

A termőföldeken
2727. március

A termőföldek gyümölcsöskertjeiben már virágoztak a fák. A levegőben számtalan méh repkedett virágról virágra. A több száz szárnypár zümmögése betöltötte az egész környéket. Thénnek pont erre a külső békére volt szüksége. Körülvette a nyüzsgő élet, de semmi sem kényszerítette arra, hogy törődnie kelljen vele. Egy fának dőlve ült a földön, szemben a Város falával. Kardja az övéről lecsatolva hevert mellette. Ugyan az egyenruháját viselte, de ahogy az elmúlt napokban, úgy azon a napon sem jelentkezett a Segítőknél, hogy feladatokat vállaljon.

Teljesen magával ragadta a fájdalom. Nem bírta túltenni magát az önmagával szemben elszenvedett csalódáson. Képtelen volt kiűzni a gondolatot a fejéből: végig ott volt előtte az, amire vágyott, de az ujját sem mozdította érte, amikor pedig elhatározásra jutott, már késő volt. Megsemmisült az addig benne élő boldog jövőkép. Minden értelmét vesztetté vált számára.

Fogalma sem volt, hogy mihez kezdjen, egészen idáig. Valami egészen ritka dologra lett figyelmes: a fal felett, az ismeretlenből egy madár repült be a kertbe. Tőle nem messze egy almafa ágán kapaszkodott meg hosszú, vékony lábujjaival. A kis madár ügyesen ugrált egyik ágról a másikra. Néha átröppent egy újabb fára, annak ágain is végigugrált, aztán végül felemelkedett a magasba, és visszaszállt a falon túli ismeretlenbe.

A madár érkezésekor még csak az érzés ébredt fel benne, de a távozásakor már az elméjében is megfogalmazódott: el fog menni a Városból. Maga mögött hagy mindent. Megteszi azt a dolgot, amelyet még Phil sem mert megtenni annak idején. Ehhez persze segítségre lesz szüksége, hiszen a Városból nem lehet csak úgy kislisszolni. Egy percig sem kellett azon gondolkodnia, hogy kikhez fog fordulni; Phil és Szyn minden bizonnyal támogatni fogják a vállalkozásában. Legalábbis a távozásáig, de az neki bőven elég lesz.

Egy dolog azonban aggasztotta: mennyi kellemetlenséget és szenvedést fog ezzel előidézni azoknak, akik szeretik? El tudják majd engedni őt? Bár a maradásával sem kedvezne nekik, hiszen a szenvedései láttán akkor is mindannyian érte aggódnának. Az úgy még rosszabb lenne. Nem, az ottani életét lezártnak érezte, mennie kell.

Elmélkedését távoli, földön lévő faágak ropogása zavarta meg. Ex közeledett felé egy ennivalóval telepakolt kosárral.

Ex aggódott Thén miatt, bár ezt próbálta rejtve tartani előtte. Tudta, hogy ellenkező esetben barátja előle is eltűnne. Eddig még sosem látta ennyire megtörtnek.

Amikor Thén az előléptetése után átköltözött Emma nénitől a Védők körzetébe, Ex jelentkezett a Fenntartó Segítőknél, hogy ő láthassa el a fiút elelemmel. Nemrég két egymást követő napon sem találta otthon barátját, ekkor egyből a gyümölcsösökben kezdte keresni – mivel tudta, hogy amikor magányra van szüksége, általában oda vonul el –, ott hamar rá is talált.

– Helló, haver! – köszöntötte Ex Thént, közben leült mellé. – Jobban vagy?

– Azt hiszem… igen.

Ex örült ennek, és látta, hogy ez tényleg így van. Látszott rajta, hogy végre töri valamin a fejét, és ez az ő esetében jó jelnek számított.

– Hoztam néhány dolgot, amelyek segítenek majd felerősödnöd. Rád férne, láttalak már jobb bőrben is. Nem kéne hagynod, hogy teljesen legyengülj. A végén még megbetegszel.

– Igaz… fel kell erősödnöm. Főleg, hogy már tudom, mit fogok tenni.

– Igazán? Mi lenne az?

Thén ráeszmélt, hogy elhamarkodottan keltette fel barátja érdeklődését, hiszen amit tenni készül, az egyértelműen törvényszegésnek minősül. Ha a Védők keresni kezdenék őt, azt nyilván Exnél kezdenék, mivel hivatalosan ő a hozzá legközelebb álló személy. Ex számára túl nagy veszélyt jelentene e titok hordozása. A Védők rájönnének, hogy tudott a távozásáról, akkor pedig tettestársnak minősítenék, a törvény pedig nem tesz különbséget tettestárs és fő elkövető között. Szükségtelenül tenné ki túl nagy veszélynek. – Sajnálom, cimbora, a részletekbe nem avathatlak be. A lényeg, hogy egy darabig... nem leszek elérhető. Nem tudom, hogy ez meddig lesz így.

Ex nem tudta mire vélni ezt a nagy titkolózást. Hozzá volt szokva ahhoz, hogy mindent meg szoktak osztani egymással. Ennek ellenére nem kérdőjelezte meg a kettejük között lévő bizalmat. Arra gondolt, hogy biztosan jó okkal nem beszél a dologról.

– Jól van, értem... Segíteni fog a dolog?

– Jó kérdés. Csak érzem, hogy ezt kell tennem, nem tudom, hogy mi lesz az eredménye.

Kis szünet után folytatta:

– Ha gondolod, addig használjátok a házat... amire akarjátok. Akár át is költözhettek. Igaz, nem a Fenntartók körzetében van, egy kicsit távolabb esik a földektől, de nagyobb annál, mint amelyben most laktok. Elvégre hamarosan kelleni fog a több hely, ugye?

Ex ettől mosolyra fakadt. Értette, hogy Thén mire célzott: pár hónap múlva apa lesz.

– Hát... kösz, haver!

– Ha jól érzitek ott magatokat, akár cserélhetünk is.

– Komolyan? Nem is tudom, mit mondjak...

– Ne mondj semmit, csak menj bele!

Nekiláttak az evésnek.

Amikor végeztek, Ex így szólt:

– Remélem, nem rossz az időzítés, de ami a problémádat illeti... – Arra számított, hogy Thén le fogja inteni, de ez nem történt meg, így hát folytatta: – ...tudod, nekem is volt néhány sikertelen nekifutásom a nőknél, mielőtt találkoztam vele...

Thén csak bólogatott.

– Szóval... olyankor mindig ezt mondtad: *„A nemleges választ ne úgy értelmezd, hogy vége van, hanem úgy, hogy gyerünk tovább, keresd a következő lehetőséget!"* Megfogadtam a tanácsodat, és megtaláltam a boldogságomat. Sok lány van a Városban. Tudod... jó néhányat megmentettél. Van érdeklődés körülötted. Én a helyedben ezt kihasználnám.

Thén a fejét ingatta.

– Azt hiszem, az nem fog menni. Azok a lányok nem irántam érdeklődnek, hanem a jó hírű Városvédő iránt, aki kihúzta őket a csávából. Engem észre sem akarnak venni e kép mögött.

– Honnan tudod?

Thénnek nem volt kedve kifejteni a dolgot, így rövidre fogta a választ:

– Tudom.

– Oké, de még ha így is van, mi a különbség?

– Hogyhogy mi?

– Arra gondolok, hogy a jó szó az akkor is jó szó, az ölelés akkor is ölelés. Nem mindegy, hogy kinek látnak?

– Hm... Nem... nem mindegy. Én... hiszek valamiben, cimbora. Mindig is éreztem, hogy valaki vár rám. S azt a valakit nem lehet mással helyettesíteni. Egy szó vagy egy érintés lehet hamis. Az egyetlen igaz dolog az, amikor a két lélek összeér. Ez akárkivel nem valósítható meg. Csak vele. Akivel összetartozunk.

Ex megdörzsölte a homlokát.

– Ez... nekem magas. De ha te mondod, Kapitányom, akkor elhiszem.

– Nem tudom, hogy igazam van-e. Lehet, hogy tévedek. De ebben hiszek.

A távolban felharsantak a Torony kürtjei.

Ex felvont szemöldökökkel a Torony felé nézett.

– Nocsak, az ébredés ünnepsége még legalább egy hét múlva lesz. Ez valami más lesz. Ugye nem akarod kihagyni?

– Nem, dehogy. Azt hiszem, ideje lesz felkelnem innen. Mehetünk.

Ex visszapakolta az el nem fogyasztott ennivalókat a kosárba.

Thén, miután a kardjára támaszkodva feltápászkodott, megnyújtotta elgémberedett végtagjait.

A két jó barát elindult a Torony felé, hogy meghallgassák a szokatlan idejű bejelentést.

Phil háza
Aznap este...

Az aznap délutáni bejelentés nemcsak az ideje, hanem a tárgya miatt is különlegesnek számított: kinevezték a Városvédők új Kapitányát. Phil egy emlékezetes és megható búcsúztatót követően átadta Szynnek a Kapitány címet. Az esemény vegyes érzelmeket váltott ki az emberek között. Egyesek örömmel fogadták, mások gyásszal. Akadtak olyanok is, akik a Városban lévő helyzetre hivatkozva helytelennek ítélték Phil távozását.

Phil az ablak előtt állt, kezeit összekulcsolva tartotta a háta mögött. Figyelte a háza előtt elhaladó embereket. Láncinge már nem volt rajta, a Tanácsosok hosszú, fekete öltözékét viselte – amelytől ősz haja és szakálla élesen elütött.

Thén mögötte, az asztalnál ült.

A kandalló nem volt begyújtva. Ahelyett a fényt érdekes, kicsi, lebegő gömbök adták, amelyek maguktól keresték a szoba sötétebb pontjait, hogy változatos színeikkel világítsák be. Éppen a lemenő Nap színében pompáztak.

– Nem lesz egyszerű a dolog – mondta Phil, miközben elindult az asztal felé, hogy helyet foglaljon Thén mellett. – A falat tökéletesen őrzik. Hm... bárcsak a többi dolog is ilyen jól működne.

– Nem tudnád valamelyik őrjáratot... – kezdett bele a kérdésbe Thén.

Phil már rázta is a fejét, nemleges választ adva ezzel.

– Sajnos már nem olyan időket élünk. Biztos vagyok abban, hogy valaki jelentést tenne az ügyeskedésünkről.

– Értem.

Phil rövid gondolkodás után folytatta:

– Nos... van egy lehetőség, de amint azt mondtam, nem lesz egyszerű.

– Nem számít – vágta rá azonnal Thén. – Mi lenne az?

– Régen a Városnak volt két kapuja. Az egyik az északi oldalon, a másik a délin; egy ideig a környező vidéket is felhasználtuk arra, hogy nyersanyagokhoz jussunk.

– De ha az első naptól kezdve tilos volt a falon túlra merészkedni...

– A kapukat álcázó berendezések rejtették el a nyilvánosság elől. Csak az arra kijelöltek kelhettek át rajtuk, és ők is csak akkor, ha a feladatuk elvégzése megkövetelte. Akkoriban még szükség volt erre. A kezdetekben még nem volt teljesen beépítve a Város, a falon belül pedig nem volt elég építőanyag, kívülről kellett behozni. A kapuk a Város kettéosztásának idején váltak haszontalanná. Az északi kaput lezárták, de a déli úgy maradt; az egyenes falak megépítése fontosabb volt, s a három Tanácsot nem érdekelte, hogy a déliek megtalálják-e vagy sem.

– Szóval csak átmegyek a déli oldalra, és egyszerűen kisétálok. Hol van itt a gond?

– Az átjutás lesz körülményes. Valahogy át kell jutnod az ellenőrzőponton; nem lehet megkerülni. Szükségünk lesz Szyn segítségére.

Thén bólintott egyet.

– Értem. És ha már odaát leszek?

– Odaát légy nagyon óvatos! Kerülj el mindenkit, csak a kapura összpontosíts!

Phil tekintete merengővé vált.

– Beletelik egy-két napba, amíg felkészülünk. Addig zárd le az itteni ügyeidet a legjobb belátásod szerint, mert... ha összejön a dolog, akkor nem lesz visszaút. Legalábbis nem mostanában. Remélem, meg fogod találni azt, amit keresel.

Thénnek igazából fogalma sem volt arról, hogy mit kell keresnie majd odakint. Pusztán annyit tudott, hogy a megmagyarázhatatlan késztetés, miszerint mennie kell, percről percre erősödött benne.

Így, hogy már tervük is volt, a bizonyosság sem hiányzott: eleget fog tenni a késztetésének.

A Toronyban
Három nappal később...

Thén meglehetősen kényelmetlenül érezte magát abban a helyzetben, amelybe került, de tudta, hogy közel a cél, ezért igyekezett jól viselni a dolgot. Phil és Szyn jobb ötlet híján úgy döntöttek, hogy törvényszegőnek fogják álcázni őt annak érdekében, hogy gond nélkül átjuthasson a déli oldalra.

Szyn és egy másik Városvédő közrefogva kísérték Thént a Torony bonyolultnak tűnő folyosórendszerén. Fejét gondosan körbetekerték valami rongyszerű anyaggal, hogy semmit se láthasson. Levegőt is éppen csak az orrán keresztül kapott.

A folyosókon való séta során bizonyos szakaszokat újból és újból bejártak, emellett több mint százszor irányt változtattak, hol egy emelettel feljebb, hol eggyel lejjebb mentek. Ez volt a száműzetés végrehajtásának első fázisa. Erre az adott törvényszegő megtévesztése végett volt szükség, a rengeteg gyaloglás és irányváltoztatás lehetetlenné tette a déli oldalra vezető út megjegyzését.

Szyn szívesen kihagyta volna a folyamat ezen időigényes részét, de a másik Védő miatt hűen kellett alakítania a szerepét. A legapróbb dolgon sem bukhattak meg.

Phil nem lehetett ott velük. Tanácstagként hivatalosan már nem vehetett részt műveletekben.

Thén egyszer csak azt érezte, hogy a tőle jobbra lévő Védő megragadja a vállát, és félerővel hátrarántja. Megálltak egy kis teremben, amelynek a másik végében egy nagyjából középkorú férfi várta őket. Megérkeztek a második fázishoz, amely során a Tanács által kibocsátott száműzetési parancs ellenőrzése történik. Szyn természetesen egy hamis parancsot tartott magánál, amelyen Phil aláírása szerepelt.

A Védő felállt az asztal mellől, és közelebb lépett hozzájuk.

– Üdvözlöm, Kapitány! – Egy rövid pillantással végigmérte Thént. – Egy újabb száműzetés?

– Igen. Sajnos már szinte minden napra jut egy. Gondoltam, ezt most magam intézem – felelte Szyn, miközben átnyújtotta a parancsot a Védőnek.

Pár perc csend következett, amelyet néha csak a férfi kezében lévő papír csörrenése tört meg. Alaposan átolvasta a dokumentumot. Nem mintha nem tudta volna kívülről a tartalmát, de az új Kapitány jelenlétében a lazaság legcsekélyebb jelét sem akarta mutatni.

– Még pár perc türelmet kérnék! – szólalt meg anélkül, hogy felemelte volna a tekintetét a papírról.

– Csak nyugodtan – mondta Szyn.

A Védő elhagyta a termet.

Thénnek különös érzése támadt: mintha egyszer már átélt volna egy ilyen helyzetet. Hirtelen egy kép villant fel a fejében, ahogy két őt méregető nagydarab, fekete ruhás, kopasz férfival szemben áll.

A jobb oldalán álló Védő így szólt:

– Nem a megszokott módon történnek a dolgok. Talán valami gond akadt?

– Nem, semmi gond – válaszolta Szyn. – Egy ideje már alaposabban ellenőrzik a Tanács által kiadott parancsokat. Sok a hamisítás...

– Áh, értem.

A Védő visszatért.

– Rendben. Továbbmehetnek!

Szyn reagálásképp biccentett egyet, aztán a társához fordult.

– Ön itt most végzett. Térjen vissza a feladataihoz!

– Igenis, Kapitány! – Azzal a Védő megfordult, és gyors iramban távozott.

Szyn megragadta Thén vállát, és továbbvezette a következő terembe.

„Jól van, a nehezén túl vagyunk" – gondolta Thén. Volt egy csekély esély a lebukásra, de nem magát féltette, hiszen ő mindenképp a déli oldalra akart kerülni; Szyn és Phil sokat tettek kockára az átjuttatásával, nekik volt vesztenivalójuk.

Elérkeztek a harmadik fázishoz. Már csak a száműzött holmijának átvizsgálása volt hátra.

A teremben egy újabb Védő várta őket.

– Kapitány! Visz magával bármit is az elítélt?

– Igen. – Szyn odanyújtott egy zsákot a Védőnek. – Ezeket itt a Tanács engedélyével magával viheti.

A férfi kiöntötte a zsák tartalmát egy asztalra. Két dolog volt benne: az egyik Thén egyenruhája volt – amelynek láttán a Védő fájdalmas arckifejezéssel felsóhajtott:

– Szóval Városvédő volt...

A másik tárgy az a könyv volt, amelyet Thén Philtől kapott.

– Ez mi? – kérdezte a Védő, miközben végigpörgette a könyv lapjait.

– Magam néztem át. Csupán a személyes naplója. Nem tartalmaz bizalmas információkat – válaszolta Szyn.

A férfi visszapakolta a holmikat a zsákba, majd visszaadta a Kapitánynak.

– Végeztünk, uram! Viheti!

Szyn ismét megragadta Thént.

– Indulás!

Végre kint voltak a déli oldal udvarán.

Thén érezte, ahogy a szél a mellkasának préselte a ráaggatott rongyos öltözéket. *„Megcsináltuk!"* – örvendezett magában.

– Maradj csendben! – kérte halkan Szyn.

Az egyenes fal mentén jó néhány szakasz Védő járőrözött. Figyelték a Kapitányt, ahogy a száműzöttet kísérte az épületek felé.

Amikor biztos távolságba értek, Szyn letekerte Thén fejéről a kötést.

– Ne nézz hátra, és semmilyen módon ne reagálj arra, amit most mondani fogok! – mondta halkan. – Nappal az udvaron és a fal mentén általában tiszta a terep. Ha a termőföldeken haladsz, akkor elvileg zökkenőmentes utad lesz a kapuig. Onnantól meg... vigyázz magadra, barátom! Bármit is találsz majd odakint, remélem, a javadra fog válni.

„Ég veled, Kapitány!" – mondta magában Thén.

Azzal Szyn megfordult, és visszaindult a Toronyba.

Thén kissé izgatottan, de lankadatlanul menetelt az épületek irányába.

Az udvaron és az ahhoz közeli házak között valóban csend és kihaltság uralkodott.

Az épületekhez érve beljebb ment egy utcával, hogy a házak takarásában juthasson el a termőföldekhez.

Odaérve megbizonyosodhatott arról, amit Szyn mondott: a földeken szintén kihaltság honolt. Az is hamar világossá vált számára, hogy miért: a déli oldal földjei végig kőtörmelékkel és vékonyabb-vastagabb faágakkal voltak beborítva. Teljesen gondozatlanul álltak, bár a megművelésüknek nem is lett volna értelme: ha valaki ott megpróbálna ennivalót termeszteni magának, akkor azt mások úgyis csak elvennék tőle.

A romokkal takart földeken haladva nagyjából négy-öt óra alatt eljutott a kapuhoz, amelynek álcázó berendezése már nem működött. Semmi különös nem volt benne, egy szűk, boltíves kis átjáró volt az egész.

Thén megállt a kapu előtt. Annak túloldalán megpillantotta a falon túli világ egy részét: a szél ugyanúgy hullámoztatta a hosszú füvet, akár az északi oldal nagy gabonamezőjét. Kicsit távolabb pár vékonyabb törzsű fa állt. Azok után egy tisztás következett, amelyet egy erdő határolt be félkör alakban. A messzeségben pedig ott magaslottak a hegyek, amelyeket Thén először négy éve csodálhatott meg a Torony erkélyéről.

Még egyszer, utoljára megfordult.

Végigtekintett a romos déli házakon.

Felpillantott Holdkővárad magas Tornyára.

Egészen addig a célon kívül nem figyelt másra, de most, hogy elérte, szabadon engedhette a benne kavargó érzelmeket. Azokra gondolt, akik szeretik és akiket viszontszeret: Emma nénire, Philre, Szynre, Exre, a velük átélt közös élményekre. Visszagondolt a Szylivel töltött örömteli pillanatokra, a bánatra. Gondolt a Városvédőként szerzett érdemeire, azon emberek elismerésére és szeretetére, akiken segített.

Szemei könnybe lábadtak. Lelkében megkezdődött a gyász.

Igyekezett arra gondolni, hogy ami vele történik, annak célja van, nem lehet véletlen. Megfogadta, hogy amikor beteljesül az előtte álló időszak értelme, akkor vissza fog térni ide.

Lassan visszafordult a kapu felé, és elindult.

Lassan lépdelve végigment az átjárón.

Ahogy kilépett a fűre, egy addig nem tapasztalt érzés járta át: a szabadság érzése. Innentől kezdve csakis magáért felel. Nincsenek többé a Város szabályai. Mostantól új szabályokkal kell megismerkednie: a valóság szabályaival.

Arcát a szél lágyan simogatta, a Nap kellemesen melegítette. *„Ezek a dolgok itt is ugyanolyanok. Mi baj lehetne?"* – gondolta.

Végül vett egy nagy levegőt, és elindult az ismeretlenbe.

A déli udvaron
Két nappal később...

A Torony kapuja kitárult. Szyn és Phil kiléptek a déli oldal udvarára.

Phil egy réginek tűnő, ütött-kopott palástot viselt, a fejét egy csuklya takarta el.

– Megosztanád velem, hogy mire készülsz? – szólalt meg Szyn, amikor már elég távol voltak a járőröktől. Megálltak. Phil odafordult Szyn felé. Arca előtűnt a csuklya alól.

– Egy darabig ideát leszek. A Védők Tanácsa beleegyezett egy titkos művelet végrehajtásába, amely, ha sikerrel jár, akár meg is oldhatja az északi helyzetet. Nem keveset teszünk kockára, de legalább teszünk valamit, nem csak nézzük, ahogy napról napra egyre gyorsabban omladozik körülöttünk minden.

– *„Akár meg is oldhatja"*? Beavatnál?

– Ha a terv első része sikerrel jár, akkor mindent meg fogsz tudni. Addig... sajnálom, de nem lehet. Nézd, tudom, hogy nem tegnap óta vagy Védő – kezdett bele a magyarázatba Phil. – De most te vagy a Kapitány, ezért rád sokkal több figyelem irányul, mint bárki másra. Nem kizárt, hogy ezek az információk befolyásolnák a viselkedésedet, és akkor gyanút keltenél másokban. Lehetőleg minden hibalehetőséget ki kell zárnunk.

– Jó, értem. Szóval, a saját érdekemben...

– Igen, és a terv érdekében.

– Addig tehetek valamit?

– Igen. Erősítsd meg a védelmet az egyenes falak mentén! Lehetőleg úgy, hogy ne legyen gyanús! Kéne hozzá valami indok...

– Előidézhetünk néhány zavargást. Az indoknak elegendő.

Phil beleegyezően bólintott.

Végignézett a déli udvaron, majd sóhajtott egyet.

– A jelentkezésemig valahogy mindenképp tartsd fenn a megerősített őrséget! Sietni fogok.

– Meglesz.

– Még valami: a mellettünk állókat tartsd távol az egyenes falaktól!

MÁSODIK RÉSZ

A bizonytalan ember falakat épít. Végül pedig azon falak nyomják össze, amelyektől a biztonságot remélte.

A hegyeknél
2727. április

Thén a harmadik nap végére eljutott a hegyek lábához.

Még korábban felfedezett egy szurdokot a távolból, s mivel nem szívesen vágott volna neki a hegy megmászásának, úgy gondolta, hogy majd azon keresztül halad át a túloldalra – feltéve, hogy elér odáig.

A Nap már lenyugvóban volt.

Fogalma sem volt, hogy mennyi idő alatt érne át a hegyeken túlra, ezért jobbnak látta, ha majd csak másnap hajnalban vág neki az út további részének. Könnyen lehet, hogy éjjel a Hold fénye nem hatol le a szurdok mélyére, emiatt túl kockázatos lenne odabent a koromsötétben botorkálnia.

A szurdok bejáratának közelében egy fa állt, amelynek tövét csak a homokkal borított talaj vette körül. *„Ez jó lesz táborhelynek"* – gondolta.

Miközben odafelé haladt, egy furcsa dologra lett figyelmes: mintha sodródó víz hangját hallotta volna a háta mögül. Nem emlékezett arra, hogy látott volna folyót vagy tavat a közelben.

Megfordult, és megdöbbenve szemlélte a látványt: a hegyekkel körbezárt terület egy hatalmas tengerré változott. Holdkővárad, a tisztások, az erdők, a fák... mind eltűntek. Helyükön csak a hullámzó víz volt mindenhol.

Thén egy perc erejéig nem tudta mire vélni a dolgot, de aztán támadt egy gondolata: *„Talán egy álca."*

A benne feléledő kíváncsiság arra késztette, hogy próbára tegye ezt az ötletet. Letérdelt a víz mellett, majd az egyik kezével belenyúlt. Ámulva tapasztalta, hogy annak nem pusztán a látványa tűnt valóságosnak; ugyanazt érezte, mint bármikor, amikor vízbe nyúlt.

Markával kiemelt egy adag vizet, aztán visszacsurgatta. Az úgy folyt vissza és csobogott, mintha igazi lett volna. Tett néhány lépést a vízben. Pár méter után már egészen a derekáig ért. Ahogy haladt, a víz felszíne egyszer csak elkezdett mozaikos mintázatúvá válni. Ezt kissé ijesztőnek érezte, de nem tartotta vissza. A következő lépés megtétele után az álca szertefoszlott. Újból a már jól megszokott látvány tárult elé. Viszont az öltözéke alsó része és a kezei vizesek maradtak.

„Okos... Ez bárkit sikeresen megtéveszthet. – Hirtelen gondolkodóba esett. *– Várjunk csak...* – Thént a felismerést követően nagy izgalom töltötte el. *– Ha ez a terület álcázva van, akkor az azt jelenti, hogy valakik elől el akarták rejteni. Vagyis a hegyeken túl kell, hogy legyenek mások is. Legalábbis ez így logikus. "*

Egyre gyorsabban sötétedett, neki kellett látnia a táborhely felkészítésének.

Egy óra múlva már lobogott is a tábortűz.

A vacsora után – amely ez alkalommal is a fákról, bokrokról összegyűjtött gyümölcsökből állt – elővette a Philtől kapott könyvet. A csillagok erősödő fénye, a tűz kellemes melege és az álcatenger zenéje megfelelő hangulatot biztosítottak neki ahhoz, hogy olvasással töltse az estét. Már csak egy személy bejegyzései voltak hátra. Az addigiakban nem talált semmi különöset, ennek ellenére kitartóan haladt a könyv vége felé – ahogyan azt Philnek megígérte. Kényelmesen behelyezkedett hát az olvasáshoz, és fellapozta az utolsó személy első bejegyzését, amely így kezdődött:

Eddig sosem értettem, hogy miért vagyok mindig egyedül. Az életem bármely pontjára tekintek vissza, mindenhol a magányt látom. Mintha egy madár lennék, aki egyedül szemlélődik egy magas fa vagy hegy tetején. Viszont az Elenával való találkozásom mindent világossá tett: nem vagyok és soha nem is lehetek olyan, mint mások. Az előttem álló időszakban az lesz a feladatom, hogy visszalépjek az Ősi Lovagok Útjára.

A nevem Alex Brown. Visszatértem.

Thén ezt a bejegyzést újból és újból végigolvasta. Ez a két név nagyon ismerős volt neki, és mintha már az Ősi Lovagokról is hallott volna. De honnan? Gyerekként rengeteg harcosokról szóló történetet hallott Philtől, emlékszik is mindegyikre, de Ősi Lovagok egyikben sem szerepeltek.

Elméjében különböző személyek és helyszínek képei villantak fel. Azok a helyszínek a visszatérő álmában látott világra emlékeztették. És volt még valami: a felvillanó alakok között felismerte a kis szőrös, négylábú állatot, akit még korábban, először a termőföldeken, azután pedig az éjjeli őrjárata során látott. Ekkor beugrott neki, hogy a különös lény Alexnek nevezte őt.

Egy pillanatra megszédült. *„Hú... Megint hallucinálok... Pihennem kéne."*

Összecsukta a könyvet, lassan felállt, és elindult az álcavíz felé. Egy kis esti megmártózás minden bizonnyal fel fogja frissíteni.

Egyre csak a nevek jártak a fejében: *„Alex... Alex... Alex Brown... Elena..."* A nevek ismételgetése közben olyan érzése volt, mint amikor az ember régi, feledésbe merült holmik között matat, de igazából nem tudja, hogy mit is keres valójában, csak keresgél, hátha valami hasznos akad a kezébe.

Thén az álcavíztől egy lépésnyire megállt. Egy újabb furcsa érzés kezdte a hatalmába keríteni, ahogy az a bizonyos név helyet foglalt az elméjében. Elakadt lélegzettel, kimeredt tekintettel mondta ki:

– Susan.

Fejében tisztán, érthetően egy női hang szólalt meg: *„Intézzük el, aztán menjünk!"* Nem sokkal ez után jött a következő mondat: *„Elkéstünk, add ide a fegyvert, majd én megteszem!"*

Egy hatalmas dörrenés hasított a füleibe. Ösztönösen térdre ereszkedett, tekintetét ide-oda kapkodva kereste az irtózatos zaj forrását.

Egy újabb dörrenés kíséretében elképesztő fájdalom hatolt a gyomrába, amelytől hangosan felkiáltva a földre zuhant. Fel akart kelni, de nem tudott; az elviselhetetlen fájdalom görcsben tartotta az egész testét. Percekig összegörnyedve, zihálva feküdt a homokban.

A környezet fényei halványulni kezdtek, pont úgy, mint ahogyan a négylábúval való második találkozásakor. A tábortűz már csak akkorának látszott, mint egy apró gyertyaláng. A csillagok fénye eltompult, mintha csak vékony felhők takarták volna el őket, pedig az ég teljesen tiszta volt.

A hőmérséklet rohamosan csökkent, végül valahol a fagypont környékén állt meg. Alig fél perc alatt úgy lehűlt a levegő, mintha hirtelen eljöttek volna a hideg hónapok. Immár nem csak a megmagyarázhatatlan fájdalom, hanem a tüdejéig hatoló hideg is kínozta. E jelenséget legutóbb nem tapasztalhatta, mivel akkor eleve hideg volt.

Tőle nem messze apró fénypontok jelentek meg a levegőben, amelyek egy pont felé kezdtek cikázni, végül egy majdnem fejméretű, ragyogó fénygömbbé álltak össze. Ez a fénygömb hirtelen függőlegesen megnyúlt, majd lassan emberi alakot öltött – ezzel együtt beragyogta az előbb még majdnem koromsötét környezetet.

Az alak ragyogása alábbhagyott, de a környezet nem sötétült vissza, részletei láthatóvá váltak.

A fátyolszerű öltözéket viselő nő letisztult mozdulatokkal haladt Thén felé. Amikor megállt mellette, ránézett, és így szólt:

– Ebben a világban a hideg és a sötétség az úr; mert ezeket nem kell, hogy táplálja semmi. – Ez után a fiú fölé emelte az egyik kezét, amelyet ekkor hófehér fény vett körbe.

Thén érezte, hogy valami különös erő veszi körbe, és hogy melegség kezdi átjárni a testét. A fájdalma egy szempillantás alatt elmúlt és már nem is fázott. Megkönnyebbülten, nagyokat sóhajtva a hátára fordult.

A nő leeresztette a kezét, majd folytatta:

– Erős vagy, Thén, de még nem vagy elég erős. Néha még kialszik a tűz a lelkedben. Vigyázz, mert aki túl sokáig nem képes újragyújtani ezt a tüzet, az halálra fagy.

– Ki vagy te? – kérdezte Thén.

– Én vagyok az, aki téged kísér életeken át, világokon át, időkön át. Amikor szükséged lesz rá, segíteni foglak az utadon, ahogy most is. Jól figyelj rám! A hegyeken túl embereket találsz majd. Lesz közöttük valaki, akivel egy az utatok. Találd meg őt! A szurdokon való átkelésnek hajnalban vágj neki, az egyenesen átvezet a hegyeken túlra, késő délutánra ott is leszel.

A nőt hirtelen vakító ragyogás borította be.

Teste ezernyi apró fényponttá oszlott szét, amelyek aztán lassan eltűntek a levegőben.

Minden visszatért a megszokott kerékvágásba. A csillagok ismét teljes erővel tündököltek. Az álcatenger lágyan hullámzott, felszínén a Hold és a tábortűz visszaverődő fényei váltogatták egymást.

Thén felkelt volna, de a percekig tartó kínok túlságosan kimerítették a testét. Inkább nem erőlködött, ott helyben hagyta magát álomba merülni.

A hegyeknél
Másnap...

Már világos volt, de a Nap még nem kelt fel a hegyek mögül.

Thén Holdkővárad távoli fehér Tornyát nézte. Már a Városvédő öltözékét viselte. Erre az alkalomra tartogatta, amikor utoljára tekinthet vissza a Városra. Bármerre is viszi az élet ezután, egyenruhája mindig emlékeztetni fogja arra, hogy ki ő és honnan jött. Megfordult és elindult, hogy eltüntesse a maga után hagyott nyomokat. Pár lépés megtétele után aktiválódott mögötte az álcatenger.

A rongyos ruha, amelyet addig viselt, már majdnem teljesen elégett a tűzben – azt nem állt szándékában magával vinni emlékül.

Gyorsan végzett a takarítással, más teendője nem is maradt. Eljött hát az ideje, hogy nekivágjon a szurdokon való átkelésnek, hogy teljesen maga mögött hagyja az addig ismert világot.

A végeláthatatlannak tűnő, óriási kőfalakkal behatárolt járat hamar baljós érzést keltett Thénben. A homokos, kavicsos talajon és a jókora köveken kívül nem volt ott más. Az eget is csak néha lehetett látni a magas, egymás felé nyúló sziklacsúcsokon túl. Nem volt madárcsiripelés, sem a jól megszokott falevelek csörgése vagy a víz csordogálása, csak a szűk járat kopársága és a haláli csend.

Helyenként a mély, sötét hasadékokból kísérteties módon levegő csapódott ki, pont akkor, amikor Thén elhaladt előttük.

Így ment ez hosszú órákon át. Thénnek sokszor az volt az érzése, hogy semennyit sem haladt; a hely egy idő után kezdte megtéveszteni az érzékeit.

Néha megállt pihenni, olyankor pár percre leült. Néhányszor megesett vele, hogy pihenés közben elfelejtette, melyik irányból jött, ezért a földön heverő kavicsokból nyilakat kezdett kirakni arra az esetre, ha az egyik pihenő után visszafelé indulna el.

Sokszor felidézte magában az elmúlt éjjel történéseit. Ha nem élte volna át azt a rettenetes fájdalmat, akkor az egészet egy újbóli hallucinációnak könyvelte volna el, de így el kellett vetnie ezt a gondolatot. Azt az elgondolást találta a legvalószínűbbnek, miszerint a dolog egy megtévesztés lehetett. Gyanította, hogy a Városnak lehet egy olyan védelmi rendszere, amely képes az általa megtapasztalt hatások előidézésére. Bár ebben az elméletben volt egy aprócska bökkenő: ha ez így lenne, akkor az a nő őt – mint a Várost elhagyó embert – nem arra biztatta volna, hogy menjen tovább, hanem arra, hogy forduljon vissza; hogy ne vihesse el a Város titkait máshova. Úgy néz ki, hogy mindez egyelőre rejtély marad számára.

Ahogy haladt, a légmozgás egyre élénkebbé vált a járatban. Közeledett a vége.

Egyszer csak egy hosszú, mély morajlás töltötte be a levegőt. Nagyjából egy teljes percig tartott. Thénnek elképzelése sem volt, hogy mi lehet képes ilyen hangot kiadni magából, de a dolog egy valamit elárult: itt a szurdok vége, sikerült átjutnia. Már csak egy rövidebb emelkedőt kell megmásznia, és elé fog tárulni a hegyeken túli világ.

A cél közelsége energiával töltötte fel. Olyan fürgén mászott az emelkedőn, mintha órákat pihent volna előtte.

Amikor először csodálhatta meg a falakon túli világot a Torony erkélyéről, akkor azt gondolta, hogy annál csodálatosabb dolgot már sosem fog látni. Azonban a szurdok kijáratánál állva rájött, hogy tévedett. Nem talált szavakat a látványra. „Ez egy... másik város" – ámuldozott magában.

Mindenhol épületek nyújtóztak az ég felé, ameddig a szem elláthatott. A város peremén alacsonyabbak álltak, de a távolabbiak egy némelyike a felhők alját súrolta. Néhol több kilométer hosszú hidak hajoltak át parkok, más építmények és kiapadt folyómedrek felett.

„Ehhez a helyhez képest Holdkővárad talán csak egy apró pont a Földön" – gondolta.

Csak egy dolgot furcsállt: sehol sem látott embereket. Nem volt semmi mozgás, csak egy nagy porfelhő gomolygott a város pereméhez közel, az alacsonyabb épületek között. Bizonyára az ott történtek okozták az előbbi zajt, és azon történésekhez remélhetően élőlényeknek is közük volt, vagy majd odavonzza őket. Ha arra indulna el, az talán jó kiindulópont lenne ahhoz, hogy emberekre akadjon.

Óvatosan leereszkedett a hegyoldalon.

A peremvidék házai látszólag régóta elhagyatottan álltak. Mindegyikük omladozott, rogyadozott, némelyik már romokban hevert. Az utcákon furábbnál furább, nagy, hosszúkás tárgyak hevertek szanaszét, amelyeket Thén képtelen volt beazonosítani. Azok valójában valaha működő lebegő járművek voltak.

Az egyik ilyen jármű ajtaja el volt tolva. Thén közelebb ment hozzá, hogy megvizsgálhassa. E járműnek a többitől eltérően kívülről jól belátható volt a belseje – külső burkolata javarészt átlátszó anyagokból volt összerakva. Thén szemei a műszerfalon akadtak meg. Az tele volt sötét kijelzőkkel, kicsi gombokkal, alsó részéből pedig egy botkormány állt ki.

Még közelebbről szemügyre akarta venni a számára érdekes berendezést, ezért félig behajolt az utastérbe, közben az egyik kezét támaszkodásképp a botkormányra helyezte. Érintésétől a jármű beindult: a kijelzők felvillantak, aztán a gép fél méternyire elemelkedett a földtől. Thén nem tudta, mi történik, ijedten elugrott a járműtől – az pedig lebegő helyzetben maradt.

Süvítő hangot hallott a háta mögül, de már arra sem volt ideje, hogy odafordítsa a fejét. Egy kisméretű, kemény tárgy csapódott a hátába, amely azon nyomban magasfeszültségű áramütésekkel kezdte sokkolni a testét. Thén úgy zuhant a jármű oldalának, onnan pedig a földre, akár egy merev szobor.

Közeledő lábak halk dobogását hallotta.

– Kapcsold ki! Kapcsold ki! – kiáltott fel valaki.

Ekkor az áramütések megszűntek.

Thén nem bírt megmozdulni, az izmai még mindig görcsben álltak. Pusztán a fejét volt képes oldalra dönteni egy kicsit, hogy szemügyre vehesse támadóit. Ketten voltak: két fiatal, hosszú, szőke hajú lány. Meglehetősen hasonlítottak egymásra, bár az egyikük egy kicsit magasabb volt a másiknál és idősebbnek is látszott.

Az idősebbnek látszó lány vitatkozni kezdett a másikkal:

– A francba, Leá! Megint egy embert lőttél meg! Már vagy ezerszer elmondtam, hogy várj, amíg jelt adok!

– Mi pedig már vagy ezerszer megkértük őket, hogy szóljanak, mielőtt kicsászkálnak! Így járt... – vágott vissza a másik lány.

– Jól van, most már mindegy... Indulj vissza a táborba, és vidd a cuccokat is! Megvárom, amíg csatangoló uraság magához tér, aztán visszakísérem.

Erre a Leának nevezett lány a derekára csatolt valami hosszúkás, fegyvernek tűnő tárgyat – vélhetően azzal adta le a lövést Thénre –, aztán a hátára emelt egy félig megpakolt nagy zsákot, és sértődötten, lendületes léptekkel elviharzott. Hosszú haja zászló módjára lobogott mögötte.

A hátramaradt lány elindult a még mindig mozdulatlanul fekvő Thén felé.

Pár méternyire tőle meglepett tekintettel megállt, és így szólt:

– A mindenit... Te... nem közülünk való vagy!

– Helló! – mondta Thén.

– Ő... – A lány még inkább zavarba jött. – Hát... tudod... háttal álltál nekünk, és... láttuk, ahogy beindítottad a siklót... Azt gondoltuk, hogy egy gép keres magának energiaforrást...

Néhányszor már előfordult, hogy ruhákkal álcázták magukat... A fenébe... Ne haragudj, haver!

– Szóval ilyen a haverotoknak lenni – mondta barátságos hangon Thén. Ugyan a lány magyarázkodásából nem sok mindent értett, de az már egyértelmű volt számára, hogy csak egy félreértésről volt szó.

A lány megkönnyebbülten elmosolyodott, látta, hogy Thén megértette a helyzetet.

– Ne aggódj, hamarosan el fog múlni a lövedék hatása. Csak a gépeket csinálja ki, az embert pusztán megbénítja egy időre. Gondolom, még mindig a hátadon van... Tudsz már mozogni?

– Hát... azt hiszem... – Thén lassan, nehézkesen felült. A szőkeség letérdelt mellé.

– Na, nézzük... Igen, ott van. – Ujjaival megfogta a lövedéket, és egy határozott mozdulattal lerántotta Thén hátáról.

A fiú halkan felszisszent.

A sokkoló lövedéke úgy nézett ki, mint egy palack dugója, egyik végéből egy tucat tű állt ki – amelyek Thén vérétől csillogtak.

A lány belecsomagolta a lövedéket egy darab rongyba, és eltette.

– A nevem Juliha – mutatkozott be.

– Az enyém Thén.

– Thén... Mondd csak, mit csinálsz errefelé?

– Észrevettem a távolból egy nagy porfelhőt, éppen arra tartottam. Kíváncsi voltam, hogy mi történhetett ott.

– Mi is láttuk. Csak összedőlt egy ház. A város peremrészén ez gyakori. És... honnan jöttél?

– Messziről. Egy... másik városból.

– Egy másik városból? – Juliha tekintete kimeredt. – Tudod, eddig még sosem találkoztunk idegenekkel. Azt gondoltuk, hogy egyedül vagyunk...

– Hát, ezek szerint ez nem így van – mondta Thén, aztán felemelte a tekintetét a város magasabb épületeire. – Mi ez a hely?

– Mi csak Óvárosnak hívjuk – válaszolta Juliha. – Az igazi nevét nem ismerjük. Azt sem tudjuk, hogy mióta áll itt.

– Aha... És a gépek? Ők kicsodák?

– Hú... tényleg messziről jöttél. Figyelj, mindent megbeszélhetünk, de... nemsokára besötétedik, és olyankor itt nem biztonságos. Gyere el a táborunkba!

Az előző estéhez kapcsolódó elmélet tehát megdőlni látszott: a nő útmutatása helytállónak bizonyult, Thén azon a helyen valóban emberekre talált, így az élményeit nem a feltételezett védelmi rendszernek köszönhette. Bár ez így csak még több kérdést vet fel, amelyek megválaszolásához a jelenlegi ismeretei nem elegendőek. Egyszer talán megkapja a válaszokat.

– Benne vagyok, mehetünk. Csak keljek fel innen valahogy...

Az Óváros melletti táborban
Aznap este...

Thén és Juliha nem sokkal sötétedés után érkeztek meg a táborba. Thénnek nem volt lehetősége felmérni a terepet, mivel a lány háza a tábor legszélén állt. Egy ablak melletti asztalnál ültek, egymással szemben. A fényt egy, az ablak felett kapaszkodó narancssárgás színű neoncső szolgáltatta.

A szűk kis otthon merőben különbözött Holdkővárad házaitól: falai és a teteje összeszegecselt, összehegesztett fémlapokból készültek. A hosszúkás előtér ajtói mellett szintén fémből készült tárolószekrények álltak.

– Miért van itt ilyen sötét? – kérdezte Thén.

– Egy ideje sajnos nem működik a tábor főgenerátora. Pontosabban az egyik legfontosabb része: a generátor egy különleges kristály sugárzását erősíti fel a többszörösére és alakítja át azt elektromos árammá anélkül, hogy jelentősen merítené. Ezen a módon több száz évre elegendő energiát vagyunk képesek előállítani... Vagyis csak voltunk.

– Ha jól sejtem, ezzel a kristállyal történt valami...

– Igen. Egyszerűen csak... megszűnt a sugárzása. Valószínűleg lemerült. Már akkor is az működtette a generátort, amikor a tábor legidősebb lakói megszülettek. Szóval... azóta csak a rövidebb élettartamú energiaforrások állnak a rendelkezésünkre, de azokkal legfeljebb csak pár hétig húzhatjuk. A pár hetes időtartam is csak akkor lehetséges, ha kizárólag a legfontosabb berendezéseket működtetjük. Folyamatosan kutatnunk kell a környéket ezek után. Ma hozzájutottunk egyhez, hála neked.

– A siklóból... ugye?

Juliha némi mosollyal fűszerezve bólintott egyet.

– De... miért olyan fontos nektek az áram? – kérdezte Thén.

– Hát... táplálékot és tiszta vizet csak mesterséges módon tudunk előállítani. Óvárosban és körülötte teljesen terméketlen a talaj, termeszteni semmit sem tudunk. Állatokat már régóta nem láttunk errefelé, így a vadászat sem megoldható. Teljesen a technikára vagyunk utalva. A főbejárat ajtaja behúzódott a falba. Leá lépett be a házba. Az idegen láttán kérdően pillantott Julihára.

Juliha igyekezett elősegíteni Thén és Leá ismerkedését, mivel látta, hogy jelenleg egyikük sem túl kezdeményező:

– Thén, ő a húgom, Leá. Együtt lakunk itt.

Leá közelebb lépett a fiúhoz, majd felé nyújtotta a jobb kezét.

– Üdv! – köszönt kissé visszafogottan.

Thén felállt, a lányra nézett – aki nővéréhez hasonlóan szintén gyönyörű volt –, és megfogta a kezét.

Az érintés hatására egy látomás jelent meg Thén elméjében:

– A nevem Susan O'Neill. Megtisztelő, hogy megismerhetlek!

– Az enyém pedig Alex Brown. Örülök, hogy eljöttél!

Alex és Susan egymással szemben álltak egy majdnem teljesen üres edzőteremben.

Alex egy fekete gyakorlóruhát viselt. Bal kezében egy fakardot tartott a lába mellett.

A bemutatkozás után elengedték egymás kezét.

Susan tiszteletteljes módon, összezárt lábakkal, hátratett kezekkel állt Alex előtt. Látszott rajta, hogy kissé izgul.

– Mondd csak, Susan, miért szeretnél... itt tanulni? – kérdezte Alex.

Susan egy darabig csak zavartan forgatta csillogó, gesztenyebarna szemeit, majd bizonytalan hangon így felelt:

– Igazából... nem tudom, csak azt éreztem, hogy el kell jönnöm ide...

– Helyes! – vágta rá Alex. – Az Akadémia csak a tiszta tudást ismeri el, és csak ennek megismerésében hajlandó segíteni. Ez a tudás közvetlenül a világot alkotó alapkövektől származik, s a rá való igény sem az elméből, hanem annál sokkal mélyebbről ered. Ezért az a jó, ha nem tudod, miért vagy itt.

Susan bólintott.

Alex az egyik fal előtt sorakozó fegyverállványok felé mutatott.

– Kérlek, fogj egy fakardot!

– Máris kezdjük? – kérdezte Susan.

– Csak arra vagyok kíváncsi, hogy mennyire vagy fogékony.

Susan leemelt egy fakardot az egyik állványról, aztán visszahelyezkedett Alex-szel szembe.

Alex támadóállásba helyezkedett, és maga elé emelte a kardját.

– Én támadok, te pedig védekezz!

Susan azt gondolta, hogy majd jeleznie kell, amikor készen áll, de nagy meglepetésére Alex szinte azonnal egy szempillantás alatt félrecsapta a kardját, aztán elindított egy vágást, amelyet a nyakától egy centiméterre állított meg.

– Még egyszer! – mondta Alex.

Újból nekifutottak, de ugyanaz lett a vége: Susan összevissza kapkodta a kardot, hol túl közel került Alexhez, hol pedig túl távol.

– Jól van, álljunk meg egy kicsit! – állította le a menetet Alex.

Susan csalódottan leengedte a tekintetét.

– Meg kell nyugodnod, máshogy nem fog menni. Tudod, a támadódat az indulatai vezérlik. Ezek az indulatok úgy áramlanak feléd, akár a hömpölygő tenger hullámai. Nem érdemes megállnod előttük. Rájuk kell hangolódnod, együtt kell mozdulnod velük, mint egy táncban a partnereddel. Ha ez már megy, akkor megtanulhatsz kitérni az indulatok elől, aztán háríthatod őket. Aki pedig mesterien bánik az indulatokkal, az arra is képes, hogy megragadja és elfojtsa őket. A harc valójában nem olyan, mint egy akciófilmben. Az a rengeteg üvöltés, vicsorítás, erőfitogtatás... A valóságban a harc olyan, mint a lágy szellő: erőlködés és hangoskodás nélkül történik.

E szavak szemmel láthatóan hatással voltak Susanra: kiegyenesedett, felemelte a fejét, tekintete magabiztossá vált.

– Értem!

– Remek! Akkor... kezdjük újra!

Folytatták a tesztet.

Alexet meglepte a hirtelen változás: Susan végig pontosan tartotta vele a lépést, és minden egyes támadását hibátlanul hárította.

A menet végén Alex elégedetten bólogatott.

– Erről van szó!

Odalépett Susanhoz, majd egyik kezét a vállára helyezte.

– Üdvözöllek az Akadémián!

Susan mosolya csak úgy ragyogott az örömtől.

– Köszönöm!

A látomás véget ért.

Thén fejében a jelenet jó húsz percig tartott, de a két lány ebből nem érzékelt semmit.

Még mindig Leával szemben állt, és a kezét fogta.

Biccentett egyet felé, aztán visszaült az asztalhoz.

– Megígértem neki, hogy többet nem fogod lelőni – mondta húgának Juliha.

– Ő, hát... igen. Sajnálom...

Thén a fejét rázta.

– Már tisztáztuk a dolgot. Nem történt semmi.

Juliha visszaterelte a beszélgetést a fő témához:

– Mit is mondtál, mi a város neve, ahonnan jöttél? Holdvár? Vagy...

– Holdkővárad – helyesbített Thén.

– Egy másik város? – kérdezte ámulva Leá.

Thén belemerült Leá elbűvölő tekintetébe. A lány pont úgy nézett rá, ahogyan Susan nézett Alexre a látomásban. Észrevette, ahogy Juliha elmosolyodott rajtuk. Kissé zavarba jött.

– Igen, egy… másik városból jöttem. A hegyeken túlról…

Leá odalépett az asztalhoz, és leült Thén és Juliha közé.

– Miért jöttél el onnan?

– Hát… csak… úgy éreztem, hogy… ezt kell tennem.

– Értem… És mit csináltál ott?

– Városvédő voltam. Vagyis vagyok… – tette hozzá gyorsan.

– Városvédő? – kérdezte Juliha. – Vagyis harcos? Katona?

– Igen, szerintem ugyanarra gondolunk.

A két lány egymásra nézett.

– Akkor értesz a harchoz, igaz?

– Sokszor kellett harcba bocsátkoznom, szóval… igen, megállom a helyemet.

Thén már nagyon fáradt volt, ezért megpróbálta finoman lezárni a beszélgetést:

– Megengeditek, hogy… lepihenjek itt valahol?

– Hogyne, örülnénk, ha maradnál még – válaszolta azonnal Juliha. – Gondolom, jólesne már egy ágy. Nyugodtan használhatod a szobámat. Addig mi Leával egy helyen is megleszünk.

Az Óváros melletti táborban
Másnap...

A Nap fénye már rég betöltötte Juliha szobáját. Thén csak valamikor dél tájékán kezdett ébredezni. Az éjszaka során egyszer sem ébredt fel, végre alaposan kipihenhette magát. A szoba másik végében, az ajtó mellett Leá ült. Szemeivel egy lapos készülék képernyőjét pásztázta, de ahogy Thén felült az ágyon, félretette a gépet, és jó kedélyűen üdvözölte őt:

– Szervusz!

– Szia! Vigyáztál rám?

– Ó, igen – mondta mosolyogva Leá. – Jól aludtál?

– Remekül... Végre nem mászkáltak rajtam bogarak.

Leá közelebb tett Thénhez egy fémtálcát, amely tele volt azonos méretű, különböző színű, négyzet alakú falatokkal.

– Készítettem neked egy kis ennivalót. Nem tudom, mihez vagy hozzászokva, de hidd el, nagyon finom. Saját recept.

A lány az ágy mellett lévő szék támlájára terített Városvédő egyenruhára mutatott.

– Remélem, nem gond, megtisztítottam a ruhádat.

– Nem, dehogy... Köszönöm! – Thén csak ámult a kiszolgáláson.

– A siklóból kiszerelt energiaforrásnak, amelyet felfedeztél, szinte teljes a töltöttsége. Egy darabig nem kell aggódnunk amiatt, hogy mindenkinek jutni fog-e a legfontosabbakból. Szóval... mi köszönjük! Az a legkevesebb, hogy megosztjuk veled azt, amink van.

– De hát nem is tudtam, hogy mit csinálok. Az a dolog csak úgy felemelkedett a levegőbe... Ezelőtt sosem láttam ilyet. Véletlen volt az egész.

– Szerintem semmi sem történik véletlenül.

Összetalálkozott a tekintetük. Egy ideig csak nézték egymást. Valami különöset éreztek magukban: mintha nem lennének teljesen idegenek egymás számára. Leá végül felállt, elindult az ajtó felé, majd odaérve megfordult.

– Julihát reggel elszólította az egyik technikusunk. Nemrég üzent, hogy menjünk utána, ha felkeltél.

Thén és Leá a tábor konzervdobozszerű házai között haladtak. Thént folyamatosan kíváncsi emberi tekintetek kísérték. Minden táborlakót érdeklődéssel töltött el a különös idegen váratlan felbukkanása.

– Hány ember él itt? – kérdezte Thén.

– Összesen nyolcszáztizenhárom – felelte Leá. – És Holdkőváradon?

– Közel egymillióan.

– Egymillióan? Te jó ég… Az rengeteg ember.

– Igen, de ez csak az északi oldalon nyilvántartottak száma. A déli oldalon... nem tudom... remélem, ott kevesebben vannak.

– Reméled? Miért?

– Ők a törvényszegők. Kiközösített emberek. Súlyos bűnöket követtek el, például meggyilkoltak másokat.

– Ez borzasztó... Mi sosem ártanánk egymásnak. Egymás nélkül elvesznénk.

– Sokáig Holdkőváradon is így gondolták. Aztán valahogy... megváltoztak a dolgok.

Elérkeztek egy házhoz, amely kissé különbözött a többitől: a tetején kész antennadzsungel állt.

– Itt volnánk. Ez itt Zeymouss birodalma. – Leá elhalkulva folytatta: – Tudod, ő egy zseniális elme, viszont egy kicsit... ütődött. Gondoltam, előre szólok.

– A zsenik általában ilyenek; át kell lépniük a határokat. Ne aggódj, nem fog gondot okozni. A ház ajtaja sziszegő hanggal behúzódott a falba. Thén és Leá beléptek rajta. Odabent a falak a padlótól a plafonig számítógépekkel és kijelzőkkel voltak beépítve. A terem közepén egy nagy holovetítős asztal állt, felette narancssárgás színben pompázva Óváros háromdimenziós térképe lebegett.

A szomszéd teremből egy magas, sovány, göndör hajú férfi jött ki. Széttárt karokkal, kikerekített szemekkel, nagy terpeszt felvéve állt meg az ajtóban. – Hohóóó... Bizonyára te vagy Théén. – A fura fickó idétlen léptekkel odasietett Thénhez, és kelletlen módon kezet rázott vele.

– Igen... Te pedig Zeymouss vagy, ha jól sejtem.

– Aha, de bááárminek szólíthatsz. Más is ezt teszi.

A szomszéd terem ajtajában Juliha jelent meg.

– Ha kezd az agyadra menni, csak jól vágd nyakon! Az használ neki. – A lány vetett egy hosszas pillantást Thénre, aztán az asztal mellé állt, és megnyomott néhány gombot a szélén lévő klaviatúrán. – Hírek vannak. – Kinagyította a térkép egy bizonyos részét. Ráközelített egy hosszúkás objektumra, amelynek közepén egy vörös pont pislákolt. – Megvan a kristály új helye.

Erre a többiek is odaléptek az asztalhoz.

– Ez a valami nem illik a környezetbe – állapította meg Thén. – Azok az oszlopok... csak mögötte vannak kidőlve, egy vonalban. Mintha odaesett volna.

– Igen – helyeselte Leá. – Ez valószínűleg egy rég lezuhant teherszállító. A kristály pedig a belsejében van.

– Szóval az „új helye". Hogyan került oda? – kérdezte Thén.

– Na igen... – Juliha eltüntette a térképet. – Ez a legnagyobb problémánk. – Pár gombnyomással előhívott egy újabb holoképet: egy ember formájú gépét. – Ez egy robot. Külsőre hasonlít az emberre, de belül csak gép.

– Egy ilyennel kevertél össze? – nézett Thén Leára.

Leá bólintott.

– Óváros régen egy sokáig működő, fejlett technológiákkal rendelkező társadalomnak adott otthont – folytatta Juliha. – Ők készítették a robotokat azzal a céllal, hogy azok megkönnyítsék az életüket. Aztán az emberek valamiért háborúzni kezdtek egymással. Az okát nem ismerjük. Ekkor az addig ártalmatlan gépeket bevonták a hadviselésbe, és felderítésre, közelharcra, merényletek végrehajtására kezdték átprogramozni őket. Egy embernek túl gyakran kell pihennie, táplálkoznia, nem beszélve a pszichés megpróbáltatásokról. Ezeknek a nyavalyásoknak egy hónapban csak egyszer kell feltölteniük magukat, azután végig csúcsformában vannak.

– A kristályt használják a töltődéshez? – kérdezte Thén.

– Igen. Ameddig üzemelt a generátor, addig meg sem fordult a fejünkben, hogy megpróbáljuk megszerezni... de aztán...

– De aztán megpróbáltátok, és rosszul sült el a dolog. Igaz?

Juliha az asztal szélére támaszkodott.

– Elindultunk egy harmincfős csapattal. Először úgy tűnt, hogy nem lesz nagy ügy. Könnyen eljutottunk a kristályig, már majdnem a miénk volt, de akkor elszabadult a pokol. Mintha a semmiből teremtek volna elő... Csak én és Leá jöttünk vissza. Ezután mindenki lemondott a kristályról. De mi nem adtuk fel. És most, hogy sikerült bemérni...

– Én, én mértem be! – bökdöste a mellkasát Zeymouss.

– Igen, bogaras, a tiéd az érdem – vette vissza a szót Juliha. – Akkor felkészületlenek voltunk, nem tudtuk, mivel állunk szemben, de most elkapjuk őket. Nem számít, hányan megyünk oda... Megszerezzük a kristályt, megoldjuk a tábor gondját, és ezzel együtt kihúzzuk a konnektorból ezeket a mocskos kenyérpirítókat! – Vett egy nagy levegőt, majd várt pár másodpercet, hogy lenyugodjon. – Ha a miénk a kristály, akkor már csak meg kell várnunk, hogy lemerüljenek...

Thén még nem tudta, hogy pontosan miért is hozta velük össze az élet, de abban biztos volt, hogy segítenie kell nekik.

– Mikorra tervezitek az akciót?

– Hónapok óta ezt tervezzük. Nincs mire várni. Még ma odamegyünk – válaszolta Juliha.

Leá beleegyezően bólogatott.

Zeymouss halkan az arca előtt tapsikolt örömében.

– Veletek megyek! – mondta határozottan Thén.

Juliha elkerekedett szemekkel Thénre nézett.

– Megtennéd?

– Mindent, amit csak szükséges. – Thén újból nagy erőt érzett magában. Ahhoz hasonlót, mint amely a Városvédőként tett szolgálata során is segítette őt a rászorulók oltalmazásában.

Hosszasan fürkészték egymás szemeit, aztán Juliha így szólt:

– Egy óra múlva indulunk. Találkozó a fegyverraktárnál! Leá, kérlek, segíts Thénnek a felkészülésben!

– Meglesz!

– Gyerünk, bogaras, dolgunk van! – Azzal Juliha visszaviharzott a másik terembe, Zeymouss pedig engedelmesen követte őt.

Thén és Leá kiléptek a házból, és elindultak a fegyverraktár felé.

– Köszönöm, Thén! A nővérem miatt. Ez az akció igazából neki jelent sokat. Én is csak miatta megyek.

– Nagyon a szívén viseli ezt az ügyet.

– Tudod... volt egy fiú az életében. Ő is a csapatban volt.

– Ez... szörnyű lehet... El sem tudom képzelni, min mehetett keresztül.

– Az emberek nem hitték el, hogy létezhet olyan dolog, amely elválaszthatja őket. Ők sem.

– A veszteség vihara elfúj mindent, amit az életünkről hittünk, s csak az marad meg, ami tényleg benne van.

Szerintem meg fogja találni azt a valamit, s akkor vigaszra lel majd.

– Te… emlékezteted rá. Láttam a szemeiben… amikor rád nézett.

A tábor melletti állomásnál
Két órával később...

A tábor melletti pályaudvaron több száz peron sorakozott egymás mellett. A peronok közötti sínpárokon – amelyek mindegyike egy-egy alagútba vezetett – hosszúkás, henger alakú vonatok álltak egy helyben.

Juliha a fegyverraktártól való indulásuk előtt megpróbált beszervezni még néhány embert az akcióba, de azok gondolkodás nélkül elhatárolódtak a felkínált lehetőségtől. Egyiküket sem bírálta, hiszen minden okuk megvolt a félelemre. Így hát négyen vágtak neki a veszélyes küldetésnek.

A csapat megpakolt hátizsákokkal igyekezett a megfelelő vonat felé.

– Ez lesz az – mondta Juliha, amikor megállt az egyik előtt.

A szerelvény kitárt ajtókkal dekkolt a helyén – mintha csak rájuk várt volna.

Mindannyian beszálltak, felszereléseiket letették az ülésekre.

Zeymouss beloholt a vezetőfülkébe, és villámgyors ujjmozdulatokkal bevitt néhány parancsot a műszerfal billentyűzetén keresztül.

– Minden rendszerrr működííík!

– Jól van, akkor induljunk! – utasította Juliha Zeymousst.

Az ajtók két oldalról összesiklottak. A vonat elemelkedett a mágneses sínektől, majd hangtalanul, fokozatosan gyorsulva megindult. Ahogy beértek az alagútba, az utastérben egy pillanatra teljesen sötét lett, aztán felvillantak a belső lámpák.

A vezetőfülke ajtaja melletti kijelzőn egy elegáns öltözetű nő jelent meg. – *Üdvözöljük önöket!* – szólalt meg nyájas hangon a felvétel. – *Engedjék meg, hogy a figyelmükbe ajánljuk legújabb termékeinket!*

Thén odafordította a fejét, erre Juliha tréfásan odaszólt neki:

– Én a helyedben nem nézném sokáig. Képes kiszívni az ember agyát.

Thén felvont szemöldökökkel elrántotta a tekintetét a kijelzőről.

A lányok mosolyogva összenéztek.

A vonat kiért az alagútból.

Szédületes sebességgel haladtak a kihalt, lepusztult épületek között. A közelieket képtelenség volt szemügyre venni, elmosódott maszatoknak tűntek, ahogy elsuhantak mellettük.

A sokadik maguk mögött hagyott megálló után Zeymouss hátraszólt a vezetőfülkéből:

– Kedves utasok! Tíííz perc van hátra az érkezésig.

Juliha nagyot sóhajtott.

– Készüljünk!

Kipakolták a fegyvereket a hátizsákokból. Juliha és Leá egy-egy sokkolófegyverrel, energiakarabélyokkal és elektromos gránátokkal szerelték fel magukat. Thén csak egy gránátövet és két kardot csatolt fel magára, az egyiket a hátára, a másikat a derekára.

Thén akaratlanul megfordult, tekintetét egy, a többi közül kimagasló épületre szegezte, amelynek elejére, közel a csúcsához egy hatalmas „O" betű volt felrögzítve. Miközben az épületet figyelte, olyan érzése támadt, mint reggel, amikor Leával beszélt: túlságosan ismerős volt neki.

Juliha mellé lépett.

– Mi az?

– Csak egy... különös érzés. Nem számít.

– Oké... Nos... a következőkre gondoltam: bogaras a vonatnál marad, felkészíti a visszaútra, és segít a navigálásban. Előre lövészek kellenek, azok én és Leá leszünk. Te mögöttünk leszel, és ha a közelünkbe férkőznek a nyavalyások, akkor kezelésbe veszed őket. Ehhez mit szólsz?

Thénnek tetszett az ötlet. A kardon kívül más fegyvert nem ismer, ezért jobb lesz, ha a lövöldözést a lányokra bízza.

– Nekem megfelel.

– Rendben, akkor így lesz. Meg fogjuk csinálni!

A vonat lefékezett az állomáson, ajtói kinyíltak. Juliha és Leá előreszegezett karabélyokkal léptek ki a peronra.

Az állomás az elejét képezte egy széles, hosszú utcának, amelynek két oldalán végig gigantikus méretű, bebarnult oldalú épületek álltak.

– Minden tiszta, jöhettek! – szólt hátra Juliha.

Thén és Zeymouss kiléptek a vonatból.

– Jöhet a madárka! Innentől hárman megyünk tovább.

Zeymouss összecsapott bokákkal, egyenes háttal tisztelgett Juliha előtt.

– Igenisss! – Ezután belemerült a kezében lévő készülékbe.

A vonatból egy ökölnyi méretű, matt fekete gömb szállt ki, aztán Thén feje mellett elhúzva nagy sebességgel a magasba emelkedett.

– Ez majd mindig felettünk lesz – magyarázta Juliha. – A falakon keresztül is képes bármit érzékelni, így szemmel tarthatjuk a gépeket.

– Ez jó, megkönnyíti a dolgunkat – mondta Thén. Arra gondolt, hogy egy ilyen szerkezet Holdkőváradon is sokszor jól jött volna.

Zeymouss izgatottan jelentette be az előpásztázás eredményét:

– Ez egy teherszállítóóó, ahogy gondoltuk. Az elülső bejáratánál nééégy jelet fogok. A belsejében... gyengén, de még harmincat érzékel a madárka. Szerintem azok a robotok készenléti állapotban vááárnak.

Leának nem tetszett a dolog.

– Csapdának látszik. Pont, mint legutóbb... Azt a kinti négyet nem lesz gond leszedni; mintha nem is akarnának kint tartani minket. Megint odabent fognak rajtunk ütni, hiszen ez legutóbb is bevált.

– Több mint valószínű, hogy ez lesz a taktikájuk – mondta egyetértően Thén. – Ez esetben kénytelenek leszünk megütközni velük. A kristály csak úgy kerülhet ki onnan, ha belesétálunk a csapdájukba.

– Részemről rendben van. Menjünk! – adta ki a parancsot Juliha.

A teherszállító mindössze pár utcányira volt tőlük. Jól megfontoltan, de tempósan, fedezékről fedezékre haladtak a kihalt utcákon.

A kísérteties csendben Thént a szurdokban tapasztaltakra emlékeztette a város: bármerre nézett, mindenhol csak a kopárságot és az élettelenséget látta.

Az utolsó sarokhoz érve Juliha felemelte a kezét, ezzel jelt adva a többieknek a megállásra.

Óvatosan kilesett a sarok mögül, és már látta is a négy gépet. Az első kettő a szállítóhajó ajtajának két oldalán állt, a harmadik és a negyedik hozzájuk közel őrjáratozott fel s alá.

Juliha visszalépett a saroktól, majd leakasztott a derekáról egy elektromos gránátot. A késleltetés idejét nullára állította – ezáltal a gránát a becsapódásakor azonnal robbanni fog.

– Leá, állj mellém! Odadobom közéjük. A robbanás után előugrunk, és leszedjük őket. Te a bal oldali kettőt, én a jobb oldali kettőt!

– Jól van, csináljuk!

Amikor a két őrjáratozó robot visszaért az ajtónál állókhoz, Juliha a feje mögé emelte a gránátot, félig kilépett a sarok mögül, és – a kilépésből nyert lendületét felhasználva – pontosan a négy gép közé dobta be. A gránát a földre érkezésekor azonnal ledobta a burkolatát, a belsejéből ezernyi magasfeszültségű elektromos nyaláb csapott elő több méteres hatókörben. A nyalábok a robotokat azonnal lebénították.

Ekkor Juliha és Leá teljesen előugrottak a sarok mögül, és két pontos célzással, egy-egy sugárnyalábbal lerepítették a robotok fejét, de ezzel csak a szenzorjaikat iktatták ki. Még egy-egy lövéssel szétégették a gépek mellkasában lévő létfontosságú alkatrészeket, így azok működésképtelenül a földre zuhantak – kisebb porfelhőt csapva ezzel maguk körül.

– Ez az! – kiáltott diadalmasan Juliha. – Nem is vagytok olyan kemény legények!

– Hú... ez aztán valami! – nyűgözték le Thént a látottak. – De vigyázz, ne bízd el magadat! Ez egy higgadt, magabiztos akció volt. A többit is így kell csinálnunk, máskülönben könnyen megnőhet a végzetes hibák száma.

– Értem – mondta Juliha.

Leá nem akart hinni a füleinek. Most először volt a tanúja, ahogy nővére kommentár nélkül fejet hajtott valaki más tanácsa előtt. Ez bizony nem mindennapos dolog.

Megálltak a bejárat előtt. Odabent koromsötét volt, ezért felkapcsolták a lámpáikat, amelyek a mellkasuk fölé és a karabélyokra voltak felrögzítve.

Beléptek a hajó recepciójára, amelyből balra egy hosszú folyosó indult ki. Szemben és a recepció jobb oldalán szűk irodahelyiségek ajtói nyikorogtak a huzatban.

Juliha bekapcsolta a fülében lévő kommunikátort.

– Bent vagyunk. Hozd fölénk a madarat! Most csak a hajó belsejére összpontosíts!

– *Oké* – hallatszott Zeymouss válasza a sistergő háttérzaj mögött. – *Megvagytok! A folyosóóó tiszta. A rakodótér az után kezdőőődik.*

A folyosó jobb oldalán végig nyitott ajtajú kabinok voltak.

– Azért csak legyünk óvatosak! – mondta Leá. – Nézzünk be mindenhova, nehogy meglepetés érjen.

Juliha bólintott.

Ő és Leá mentek elöl. Thén a hátuk mögött követte őket, jobb kezével a dereka bal oldalára felrögzített kard markolatát szorongatta. Kabinról kabinra haladtak, amelyek persze mind üresek voltak, csupán fémből készült tárgyak maradványai hevertek bennük szanaszét.

A folyosó végéhez közeledve Thén észrevett valamit a rakodótér ajtaja mögött. Halkan odaszólt a két lánynak:

– Előttünk!

Juliha és Leá odairányították a karabélyok lámpáit, de azok fénye nem volt elég erős ahhoz, hogy kellőképpen megvilágítsák a földtől egy méter magasságban lévő, sárgán izzó szempár tulajdonosát.

Juliha lélegzetvisszafojtva a ravaszra helyezte a mutatóujját, de ekkor a lény félreugrott az ajtóból, és visszaszaladt a sötét rakodótérbe.

– A francba, bogaras, itt volt valami előttünk! Mondtam, hogy szólj...

– *A műszer nem mutatott semmit...*

– Akkor nem gép volt, te ütődött! Terjeszd ki mindenre az érzékelőket!

– *Oké, okééé... Egy másodperc az egész, és... Megvan! Organikus. Gyorsan mozog, a raktér másik vége felé tart. Több nincsen belőőőle. Mi volt az?*

– Nem tudjuk. Csak bámult minket, aztán eltűnt. Alacsonynak tűnt, a szemei világítottak.

– Lehet, hogy ártalmatlan – mondta Thén. – Ne hagyjuk figyelmen kívül, de szükségtelenül ne oltsunk ki életet! Csak nyugalom!

Lassan beléptek a rakodótérbe. A helyiség jóval tágasabb volt annál, mint ahogy számítottak rá: lámpáik fénye nem ért el a plafonig, sem a falakig; mintha a semmibe léptek volna be.

– Ez üres? – tette fel a kérdést Leá, amelyre ismétlődő visszhangja meg is adta neki a választ. – Üres. Ez nem jó. Sehol egy fedezék és nem látunk semmit.

– Bogaras! – szólalt meg Juliha. – Bent vagyunk a raktérben, de nincsen tájékozódási pontunk. Vezess minket a kristályhoz!

– *Pontosan előttetek van. Menjetek egyenesen! Nagyjábóóól száz méterre van tőőőletek.*

A feszültség egyre csak nőtt, ahogy haladtak a teljes sötétségben. Most már bármikor megtámadhatják őket, mivel egyre közelebb vannak ahhoz a tárgyhoz, amelyet a gépek nyilvánvalóan minden erejükkel védeni fognak. Juliha és Leá lelkében felébredt a félelem, a rettegés. Úgy érezték, hogy minden egyes megtett lépés után egyre nagyobb teher nehezedik rájuk.

Thén ezt könnyen megérezte másokon.

– Légy bátor! – szólongatta őket.

Az energiakonvertáló körvonalai lassan kezdtek kirajzolódni előttük. A berendezés nagyjából tíz méter hosszú lehetett. A végéhez közel, az oldalából egy klaviatúra állt ki, felette egy sötét kijelzővel. A kezelőfelület és a szerkezet másik vége között végig a robotok feltöltésére szolgáló csatlakozók lógtak, egymás mellett tíz darab, amelyekből az utolsó kettő éppen használatban volt.

– Ezek... itt töltődnek – mondta megrökönyödve Leá.

Thén nem félt, közelebb ment a robotokhoz, hogy jobban felmérhesse őket. A két gép berogyasztott térdekkel, lógó karokkal és lehajtott fejekkel volt rácsatlakozva a konvertálóra. Tojás alakú fejeiken nem voltak nyílások, szemeik helyén fekete fedőlapok domborodtak.

A konvertáló kijelzője felvillant. Az állapotjelző tíz darab négyzetet mutatott, azokból kettő egy rövid ideig pirosan világított, aztán zöldre váltottak.

Juliha és Leá célba vették a két robotot.

– Feltöltődtek! – kiáltott fel Juliha. – Thén, vigyázz!

A gépek éles, süvítő hangot kiadva felemelték a fejüket.

Thénnek nem volt szüksége magyarázatra a helyzet súlyosságát illetően. Jobb kezével megragadta a derekára csatolt kard markolatát, és egy tokból vágó mozdulattal átvágta mindkét gép mellkasát – ahonnan azonnal szikrák törtek elő. A másik kezével a hátára felcsatolt kardot rántotta elő, azzal a fejüket választotta el a testüktől. A két robot remegve, szikrákat hányva terült ki a lábai előtt.

Mélyen a sötétség gyomrában fémes, hangos kopogások hallatszottak.

A kommunikátorban Zeymouss hangja szólalt meg:

– *Mozgás minden iránybóóól! Húszan kör alakba rendeződnek, a többi egyelőőőre nem mozdul.*

– Körbevesznek! – kiáltotta Thén. – Két hullámban fognak támadni. Tartsatok ki!

Juliha és Leá ide-oda kapkodták a lámpáikat, de azok fénye nem hatolt el a körülöttük mozgolódó ellenségig. Ez rémisztően hatott rájuk, tudván, hogy őket viszont tökéletesen látják.

Leá lecsatolt az övéről egy elektromos gránátot, a késleltetést öt másodpercre állította, majd behajította a sötétségbe.

A robbanás öt robotot kapott el. A magasfeszültségű áramcsóvák azonnal mozgásképtelenné tették őket, és persze jól láthatóvá váltak. A két lány azonnal tüzet nyitott. Pár pillanat alatt mind az ötöt kilőtték.

Energianyalábjaik fénye további feléjük száguldó gépeket világítottak meg.

Amire az első hullám a közelükbe férkőzött, már csak tízen maradtak. Ekkor Thén is támadásba lendült: kardjaival fürgén, nagy erővel kezdte darabolni az ellenséget – a gépeknek leheletnyi esélyük sem volt ellene.

Az utolsó robot a fejét vette célba az öklével, de Thén elhajolt az ütés elől, s a robot karjába kapaszkodva átdobta azt maga felett. Végezetül kardját a mellkasába döfte, majd szétzúzta a fejét a talpával.

Ahogy az első hullám elbukott, ismét Zeymouss hangja szólalt meg a kommunikátorban:

– *A második csapat is mozgolóóódik! Már csak tíííízen vannak.*

Thén Juliha felé fordult.

– Velük már ketten is elbánunk. Juliha, szedd ki a kristályt! Minél hamarabb hagyjuk itt ezt az elátkozott helyet!

– Rendben! – Juliha a klaviatúrához sietett, és nekilátott a rendszer feltörésének.

A fémes kopogás egyre erősödött – közeledett a második hullám.

Leá ismét bedobott egy gránátot a sötétbe, de annak csóvái semmit sem találtak el. Bedobott még egyet, aztán még egyet, de mindhiába.

A kopogás csak erősödött.

– Hol a francban vannak? – kiabált Leá.

Zeymouss bejelentkezett:

– *Az organikus jel is megindult felétek! A konvertáló túloldala felől közelít.*

– Juliha! – szólt oda Thén.

– Mindjárt megvan...

A kopogás megszűnt. Helyét egy fokozatosan erősödő, süvítő hang vette át.

Thén felirányította a lámpája fényét a feje fölé. A gépek széttárt karokkal és lábakkal zuhantak feléjük odafentről.

– Felettünk!

A robotok közöttük értek földet, de Thén az egyiket még a levegőben kettévágta.

Leá odébb vetődött, majd térdelő helyzetből lőni kezdett. Három gépet sikerült leszednie, viszont a negyedik túl közel férkőzött hozzá, azt szemből fejbe verte a karabélya válltámaszával – ettől a gép hátratántorodott –, aztán egy erős mellkason rúgással leterítette, és négy közelről leadott lövéssel működésképtelenné tette.

Már csak öten maradtak.

Az egyik nekifutásból Juliha felé ugrott, de a lány ezt időben észrevette, és elhajolt a felé repülő műanyagtömeg elől. A gép egyenesen a konvertálónak csapódott, onnan pedig a földre zuhant. Juliha lerúgta a földön fekvő robot fejét, aztán leadott két lövést a mellkasára.

– *Ott van!* – kiáltott fel Zeymouss.

Egyiküknek sem volt ideje visszakérdezni: a konvertáló tetejéről egy alacsony, hosszúkás testű, szőrös valami ugrott be közéjük, onnan pedig egy újabb ugrással nekivetette magát az egyik robotnak, amitől az a földre került. Éles fogaival ráharapott a gép nyakára, és egy mozdulattal letépte a fejét. A gép ettől még nem vált működésképtelenné, az egyik kezével oldalról úgy fejbe verte a fura lényt, hogy az fájdalmasan felvonyítva lerepült róla, s ájultan terült el a földön.

Ennek láttán egy rövid látomás jelent meg Thén előtt egy félkarú férfiról, aki leüt magáról egy hasonló teremtményt.

Ezek után a fej nélkül kapálódzó robottal és a maradék hárommal már könnyedén elbántak. Véget ért a küzdelem.

– Ennyi volt? – kérdezte Leá. – Zeymouss, elfogytak?

– *Igen.*

Leá megkönnyebbülten felsóhajtott.

– Megcsináltuk!

Juliha bevitte az utolsó parancsokat a konvertáló rendszerébe. A kijelző mellett elmozdult egy védőlap, amely mögül előtűnt a zöldes fényben pompázó energiakristály. Juliha óvatosan kivette, aztán belehelyezte egy puha anyagokkal kitömött kis táskába.

– Megvan! Tűnjünk innen!

– *Rengeteg jel! Nem tudom, hogyan...* – recsegte Zeymouss. – *A raktér végéből!*

Juliha és Leá azonnal futásnak eredtek, de Thén előbb még a karjaiba vette szőrös kis segítőjüket. Úgy érezte, hogy nem hagyhatja ott a gépeknek kiszolgáltatva, elvégre velük együtt küzdött.

Futottak, ahogyan csak bírtak. A mögöttük dübörgő géparadat éles visítása betöltötte a koromsötét rakteret.

Visszaértek a folyosóra. Azon túl már látszódott a recepcióra beszűrődő fény. Végre volt egy arra utaló jel, hogy hamarosan kijutnak.

– Thén, húzódj le egy kicsit! – Leá visszahajította a maradék gránátokat a raktér felé.

Az ötlet bevált: a robbanás következtében az addig őket üldöző, aztán mozgásképtelenné vált robotok bedugították a folyosót.

A csapat kijutott a hajóból. Úgy érezték, mintha már napok óta nem érte volna őket a Nap melege.

Hamar visszajutottak a hosszú, széles útra, amelynek elején Zeymouss már várta őket – az indulásra kész vonattal.

Eközben – ahogy a gránát hatása elmúlt – a gépek is kiszabadultak a hajóból, de már túl sok volt a lemaradásuk: amire odaértek az állomáshoz, addigra a vonat már messze járt. Már semmit sem tehettek annak érdekében, hogy végrehajthassák a beléjük programozott feladatot: többé nem védhetik a körzetük kristályát.

Juliha a tábor felé száguldó vonat egyik ablaka előtt állt. Komoran szemlélte a barnás, zöldes épületeket, amelyeket az ereszkedő Nap narancssárgás fénye világított meg.

Thén és Leá a még mindig ájultan fekvő négylábú mellett ültek.

– Nekem egy… kutyának tűnik – mondta Leá. – A régi archívumokban láttam hasonlót: régen az emberek együtt éltek velük és a legjobb barátaikként emlegették őket. Hogy miért, azt nem tudom.

– Ez érdekes. Vajon megsérült? – kérdezte Thén.

– Hát, elég nagyot kapott… de szerintem csak elájult. Az orvosaink majd megnézik.

Thén felállt, és odament Julihához.

A lány felé fordult. A siker ellenére nem látszott túl feldobottnak; elvesztett szerelmére gondolt. – Csak ennyi kellett volna – mondta halkan.

– Hogyan?

– Legutóbb... ha legalább csak ennyire felkészültünk volna... akkor most...

– Juliha... – Thén átérezte a lány fájdalmát, szeretett volna vigaszt nyújtani neki. – Tudom, mi történt. Tudom, hogy elvesztettél valakit. Tudod, olyat még nem láttam, hogy egy ember bármit is visszakapott volna az elvesztett szerelemből... a múltból. De olyat már láttam, hogy egy ember nem zárta el mások elől az élete azon részét, amelyet kihalttá tett a veszteség, hanem megengedte, hogy újból megteljen élettel. S onnantól nem élt kevésbé boldogabban, mint azelőtt. Ha rád nézek, azt érzem, hogy neked még lesz részed az újban. Amikor túl leszel a gyászon, akkor észre fogod venni. Talán már most is csak arra vár, hogy észrevedd.

Thén együtt érző szavai megnyugtatták Juliha lelkét. A fiú közelében óráról órára egyre inkább kezdte úgy érezni, hogy egyvalaki számára idővel szívesen megnyitná azt a bizonyos üres helyet az életében.

– Köszönöm, Thén! Remélem, így lesz.

Az Óváros melletti táborban
Aznap este...

Már majdnem teljesen besötétedett.
Az emberek a tábor szélénél gyűltek össze.

Egyelőre csak pár gyatra, saját energiaforrással működő régi utcai lámpa világított, amelyek fénye csak a tömeg egy kis részét érte, a többiek a homályban forgolódva várták a nagy felkapcsolást.

Thén, Leá és Juliha a tömeg szélén várakoztak.

Juliha nem meglepő módon akkor is éppen Zeymousst dorgálta egy adó-vevőn keresztül:

– Mit tökölsz már annyit? Lesz energia vagy nem?

– *Lesz, lesz, mááár csak egy pillanat az egééész* – válaszolta Zeymouss.

– Száz pillanattal ezelőtt is ezt mondtad. Fajankó!

– *Jól van, úgy néééz ki, megvan... Lássuk... A kristály sugárzáááása... egyenletes. A konvertálóóó... feltöltve. Rááákapcsolom.*

– Na végre...

Az ismét működő generátor életre keltette a tábort lefedő elektromos hálózatot.

A házak hónapok óta használatlan berendezései bekapcsoltak.

A kültéri légmelegítők működésbe léptek: az esti hűvös levegő pillanatok alatt kellemesen meleggé vált.

A vízvezetékekben lévő vizet keringető és fűtő gépház halk búgással tudatta, hogy ismét munkához látott.

A levegőben Zeymouss közkedvelt találmányai közeledtek az emberek felé.

Ezek az életjel-érzékelőkkel felszerelt, gömb alakú masinák képesek voltak lebegve követni és különböző kényelmi funkciókkal segíteni a táborlakókat. Energiájukat a Zeymouss háza tetején felállított energia-transzportáló antennáktól nyerték, hogy folyamatosan üzemkészek lehessenek.

Az összes gép a tömeg felett helyezkedett el, aztán erős, de kellemes színhőmérsékletű fénnyel árasztották el a területet. Ebből mindenki számára nyilvánvalóvá vált, hogy a generátor ismét működik. Az emberekből előtört az örömujjongás. A kis masinák egy 1960-as évekbeli tempós dallal zengték be a környéket. A dübörgő dobokkal és jazzgitárral kísért intro hallatán a karok, a lábak, a fejek, a testek mozogni kezdtek – mintha csak rájuk parancsoltak volna. Kitört az ünneplés. Az egész tábor a négy hőst ünnepelte.

Thénben felidéződtek Phil összejövetelei. Arra gondolt, hogy Holdkővárad volt Kapitánya minden bizonnyal élvezné ezt az eseményt, ha ott lenne velük.

Thén azelőtt minden egyes Phil által szervezett összejövetelre hivatalos volt. Mindig örömmel gyarapította jelenlétével a társaságot, igaz, a mellékszerepeket jobban kedvelte – nem a jókedv elősegítése volt az erőssége. Azért pedig kimondottan hálás volt, amikor neki éppen nem jutott táncpartner, ugyanis a tánccal – a saját belátása szerint – meglehetősen hadilábon állt, főleg, ha az gyors volt, akárcsak a mostani.

Valahogy ezúttal sem bánta, hogy csak a szemlélője volt az emelkedett hangulatú eseménynek. Ez azonban nem tartott sokáig:

Leá megfogta a kezét, és húzni kezdte magával.

– Gyere!

Thén nem tudta eldönteni, hogy melyik lenne kellemetlenebb: ha megpróbálkozna ezzel az eszetlennek tűnő kalimpálással, vagy ha elutasítaná Leá erősen határozott felkérését.

„Egye fene, a mai nap után belefér egy kis csetlés-botlás" – gondolta végül. Partnerének már egyébként sem kell bizonyítania. Remélhetően nem fog nagy megbotránkozást előidézni, ha fény derül lábai bot mivoltára.

Megkönnyebbülésére, amire Leá megtalálta a tánchoz megfelelő helyet, a szám véget ért.

– Jaj... pedig ez az egyik kedvencem... – mondta csalódottan a lány.

Folytatásképp egy lassú, lírai dal csendült fel, ugyanabból a korból.

– Hát jó... ez is megteszi. – Leá közelebb lépett Thénhez, kezeit a fiú vállaira helyezte.

Thén megfogta Leá derekát, de nem húzta közel magához. Tartott az öleléstől, pontosabban attól, hogy az Szyli ölelését idézné fel benne.

Lassan ringatóztak.

Thén számára annyira ismerős volt ez a dal, de nem tudta pontosan behatárolni, hogy hol hallotta. Talán benne szólalt meg egyszer valami hasonló, amikor szerelmes volt? Vagy talán álmában hallotta? Igen... ez lesz az. Már pontosan emlékszik rá...

A benne felébredő emlék által egy újabb látomása támadt:

A visszatérő álmában találta magát, de ezúttal nem a saját szemszögéből látta, nem ő volt a szereplője, hanem külső szemlélőként figyelte.

A termen belül, a bejárat mellett állt.

Ugyanaz a jelenet zajlik: a zenészek éppen egyeztetnek; a színpad előtt fiúk és lányok várakoznak; az oszlop mellett ott áll egyedül a hosszú, barna hajú lány.

Az ajtón Alex Brown lép be egy elegáns estélyi ruhában.

A zenészek játszani kezdenek – ugyanazt a dalt, amelyet Thén a látomáson kívül hallott.

Alex odamegy az oszlop mellett álló lányhoz, és megérinti a vállát.

Thén arra számított, hogy a jelenet ott véget fog érni, akárcsak az álmában, de nem...

A lány megfordul. Az a lány Susan O'Neill. Alex láttán öröm és meglepettség ül ki az arcára.

– Alex! Te itt? – mondta örömteli hangon.

– Tudom, nem hívtál, de...

– Akartalak... csak tudtam, hogy ilyenkor a csapatoddal kell lenned.

– Őket most rábíztam valaki másra. Egy alkalmat kibírnak nélkülem. Gondoltam... nem szeretnél egyedül táncolni. – Alex felkérésképp kinyújtja a kezét Susan felé.

Susan nem habozik, elfogadja a felkérést. Megfogja Alex vállait, Alex pedig az ő derekát.

Így táncolnak, távol a többiektől.

– Hé, milyen jól táncolsz! – dicsérte Susan Alexet.

– Hát, igen... nem csak abban vagyok jó, hogy elverjelek – mondta Alex.

Susan értette a tréfás célzást. Magához öleli a fiút, amit ő viszonoz.

Olyan lágyan forognak körbe-körbe, mint két egymásba kapaszkodott tavirózsa.

Fejeiket összedöntik. Mindenféle zavaros érzéstől és gondolattól mentesen néznek egymást. Mozdulataikat tiszta érzelmek vezérlik.

Ajkaik lassan közelednek, végül finoman összeérnek. Alex és Susan először csókolják egymást – bár a jelenetből erre semmi sem utalt, Thén mégis tudta, hogy így van.

A dal véget ért, de bennük tovább szól. Folytatják a táncot a saját, közös világukban...

– Jól táncolsz! – mondta Leá.

Thént kiszakította a látomásból ez a mondat.

– Hogyan?

– Mikor tanultad?

Thén zavartan nézett Leára.

– Mit?

– A táncolást.

– Ó, hát... nem is tudom... Elég régen. Igazából sosem vonzott, de Phil ragaszkodott hozzá, hogy gyakoroljam.

– „Phil"? Ő kicsoda?

– Nos... részben ő nevelt. Ő volt a Városvédők Kapitánya.

– „Volt"?

– Már Tanácstag, ezért más lépett a helyére.

– Értem. Harcolni is ő tanított?

– Javarészt... igen.

Leá továbbcsúsztatta a kezeit Thén nyaka mögé, várt egy keveset, aztán a fiú vállára hajtotta a fejét.

Nem igazolódott be az, amitől Thén annyira tartott: nem idéződött fel benne Szyli ölelése, nem érzett fájdalmat, sem hiányt. Abban a pillanatban csak Leá volt a tudatában, egyedül őt érezte.

Viszonozta a lány ölelését. Karjait körbefonta Leá vékony derekán, fejét óvatosan az övének döntötte.

A pillanatba belemerengve ringatóztak – akárcsak Alex és Susan a látomásban.

– Ajjaj – mondta vészjóslóan Thén.

– Mi az? – kérdezte Leá.

Thén Juliha felé bökött a tekintetével.

– Ha jól gondolom, ebből baj lesz.

Zeymouss éppen Juliha táncba hívására tett kísérletet, de a lány – érdektelenségét kifejezve Zeymouss iránt – elfordította felőle a tekintetét, úgy tett, mintha nem venné észre a körülötte legyeskedő zsenit. Zeymouss nem tágított: elképesztő vakmerőséget tanúsítva Juliha keze felé nyúlt. Erre a lány egy akkora pofont kevert le neki, amelytől azonnal kidőlt, aztán azon nyomban fel is pattant, hogy tovább folytassa a felkérést – de már csak két lépés távolságból.

A körülöttük táncolók nagyot nevettek ezen.

– Folyton ezt csinálják – mondta derűsen Leá. – Majd megszokod... Persze csak, ha... itt maradsz. Ugye itt maradsz velünk?

Véget ért a dal, de tovább ölelték egymást.
Thén hosszasan, mélyen Leá szemébe nézett.
– Igen… Itt maradok.

Az Óváros melletti táborban
Másnap délelőtt...

A négylábú jövevény egy kisebb pokróchalmaz tetején feküdt Juliha házában. Thén és Leá mellette, a földön ültek. Várták, hogy a szőrös teremtmény felébredjen.

– Az orvosaink eddig még nem láttak kutyát, de szerintük is rendben van – magyarázta Leá. – Csak az van, hogy... jól kiütötték.

– Vajon mit keresett ott? – kérdezte Thén. – Azt mondtátok, hogy errefelé már nem élnek állatok.

– Igen... ez egy kicsit furcsa. Főleg azon a helyen, ott a levegőn kívül nincsen más, ami életben tarthat.

– Valahogyan mégis életben maradt.

Az állat kezdett ébredezni.

Szemhéjai felnyíltak, pupillái összeszűkültek.

Lassan, imbolyogva felült, közben sárga szemeit – amelyek színben erősen elütöttek fekete bundájától – végig Thénen és Leán tartotta.

– Helló, pajti! – köszöntötte Leá. – Hogy érzed magad?

– Mint akit jól fejbe vertek – morogta az eb.

Az állat válasza nem lepte meg Thént és Leát, hiszen fogalmuk sem volt arról, hogy ez nem egy mindennapos dolog. Bár azt furcsállták, hogy beszéd közben nem mozgott a szája, inkább csak a fejükben hallották a hangját.

– Majd elmúlik – mondta Leá. – Nincsenek sérüléseid. Magunkkal hoztunk, miután... kivágtuk magunkat a bajból. A táborunkban vagy.

– Örök hálám...

– Mit csináltál ott? – kérdezte Thén.

– Az otthonom pár napnyi járásra van a hajótól, ahol összefutottunk; egy... szeméttelepen, a város szélén. Találkoztam ott valakivel, aki olyan volt, mint ti. Pontosabban olyan volt – a kutya Leára nézett –, mint te.

– Szóval egy nő volt az – mondta Thén. – Milyen volt pontosan?

– Mondom, mint ő – az állat ismét Leára nézett –, csak rajta valami hosszú, fehér rongyféleség volt.

– Vékony, fátyolszerű öltözék? – kérdezte Thén.

– Igen.

Leá érdeklődően Thénre nézett.

– Mond ez neked valamit?

– Nem vagyok benne biztos.

Thén visszafordította a tekintetét az ebre.

– Aztán mi történt?

– Azt mondta, hogy elkísér egy helyre a városon belül, ahol majd szükség lesz a segítségemre. A telepen már nagyon magányosnak éreztem magamat, amióta elszakadtam a többiektől, és úgy éreztem, hogy ez most végre véget érhet, így hát vele mentem. Elvezetett a hajóig, aztán… nem tudom, mi történt, egyszer csak eltűnt. Odabent rátok bukkantam, úgy gondoltam, talán ti vagytok azok, akiknek segítenem kell. A többit már tudjátok.

– Ez különös… – mondta Leá. – Hát, nekem semmi kifogásom az ellen, hogy velünk maradj. Hogyan szólítsunk?

– Ahogy tetszik. Eddig még semminek sem szólítottak.

– Akkor… – Leá fél perc erejéig gondolkodóba merült, aztán így szólt: – Czio. Cziónak fogunk hívni.

Thén beleegyezésképp bólogatott.

– Nekem megfelel – mondta Czio.

A négylábú gyomra halkan megkordult. – Amúgy… nem szívesen kezdem panaszkodással a kapcsolatunkat, de… amióta eljöttem a szeméttelepről, nem ettem semmit, és…

– Ó, persze, értem. Nyugodtan kérj bármit, most már velünk vagy. Hozok valamit – mondta Leá, aztán felállt, hogy ennivalóért induljon.

Holdkővárad

2727. május

Szyn Kapitány szokásos terepszemléjét tartotta a Torony forgalmas északi udvarán, öt Városvédő kíséretében.

Újabban arra kényszerült, hogy egy állandó, tapasztalt Segítőkből álló személyi testőrséget alkalmazzon maga mellé, ugyanis a közelmúltban többször is előfordult, hogy merényleteket kíséreltek meg ellene. E merényleteket ügyetlen kivitelezésüknek köszönhetően könnyedén elhárította, de azért jobbnak látta, ha megerősíti a közvetlen védelmet maga körül.

A mindig komor tekintetű férfi arcán alig volt észrevehető a gondterheltség, de a szemei körül éktelenkedő sötét karikák annyit elárultak, hogy már rég nem pihente ki magát.

A jobb oldalán haladó testőre éppen neki jelentett:

– Megkaptuk a jelentéseket az összes körzetből. Úgy néz ki, uram... hogy elértük a határainkat. Az elmúlt három nap alatt nyolc olyan gyilkosság történt, amelyeknek az előkészületeikről sem tudtunk... időben. Ilyen eddig még nem volt. Ha a helyzet tovább romlik, attól tartok, nem leszünk képesek mindenkit megvédeni.

– Márpedig tovább fog romlani – mondta Szyn. – A Védők önmagukban kevesek lesznek a helyzet kezeléséhez. Kidolgoztam egy tervet, amelyet a kérelmemmel együtt már el is juttattam a Tanács elé. Lényegében arról van szó, hogy toborozni fogunk a Vezetők és a Fenntartók közül. Aki érez magában késztetést arra, hogy tegyen valamit a törvényszegők ellen, azt bevesszük a végrehajtó állományba. Ha ezzel képesek lennénk az őrjáratozást vagy a megfigyelést végző csapatok számát növelni, az nagy könnyebséget jelentene.

– Ez egy remek ötlet, uram!

– Természetesen mindegyikük át fog esni egy gyors kiképzésen, de ha a szükség közbeszól, akkor néhányukat azt mellőzve kell majd kiküldenünk az utcákra. Kockázatos, mint minden más manapság, de a jelenlegi kereteink között lévő lehetőségek egyre csak fogynak. Kénytelenek vagyunk túllépni rajtuk, ezt a Tanács is kezdi így gondolni, ezért szerintem az áldásukat adják majd a tervre.

Egy hangos, de tompa dörrenés hangja töltötte be a levegőt. Még a föld is megrezzent a talpuk alatt.

– Ez meg mi a fene volt? – kérdezte higgadt hangon Szyn.

A jelenség megismétlődött.

– Uram, azt hiszem, az egyenes fal felől jött – szólt az egyik testőr.

Szyn a bal oldalán lévő Védőhöz fordult.

– Ellenőrizze a hangszigetelő rendszert!

– Máris! – A Torony nem volt messze, a Védő azonnal arra vette az irányt.

A harmadik alkalommal a föld már megremegett, a dörrenés még hangosabb volt.

Szynnek nagyon rossz érzése támadt.

– Nem tetszik nekem ez a dolog. Valami történik a déli oldalon. Mindenkit el kell küldeni az egyenes fal közeléből! – adta ki a parancsot.

Sajnos már késő volt intézkedni: tőlük három-négyszáz méterre egy nagy erejű robbanás szakította át az egyenes falat – jó húsz méter szélességben.

A fal közelébe kicsapódó hatalmas kődarabok embereket ütöttek agyon, a kisebb – messzebbre repülő – darabok végtagokat, bordákat, koponyákat zúztak szét. Egyes törmelékdarabok egészen az épületekig repültek el – jó néhány ablakot és tetőt betörve.

Az udvar egy szempillantás alatt a rémület és a halál helyszínévé vált. Kitört a pánik. Az életben maradtak fejvesztve, üvöltve menekültek – nem értették, nem is érthették azt, ami történt.

Szerencsére Szyn és testőrei a törmelékzápor tölcsér alakú zónáján kívül álltak, így nekik nem esett bajuk.

Másodpercekig ledermedve álltak, nem akartak hinni a szemeiknek. Ilyen szörnyűségre még ők sem számítottak.

– Gyerünk, utánam! – üvöltötte Szyn.

A fal mentén lévő megerősített védelem több száz Városvédője szélsebesen közeledett a nyílás felé. *„Szóval ezért kellett több csapatot ideirányítanom. A fenébe, Phil, remélem, ez nem a te műved!"* – gondolkodott menet közben Szyn.

Odaértek a falon tátongó nyíláshoz. A túlsó oldalon csata zajlott: a déli törvényszegők több egyenes sorban felállva nyílvesszőkkel záporozták a Védő őrjáratokat. A Védők fedezék híján igyekeztek kitérni a feléjük süvítő nyilak elől, közben elszórt alakzatban haladtak támadóik felé.

A történések hangjai nem jutottak át az északi oldalra, ezek szerint a hangszigetelő berendezés működött. Vélhetően a dörrenések is robbantások voltak, de azokat nem volt képes teljesen felfogni a rendszer – nem arra tervezték.

– Ez nem lehet igaz… Átmegyünk! – kiáltotta Szyn.

A hangfogó rendszer hatóvonalán átlépve irdatlan csatazaj hasított a füleikbe.

Az előrenyomuló őrjáratok mögött sebesültek, haldoklók vagy már holtan fekvő Védők voltak mindenütt. Mindegyikük testéből legalább két-három nyílvessző állt ki – nekik nem sikerült kitérniük.

A törvényszegők vonalai mögött egy magas alak járkált fel-le, kézjelekkel osztogatva a parancsokat. Arcát egy fekete, csillogó maszk takarta el, azt pedig hosszú, egyenes, teljesen ősz haja vette körül csuklyaszerűen.

Amikor az alak észrevette Szynt, megállt.

Szyn is őt figyelte.

A falon robbantott nyíláson át és a Toronyból úgy özönlöttek a Védők, akár két folyó. Már jócskán létszámfölényben voltak a törvényszegőkkel szemben, az elől lévő sorok pedig már elég közel kerültek hozzájuk ahhoz, hogy pár percen belül elérjék őket.

– Ott van a vezetőjük, el kell kapnunk! – szólt Szyn.

A testőrök a saját testükkel páncélozták körbe Kapitányukat, így eredtek futásnak az ellenség parancsnokának elfogására.

Ezt látván az alak jelt adott a visszavonulásra, aztán visszaindult az épületek felé, hogy eltűnhessen.

Amire Szyn az épületekhez ért, addigra a törvényszegők mind visszavonultak a házak közé, messzire a déli udvartól. Annak az utcának a végében álltak meg, ahol látták beszaladni a parancsnokot. Még éppen elcsípték, ahogy pár háznyira tőlük befordult egy sarkon.

– Nem vonul messzire… Jól van, csak mi megyünk be! – szólt a testőreihez Szyn.

Az egyik testőr kézjelekkel továbbította a Kapitány parancsát a tömeg felé, aztán elindultak.

Követték az alakot, aki érdekes módon mindig éppen akkor tűnt el az aktuális utca egyik sarka mögött, amikor ők a látóterébe értek. Ebből könnyen kitalálták, hogy mire számíthatnak:

– Uram, ez egy csapda lesz! – mondta az egyik testőr.

– Tudom. Legyünk óvatosak!

Végül egy zsákutcába értek, amelynek végében, egy épület ajtaja mögött vesztették ismét szem elől a rejtélyes parancsnokot.

Már csak pár lépésnyire voltak az ajtótól, amikor a házak tetején és az utca bejárata felől törvényszegők bukkantak fel. Kifeszített íjaikkal őket vették célba. Belesétáltak az előre megjósolt csapdába.

A tetőn állók közül kilépett egy, a többinél is förtelmesebb képű fickó, és így szólt:

– Nem mozdul! A Kapitányunk tárgyalni akar a maguk Kapitányával! A többi kint marad, és nem ügyeskednek, különben mindenkit megölünk!

– Rendben! – mondta Szyn. – Bemegyek.

Ez után az embereihez szólt:

– Ne csináljanak semmit, nem lesz gond.

Szyn belépett az épület ajtaján.

Odabent, a kaotikus állapotú szobában a maszkos alak háttal a falnak dőlve, karba tett kezekkel várt rá. Megvárta, hogy Szyn közelebb lépjen hozzá, aztán leemelte a maszkot az arcáról.

Szynt – nagy sajnálatára – nem lepte meg az ősz szakállú férfi kiléte.

– Volt egy olyan sötét gondolatom, hogy te vagy az.

Phil Tanácsos letette a maszkját a mellette roskadozó, alacsony szekrény tetejére.

– Phil, mi folyik itt? Te irányítottad a támadást. Sereget verbuváltál a bűnözőkből, hogy támadást indíts az északiak ellen? Miért?

– Ez volt a terv – válaszolta higgadt hangon Phil.

– A terv? Amelybe a Tanács is beleegyezett? – kérdezte megbotránkozva Szyn.

– Igen... és az első fázis sikerrel zárult. Nézd, pontosan tudom, mit tettünk...

– Talán több százan haltak meg... Nem páran közülük ártatlanul – vágott közbe Szyn.

– Számoltunk ezzel. Nem érzem jól magamat tőle, de...

– Szükség volt rá – fejezte be Phil mondatát Szyn. – A továbbiakban mi lesz? Ami az udvaron történt, azt nem lehet eltussolni. De ha jól sejtem, a Tanács ezt nem is akarja...

– Így van. Most pont az ellenkezője a cél: tudjon róla mindenki!

– Tehát hulljon le a lepel a Város egyik nagy titkáról... Mire lesz ez jó?

– Most már be kell hogy avassalak mindenbe, mert innentől kezdve össze kell dolgoznunk. Méghozzá titokban! A terv lényege elméletben egyszerű: a két oldal háborúskodása be fog indítani egy kiválasztódási folyamatot. Északon csak a mellettünk állók maradnak majd, a déli oldallal folytatott harc pedig meg fogja erősíteni a közöttük lévő köteléket. Olvastam a toborzásról szóló tervedet... Nagyszerű ötlet! Pont erre lesz szükség. Az embereknek ismét rá kell jönniük, hogy nekik kell dönteniük és cselekedniük a sorsuk alakításához.

– Nekünk is benne volt a kezünk abban, hogy ismét ide jutottunk – mondta Szyn. – Hagytuk, hogy mások kezébe adják az életüket. A hatalomra vágyók pedig éltek a lehetőséggel...

– Hát akkor most ne hagyjuk, hogy tétlenül várják a halálukat!

Szyn mélyen magában tudta, hogy Philnek igaza van, és amúgy is már nyakig benne vannak a dologban.

– Phil, én veled vagyok! Akkor is ez lenne a döntésem, ha lenne más lehetőség. Bízom benned!

– Akkor hát... az északi Kapitány és a déli Kapitány háborúzni fognak egymással. Hidd el, barátom, ez működni fog!

Az Óváros melletti táborban
2731. január

Thén már csaknem négy éve él a táborlakók között. Az emberek szinte azonnal befogadták és megkedvelték, akárcsak az ő saját házi kedvencének elkönyvelt Cziót. Czio árnyékként követte Thént mindenhova. Gyakran barangoltak a város pereménél álló lepusztult épületek között olyan tárgyakat keresve, amelyek segíthettek nekik a város múltjáról való kép felállításában. A házakban talált számítógépekből nem sok mindent tudtak kinyerni, viszont találtak néhány tucat – csodálatra méltó módon jó állapotban fennmaradt – hírújságot, amelyek tartalmát felhasználva sok hiányos részt ki tudtak egészíteni a tábori archívumban. Ezáltal sikerült majdnem teljes képet kapniuk az előző korszak végéről, a 22. század elejéről.

E szerint a háború a 21. század végén, a '90-es években tört ki, amelyet az akkori elnök segített elő. A háború fellendítette a tulajdonában lévő cégek bevételét, például a fegyvergyárakét. A zsarnok egyre gazdagabb lett, közben folyamatosan az ellenségeinek vélt személyek likvidálásán dolgozott. Végül 2099-ben a város egyik polgármestere ellen indított merénylete során vesztette életét.

Egy cikk röviden említést tett egy ismeretlen férfiról és nőről, akiket holtan találtak meg a merénylet helyszínén. A vizsgálatok fényt derítettek arra, hogy ők végeztek az elnökkel, azután pedig érthetetlen indokból a polgármestert is megölték. Nagy rejtély volt ez akkoriban. A titokzatos kívülállók kiléte és motivációja örökre homályban maradt.

A zsarnok halála után a 22. század első évtizedében véget ért a háború. Ekkor a több mint tízmillió főt számláló város lakói több különböző nézetű csoportokra szakadtak szét, és elhagyták a várost egy új, jobb élet reményében. Ezzel kezdetét vette egy új korszak.

Ugyan nem talált rá bizonyítékot, de Thén úgy gondolta, hogy Holdkővárad lakói is Óvárosból származnak, akárcsak a táborlakók. Szóval ők valójában mindannyian egy nagy családba tartoznak. A változást elősegítő két rejtélyes kívülálló kilétével kapcsolatban is volt ötlete. Szerinte ők nem lehettek mások, csakis Alex és Susan. Erre Alex bejegyzéseiből következtetett, amelyeket már számtalanszor átolvasott. Az évek során megtanulta pusztán az akaratát használva előhívni a múltról szóló látomásokat. Jelenleg is ezzel töltötte az idejét. Háza szobájában ülve, ölében a nyitott könyvvel igyekezett átadni magát annak a bejegyzésnek, amely Alex egyik sorsfordító időszakában íródott.

Lassan, egyenletesen vette a levegőt. Kiürítette a tudatát, hogy csak a bejegyzés gondolataira összpontosíthasson:

2093

A változás, amelyről Elena beszélt, úgy néz ki, gyorsabban közelít, mint ahogy azt gondoltam. Hamarosan el kell szakadnom az eddigi életemtől, és útra kell kelnem.

Csak egy dolog aggaszt: Susan túlságosan a részemmé vált, nem szeretném itt hagyni. De arra sem beszélhetem rá, hogy mondjon le az álmairól. Tudom, mennyire fontosak neki.

Az lesz a legjobb, ha minél hamarabb megbeszélem ezt vele, hogy legyen ideje gondolkodni; ha pedig úgy alakulna, akkor nekem legyen időm felkészülni az újabb egyedüllétre...

•••

Hűvös este volt.

Alex és Susan egy nagy plédbe burkolódzva, összebújva ültek az Akadémia tetőterén. Alex szorosan ölelte szerelmét, így figyelték az előttük elterülő, számtalan színben pompázó várost és az örökösen csúcspontján lévő légi forgalmat. A felszínhez közel kisebb méretű légi járművek száguldottak sok egymással párhuzamos, egyenes vonalban, magasabban a nagy teherszállítók keringtek bálnákként az égen. Ez a látvány mindig egy sűrű, kivilágított akváriumra emlékeztette őket. A távolban az O'Neill toronyház méretes „O" betűje izzott vörös színben. Az volt a város egyik legmagasabb épülete, és egyben az egyik leggazdagabb cég székhelye. A céget Susan édesapja, Samuel O'Neill alapította, és a kezdetektől fogva ő volt a vállalat vezérigazgatója.

Egyedüli gyermek lévén ez egy nem kívánt terhet helyezett Susanra már egészen kisgyermekkorától kezdve: apja mindenképp őt akarta az utódjának tudni, ám e téren voltak nézeteltéréseik.

– A jövő héten lesz az első fellépésem – mondta nagy örömmel Susan. – Ugye ott leszel?

– Az első… Ilyen hamar? – kérdezett vissza csodálattal teli hangon Alex.

– Igazából ez még csak a felvételi része, de lényegében minden ugyanolyan lesz: ki fogok állni a színpadra, és énekelni fogok.

– Aztán jöhet a tapsvihar. Még szép, hogy ott leszek! – Alex megcsókolta Susan homlokát. Örült a lány boldogságának.

Úgy látta, ez egy megfelelő alkalom arra, hogy egyeztessék az elképzeléseiket a jövőjüket illetően.

– Jó is, hogy ez szóba jött – folytatta. – Valamit meg kéne beszélnünk.

Susan érzékelt némi izgatottságot Alex hangjában.

– Persze… Valami baj van?

– Tudni szeretném, hogy mik a terveid a jövőre nézve... miattunk.

– *„Miattunk"*? Ezt nem igazán értem.

– Tudom, mennyire fontos neked az álmod... hogy énekesnő lehess. Most pedig az egyetem által könnyebb lesz megvalósítanod – kezdett bele a körülírásba Alex. – Szeretném, ha az útjaink mindig összefonódva haladnának egymás mellett, ahogy most is. Valószínű, hogy e téren hamarosan nehézségekbe fogunk ütközni.

– Alex! Ha attól tartasz, hogy a leendő karrierem esetleg falat emelhet közénk, akkor...

– Nem... – vágott közbe Alex. – Nem erre gondolok. Rólam van szó.

– Rólad? Na jó... – Susan gesztenyebarna szemeivel fürkészni kezdte Alex zavart, az övét kerülő tekintetét. – Te nem szoktál így beszélni. Mondd, mi zavar? Mi történt?

Nem kis nehézségek árán, de Alex végül rátért mondandója lényeges részére: – Be fog zárni az Akadémia.

– Hogy... micsoda?

– A Mester... halála óta – Alex beleborzongott, valahányszor kimondta ezt – folyamatos, egyre súlyosbodó hanyatlásban vagyunk. Biztosan észrevetted, hogy sok Gyakorló hagyta el mostanában az Akadémiát, újak pedig szinte alig jelentkeztek. A legtöbben őhozzá akartak közel lenni, csak tőle fogadták el igazán a tanításokat. Ez a támogatóink számára is nyilvánvalóvá vált, ezért közülük is sokan elpártoltak. A kormány felajánlotta a támogatását, *„tekintettel az Akadémia társadalomban betöltött szerepére"*, de azzal nem mennénk semmire, és ezt szerintem ők is nagyon jól tudják, nyilván csak a politikai helyzetükön akartak csiszolni ezzel. A tartalékaink már csak pár hónapig tartanak ki, aztán vége.

Susan felállt Alex mellől, a tetőtér széléhez sétált, és rátámaszkodott az ott lévő korlátra.

– Néha nem értem ezt a világot – mondta jól érezhető indulattal a hangjában. – Hát senki sem látja, hogy mennyire fontos az, ami itt zajlik? Itt azon erényeket őrzik, amelyektől ember az ember: az erő, a bölcsesség, a bátorság... már nem számít egyik sem?

Alex is felállt, hogy odamenjen Susan mellé.

– Sajnos ezeknek már régóta nincs nagy szerepük az emberek életében. A fennmaradás és az erények között egyre hatalmasabb a szakadék. Igazi csoda, hogy a Mester képes volt felépíteni mindezt. Úgy volt képes hatni másokra, ahogyan senki más. Senki sem gondolt bele, hogy mi lesz, amikor ő elmegy... Az Akadémia megléte végig rajta múlott, ez az ő világa volt, s ez a világ most vele együtt belekerült a mulandóság emésztőgödrébe. De amíg lesz, aki emlékezzen rá, addig a legnagyobbak között fogják emlegetni. El kell fogadnunk ezt a változást, és legalább a saját életünkben hasznosítanunk kell a tanokat. Innentől kezdve ez a legtöbb, amit az Akadémiáért tehetünk.

Susannak sikerült valamelyest megnyugtatnia magát. Közelebb lépett Alexhez, hogy átölelje.

– Mihez kezdesz ezután?

– Már nem lennék képes visszatérni az átlagos élethez, de szerintem ezt a Mester sem akarná. Segített rátalálnom az utamra, és elindított rajta. Amikor az Akadémia kapui végleg bezárulnak, akkor ezen fogok továbbhaladni. Csak egy gond van ezzel.

– Mi lenne az?

– Az egyetlen, akit nem tudnék magam mögött hagyni az eddigi életemből... az te vagy. Viszont nem várhatom el, hogy mindent feladj miattam.

– Szóval arról van szó, hogy választanom kell... – mondta Susan.

Alex éppen szólni készült, amikor a hátuk mögül egy rövid, erős villanás vonta el a figyelmüket egymásról.

Megfordultak. Elena állt előttük.

•••

Volt néhány dolog, amelyek miatt Thén közel érezte magához Alexet. Például Alex számára a mestere olyan volt, mint neki Phil. Emellett mindketten arra tették fel az életüket, hogy másoknak segítsenek. Nem utolsósorban pedig a fiú is kapcsolatba került Elenával.

Már várja, hogy a nő ismét megjelenjen előtte, hogy megkapja tőle a következő útmutatást. Továbbá talán Alex Brownról is többet megtudhat majd általa.

Óváros egyik utcáján
2731. február

Az alapvetően kietlen és zord Óvárost csak még barátságtalanabbá tette a dermesztő hideg s a mindent belepő hó. Thén egy sürgős feladaton ügyködött ott, természetesen Leá és Czio kíséretében. Pár nappal korábban Zeymouss kérte meg, hogy amilyen hamar csak lehet, szerezzen be neki egyet a már vélhetően rég lemerült városi robotokból. Eleinte rettentően fáztak, ezért ő és Leá a kardpárbajozást gyakorolták menet közben. Így a kutatás java része Czióra maradt, de ő ezt kimondottan élvezte, hiszen még mielőtt Thén mellé szegődött volna, ez volt a fő túlélési módszere. Intenzív farokcsóválással túrta fejével a havat – a párbajozók körül futkosva.

Thén hárította Leá villámgyors támadásait, közben tartotta vele a lépést. Hol egymás körül köröztek, hol pedig egy vonalban haladtak. Leá minden trükköt bevetett Thén ellen, amelyet addig megtanult, de mindezt hasztalanul tette, sehogy sem bírt felülkerekedni mesterén.

Négy éve, nem sokkal a közös akciójuk után Leá a fejébe vette, hogy ráveszi Thént, tanítsa ki őt a karddal bánni. Nem kellett sokáig győzködnie, ugyanis Thénnek a legnagyobb vágyai között szerepelt, hogy egyszer valaki elfogadja őt a mesterének. Örömmel vállalta a nagy megmérettetést.

Természetesen a jelenlegi párbajuk is a többihez hasonlóképpen végződött: Thén egy ügyes mozdulattal kiforgatta Leá kezéből a kardja markolatát, azután a torkának szegezte a sajátja hegyét. A lány csalódott tekintettel, levegő után kapkodva állt előtte. Arcának bőrét vörösre csípte a jéghideg levegő és félig beárnyékolta hosszú, szőke, összeborzolódott haja, de szépsége – amelyet a múló évek még ragyogóbbá csiszoltak – így is tisztán tündökölt.

Leá egy nagyot sóhajtott.

– Messze van az még, amikor én mester leszek...

– Ezt miből gondolod? – kérdezett vissza Thén. – Talán abból, hogy eddig még egyszer sem győztél le? Nem kell legyőznöd. A mester címre nem úgy kell gondolnod, mint egy minősítésre. Nem azt jelenti, hogy jobb vagy másoknál. A mestert kiválasztják, Leá! Majd mester leszel, amikor kiválasztanak. Ahogyan te is kiválasztottál engem.

Leá bólintott egyet.

– Mellesleg a tanítóm velem is mindig elbánt... E miatt ne bánkódj!

Thén visszahelyezte a kardját annak tokjába, majd összedörzsölte a tenyereit.

– Szerintem most már segítsünk Cziónak, hogy minél hamarabb indulhassunk vissza.

Leá is elrakta a kardját. Körbenézett, majd így szólt:

– Ha már itt vagyunk, előbb szeretnék mutatni valamit.

Egy háztömbbel odébb megálltak egy földig rombolt épület előtt. A törmelékmennyiség alapján nem lehetett túl nagy hajdanán.

– Ez lenne az? – kérdezte Thén.

– Négy évvel ezelőtt, amikor a csapattal először indultunk útnak az energiaforrás megszerzésére, itt haladtunk el – kezdett bele a magyarázatba Leá. – Persze ez itt már akkor is csak egy nagy romhalmaz volt. Nagyjából itt álltam, ahol most, és akkor történt valami különös: zenét hallottam... onnan – Leá az egykori épület romjainak közepe felé mutatott –, de nem tisztán. Olyan tompa volt, mintha az épület még mindig állt volna, és mintha a belsejéből szólt volna a dal. Senki más nem hallotta, csak én. A város e részéről vannak régi, digitalizált térképrészletek a tábori archívumok között, ezért később rákerestem erre a helyre. A huszonegyedik században itt egy étterem állt.

Thén önkéntelenül Leára nézett, majd tekintetével végigpásztázta a körülöttük álló többi épületet. Ekkor –

visszagondolva a régi visszatérő álmára és a múltból előhívott emlékekre – felismerte a helyet. A romok helyén az az étterem állt ott régen, amelyben Alex és Susan egymásra találása történt. Ők pedig most, a jelenben pontosan előtte állnak.

– Most hallasz vagy… érzel bármit is?

Egy darabig néma csendben álltak. Leá minden figyelmét a környezetre irányította.

– Nem… semmit – válaszolta végül. – Szerinted mi lehetett ez?

Thén megpillantott valamit a hóban, tőlük nem messze. Odalépett, felemelte, és lesöpörte róla a havat. A tárgy egy zöld színű korrózióval borított gömb volt. A megérintésére felvillanó látomásából már tudta is, hogy honnan származik: az volt az étterem kapujának nagy, gömb alakú rézkilincse.

Egy ideig még tűnődött rajta, aztán Leához fordult.

– Szerinted az ember többször is megszületik? Ahogyan a Nap is felkel újból és újból, minden éjszaka után?

– Sokat gondolkodtam már ezen. Az ember annyi mindent cselekszik az élete során… oly sok érzés, érzelem, késztetés van benne. Nem hiszek abban, hogy mindez értelmetlenül, ok nélkül történne. Az nem lenne logikus. Ahogyan te is mondtad, az élet, akárcsak a nappal s az éjszaka… a lét s a nemlét is egymást váltják. Mindkettő véges, de mégis örök… Röviden szólva: igen. Szerintem többször is megszületünk.

Thén észre sem vette, ahogy arcára örömteli mosoly ült ki, miközben Leá okfejtését hallgatta. – Elképesztően sokat tanultál – mondta dicsérően.

Leá közelebb lépett Thénhez, annyira, hogy a karjaik összeértek. Meg akarta fogni a fiú kezét, de végül nem merte megtenni.

Négy éve, az elején még csak szimplán vonzódott Thénhez, de időközben, a rengeteg együtt töltött idő alatt beleszeretett. Sokszor be akarta vallani neki, de tudta, hogy a fiú szívét még mindig az a fájdalom terheli, amelyet a régi csalódása miatt érez. Nehéznek érezte a várakozást, de kénytelen lesz kivárni, hogy Thén legyőzze magában a fájdalmat, és hogy megüresedjen annak helye.

– Bizony, sokat tanultam. Van egy kitűnő mesterem, aki hozzásegített. – Thénre nézett, de ő csak a romokat bámulta mereven, mintha meg sem hallotta volna a hízelgést. Gyorsan vissza is terelte a szót a fő témára: – Úgy véled, ez állhat a háttérben? Talán jártam már itt egy előző életben?

– Egy ilyen kérdésre biztosan senki sem tudhatja a választ. Talán igen. Talán az ember akkor is képes meghallani a múlt hangjait, ha nincs is hozzá köze. Bármi lehetséges.

Súrlódó hangra lettek figyelmesek a bal oldaluk felől. Amikor odanéztek, Cziót látták, ahogy a lábánál fogva húzott feléjük egy működésképtelen robotot.

– Zeymouss boldog lesz – mondta Leá.

– Igen… Indulhatunk vissza; lassan megint áthűlünk.

Thén ez után odaszólt Cziónak:

– Segítsünk?

Czio éles fogaival elengedte a gép lábát, erre az visszhangzó dörrenéssel a földre zuhant.

– Elbánok vele.

Thén visszafordult Leához.

– Még egy párbaj a vonatig?

Leá félmosolyra húzta a száját.

– Még mindig egy helyben állsz?

Zeymouss házánál
2731. március

Végre közeledtek a meleg hónapok.

A föld terméketlensége végett Thén egyik évben sem csodálhatta meg a természet ébredését, ahogy azt régebben Holdkővárad kertjeiben tette, de ott, Óváros mellett azzal is beérte, ha eltűnt a hó, és a hőmérséklet is elviselhetőbb szintre emelkedett.

Thén Czio és Zeymouss társaságában várakozott a Zeymouss háza mögötti – mindenféle kacatokkal elbarikádozott – udvarban, csak még nem tudta, mire.

Zeymouss a kezét egy nagyjából embermagasságú tárgyra terített leplen tartotta. Közben szokásos, idétlen vigyorával Thént bámulta.

– Na, Thén... kéééészen állsz?

Thén összecsapta a tenyereit.

– Lássuk!

– Hát akkor... íííme! – Zeymouss lerántotta a leplet a tárgyról. Az egy robotot rejtett, mégpedig azt, amelyikre Czio talált rá pár hete Óvárosban.

– Mi a fenét csinálsz, te féleszű? – harsogta Juliha, miközben ijesztő lendülettel viharzott ki Zeymouss házából. – Azt beszéltük meg, hogy megvárod, amíg kijövök, és csak azután mutatjuk meg!

Thén nem tudta mire vélni a jelenetet.

– Ez az a gép, amelyet Czióval és Leával hoztunk?

A kérdés hallatán Juliha olyan tekintettel nézett rá Zeymoussra, mint aki ölni készül.

– Te... Thénnel hozattad el? A saját... – Zeymouss tarkóján egy hatalmas tasli csattant el. – Te vérbeli idióta! – kiabált a lány. – Egyszer agyvérzést fogok kapni miattad! – Na igen... néhány dolog semmit sem változott az elmúlt négy év során.

Zeymouss egy szót sem mert szólni, fejét a vállai közé behúzva tűrte a szidalmazást.

– Nem jelentett gondot, igazából jólesett járni egyet odabent – igyekezett csillapítani a kedélyeket Thén.

– Oké, oké... ennek egy vidám alkalomnak kell lennie – mondta Juliha, majd elindult Thén felé. – Csak hát... nem kellett volna tudnod róla, mert... tudod, meséltél erről az ajándékozás dologról, amelyet régen a születés évfordulóján csináltak az emberek, és ezt... neked szántam.

– A robot az ajándékom? – kérdezte Thén.

– Igen – válaszolta Juliha. – Próbáld ki!

– Mit csináljak vele?

Juliha Zeymouss felé fordult.

– Bogaras, magyarázd el, hogy mit módosítottál rajta!

Zeymouss szemei felcsillantak, végre eljött az ő ideje.

– Nos, előőőször is feltörtem a rendszermagot, ami mellesleg gyerekjátééék volt...

– A lényeget! – parancsolt rá Zeymoussra Juliha.

Zeymouss megköszörülte a torkát.

– Szóval... Úgymond kimostam az agyááát, és teljesen úúújraprogramoztam. A lényeg, hogy gyakorolhatod vele a harcot. És ami érdekessé teszi a dolgot: lemásolja a technikááádat, és kielemzi. Ha hibát talááál benne, azt kihasználja ellened.

– Természetesen az új programja nem engedi, hogy kárt tegyen benned vagy bárki másban – egészítette ki az elhangzottakat Juliha. – Most még csak a legalapvetőbb dolgokra képes: sétál, fut, üt, rúg... De minél többet gyakorolsz vele, annál nehezebb lesz legyőznöd.

– Ez bámulatos! – Thént már pusztán a hallottak is lenyűgözték.

Czio egy hangos vakkantással jelezte egyetértését – legalábbis Zeymouss és Juliha csak egy vakkantást hallottak, ők nem értették Czio mondanivalóját, erre csakis Thén és Leá voltak képesek.

– Akkor kipróbálod? – kérdezte izgatottan Juliha.

– Örömmel! Mit csináljak?

– Egyszerű… Csak állj vele szembe, és mondd: indul! Ha azt akarod, hogy ő támadjon elsőként, akkor mondd: támad! Amikor befejeznéd, akkor: megáll! Ezt a három vezényszót ismeri.

– Jól van, lássuk… – Thén behelyezkedett a gép elé, és kiadta az utasítást: – Indul!

A robot hangtalanul felegyenesedett, és támadóállásba helyezkedett. Szenzorjaival azonnal Thént kezdte pásztázni.

– Támad! – kiáltotta Thén.

Erre a gép odalépett hozzá, és műanyag öklét az arca felé lendítette.

Thén felsőtestével elhajolt a támadás elől, közben testsúlyát előrelendítve combjával a robot mellkasának csapódott – amitől az hátratántorodott, majd hanyatt esett.

– Ez az, nagyon szép volt! – ujjongott Juliha.

– Nagyon élethű! – mondta Thén.

Zeymouss ugrabugrálva tapsikolt.

A robot gyorsan talpra állt, és már folytatták is a küzdelmet.

Thén megpróbálta megütni a gép fejét, de az kitért az ökle elől – pontosan olyan mozdulattal, amilyennel ő tért ki az imént. Aztán egy rúgást próbált meg bevinni, de a robot elkapta a lábát, maga mellé húzta, és vállával a mellkasának ütközött, amitől most ő zuhant le a földre. Máris felhasználta azokat a mozdulatokat, amelyeket először ő használt ellene.

A földön fekve Thén kirúgta a gép lábait – ezzel maga mellé kényszerítve –, aztán gyorsan fel is pattant.

A többiek feszülten figyelték a harcot.

Amikor újból egymással szemben álltak, a gép ismét támadásba lendült. Ütése elől Thén most nem oldalra hajolt el, hanem térdre ereszkedett, alulról felfelé akart visszatámadni, de még mielőtt bármit is tehetett volna, Czio felszaladt a hátán, és mancsaival a robot mellkasának csapódott – ettől az ismét kidőlt.

– Megállj! – kiáltotta az utasítást Thén.

A gép még talpra állt az utasítás befogadása után, de a támadóállásba helyezkedés helyett karjait leengedte a törzse két oldalára, aztán teljesen mozdulatlanná, merevvé vált.

– Hé, ez hatásos volt! – mondta Cziónak Thén. – Be kéne gyakorolnunk!

– Hát igen… feltéve, hogy értett ebből bármit is a bundás haverod – mondta vidáman Juliha. – Na, mit szólsz?

– Juliha, ez… egyszerűen zseniális! Láttátok, ahogy máris megtanulta a mozdulataimat? Ennél nagyszerűbb dolgot kívánni sem tudtam volna… Köszönöm!

Juliha lelkét boldogság járta át, amiért végre örülni láthatta Thént. A fiú arcán igazi gyermeki öröm látszott.

Odalépett Thénhez, és átölelte.

– Boldog születésnapot, Thén!

Az Óváros melletti táborban
2731. május

Thén az esti lefekvéshez készült. Az ablak előtt állt – amelynek leengedett reluxái között beszűrődött az odakint sétáló táborlakókat kísérő lebegő robotok fénye – és fegyverövének csatjával bajlódott.

Az ágya mellé leterített pokróchalmaz tetején fekvő Czio hangos szuszogásából arra lehetett következtetni, hogy ő már az álmok tengerén szeli a habokat.

– Üdvözöllek, Thén! – hallatszott a rég nem hallott hang a háta mögül.

Thént váratlanul érte a megszólítás, kardjának markolatát megragadva fordult oda a lágy női hang forrása felé.

Ágyának szélén Elena ült. A szellem tiszta, derűs tekintettel figyelte őt.

– Elena! Hát újra itt vagy...

– Igen, mert eleget tettél a négy évvel ezelőtti útmutatásomnak, és kellőképp megerősödtél a továbblépéshez.

– Négy éve... arra kértél, hogy keressem meg ezen a helyen azt az embert, akivel közös az utunk.

– Jól emlékszel.

– Nos... az itt töltött időm alatt néhányan meglehetősen közel kerültek hozzám, de... még nem érzem, hogy megtaláltam volna...

– Megtaláltad, hidd el! – vágott közbe Elena. – Ezen az estén meg is bizonyosodhatsz róla.

– Igazán?

– Igen, de előbb ki kell állnod egy próbát.

– Milyen próbát?

Elena felállt az ágy széléről, és közelebb lépett Thénhez.

– Elviszlek oda. – Két tenyerét Thén halántékaira helyezte.

– Nézz rám!

Miközben Thén elmerült Elena tiszta tekintetében, észrevette, hogy a lány testét körülvevő hófehér fény egyre erősödik, egyre nagyobb lesz, végül pedig mindent beborított körülöttük.

Leá már aludt, de egy furcsa zaj felébresztette. Szobájának félhomályában egy, az ágya előtt álló emberalakot vélt felfedezni.
– Fényt! – adta ki a parancsot a ház számítógépének. A felgyúló lámpák felfedték előtte látogatója kilétét. – Elena! – szólt meglepett hangon.
– Üdvözöllek, Leá! Itt az idő!

A Thént körülvevő fehér ragyogás lassan megszűnt. Ezt követően egy dombos, füves területen találta magát, de Elena már nem volt vele.

A fodrosabbnál fodrosabb felhők mögötti ég káprázatos, mélykék színben fedte le a körülötte lévő világot.

A közelben egy vastag törzsű fa állt, amelyet egy sima felszínű tó vett körül.

– *Menj közelebb!* – hallatszott Elena hangja, forrását tekintve meghatározhatatlan módon.

Thén érezte, hogy Elena a fára gondolt, elindult hát felé.
– Furcsa, de… ismerős ez a hely. Hol vagyok?
– *Ezt a világot te építetted valamikor, de erre most még nyilván nem emlékszel. Az életed a történések világában zajlik, de most egy mélyebb szinten vagy: a tudat világában.*
– Ez… valós?
– *Valós, ha valóságként kezeled. Itt az van, ami számodra létezik. Bár a dolgok itt nem annyira stabilak, sokkal gyorsabban változnak, főleg, amíg nem vagy teljesen ura a tudatodnak, de lehet valós. Idővel majd újból megtanulsz bánni vele, de most összpontosíts a feladványra!*

– Miről szól a feladvány?

– *A legnagyobb hiányosságodról szól. A legnagyobb akadályról az életedben.*

A fához közelebb érve Thén észrevett valami különöset annak törzsén.

– Az ott… egy ajtó? Egy ajtó van a fa oldalán?

– *Be kell menned rajta! Ehhez előbb át kell kelned a tavon, viszont ennek módját egyedül kell meglelned.*

Thén nem értette, hogy mi lehet olyan nehéz ebben, de amikor már csak alig tíz lépésnyi távolságra volt a tó szélétől, értetlensége egy csapásra szertefoszlott: testének legapróbb mozdulatára is hatalmas vízoszlopok törtek fel a tó felszíne alól, több méteres magasságba. Ráadásul ahogy minél közelebb ment a tóhoz, a kitörések annál erőteljesebbé váltak. Viszont amikor mozdulatlan maradt, akkor a tó felszíne is azonnal tükörsimává vált.

– Ez így már mégsem annyira egyszerű – mormolta. – Ha így próbálnék meg átkelni, biztosan visszasodorna a víz vagy belefulladnék. Hogyan keljek át, ha nem mozdulhatok? – Elena hangjára számított, de a szellem csak csendben, láthatatlanságába burkolódzva figyelte őt.

Thén elmélkedését tompa dübörgés zavarta meg, amely a tőle jobbra lévő domb felől érkezett. Az alacsonyan haladó Nap pont abból az irányból sütött – elvakítva őt –, ezért a domboldalról leereszkedő emberalak részletei egyelőre kivehetetlenek maradtak.

Ahogy az alak leért a domboldalról – kikerülve ezzel a vakító napkorong elől –, úgy Thén már felmérhette őt, de a látvány meglehetősen nyugtalanítóan hatott rá: egy fekete páncélzatot viselő harcos csörtetett egyenesen felé, kivont karddal. Jobbnak látta, ha kardot ránt – e mozdulatától az eddigieknél is magasabbra tört fel a tó vize.

Már csak pár lépés választotta el őket. Thénnek alig egy-két másodperce maradt a reagálásra. Egy oldalra szökkenéssel összekapcsolva a tarkója mögé emelte a kardját, és egy erőteljes vágással lecsapta a harcos fejét.

Abban a pillanatban a magasba nyúló vízoszlopok jéggé fagytak – elzárva ezzel az utat Thén és a fa törzsén lévő ajtó között.

A fagyott víz immár nem reagált Thén mozdulataira, de az előbbi cselekvése által felborzolt felszín vastag jégoszlopai túl sűrűn helyezkedtek el ahhoz, hogy átjuthasson közöttük.

– *Most már érted a feladvány lényegét* – szólalt meg Elena. – *A tó vize olyan, mint az élet: a tetteid hozzák mozgásba, és csak akkor tárja fel a titkait előtted, ha képes vagy megállni, és tiszta mivoltjukban szemlélni a történéseit.*

– Igen, értem... – válaszolta Thén. – Amikor a harcos elesik, a víz megfagy, hogy áthaladhassak rajta az ajtóhoz. Nyilván úgy juthatnék át, ha végig mozdulatlan maradnék, csakhogy... mozdulatlan helyzetből hogyan győzhetném le az ellenségemet?

Elena nem válaszolt.

A fagyott víz egy pillanat alatt felengedett, és az összes visszazúdult a tóba.

Kezdődött elölről az egész. Egy újabb harcos tartott Thén felé. Amikor odaért hozzá, a fiú végzett vele, a tó vize pedig – cselekvésének hála – ismét jégerdővé változott. Aztán egy perc várakozás után ismét kezdődött előről a jelenet.

A hatodik ismétlődés után Thénnek született egy feltevése, amely talán rávezetheti a megoldásra:

– Mi van, ha csak azt hiszem, hogy az ellenségem ez a harcos? Talán nem is őt kell legyőznöm... Ha jobban belegondolok, az eddigi életem során mindannyiszor ez vezetett a kudarcaimhoz: az előítélet. Példának ott van mondjuk Szyli. A róla alkotott hamis kép miatt nem cselekedtem időben, pedig várt rám. Igen... ez az én legnagyobb hiányosságom. Ezt tudom a legkevésbé kizárni a tudatomból.

Arra az elhatározásra jutott, hogy bármi is történjen, a következő alkalommal mozdulatlan marad.

A jég felengedése után kezdetét vette a végsőnek vélt menet. A harcos szélsebesen, kivont karddal közeledett Thén felé, ő pedig szilárd önuralommal, mozdulatlanul állt. Az utolsó másodpercekben pillanatnyi kételyei támadtak, de fogait összeszorítva, izmait megfeszítve várta a bizonytalan végkimenetelt.

Alig egy méter választotta el őket, amikor a harcos hirtelen kitért Thén elől, majd mellette elhaladva egyenesen a tó vizébe vetette magát. Ezt követően a tó sima felszíne befagyott.

Immár semmi sem akadályozta Thént abban, hogy átkelhessen az ajtóhoz.

Megkönnyebbülten fordult meg, hogy szemügyre vegye az eredményt.

„Ez az... – gondolta. – *Nem minden az, aminek látszik. Bármennyire is hasson egyértelműnek...*"

– *Jól van!* – zengett Elena hangja a levegőben. – *Megcsináltad! Lépj be az ajtón!*

Thén átsétált a jégpáncél tetején, és megállt a fa törzsén lévő ajtó előtt.

Leá egy elegáns stílusú várakozóhelyiség bordó színű, szőrmehuzatos kanapéján ült. A plafonon egy számtalan kristálydarabokból álló csillár szolgáltatott kellemes, meleg színű fényt.

A helyiség végében álló díszes faragású ajtó kitárult, de nem állt mögötte senki, pusztán egy barátságos férfihang szólalt meg a mögötte lévő sötétségben:

– *Ön következik! A felvételi bizottság már várja. Készen áll?*

Leá felállt a kanapéról, majd elindult a kitárt ajtó felé.

– Készen állok!

Thén megragadta az ajtó gömb alakú kilincsét, és – recsegő, nyikorgó hangok kíséretében – kitárta.

Gondolván, hogy egy fa törzsébe készül belépni, egy kis helyiségre vagy valamiféle föld alá vezető járatra számított, de egy ezektől merőben eltérő látvány fogadta. – Ez... ez az étterem? – Mintha csak a múlt emléke elevenedett volna meg előtte, ahogy meglátta az oszlopozott elejű helyiséget, végében az üres színpaddal.

Belépett az ajtón, majd becsukta maga mögött – ekkor a kinti környezet zajai hirtelen elnémultak.

Odasétált ahhoz az oszlophoz, amelynél Susan O'Neill az álmaiban és a látomásaiban állt. Vállát az oszlopnak vetve behunyta a szemeit, és elmerengett a pillanatban.

Az étterem belsejének csendjében időzve Thén lelkében olyan érzelmek ébredtek fel, amelyekkel már rég nem találkozott magában: feléledt benne a hiány, a vágyakozás valaki iránt és a veszteség gyötrelme.

„Amióta csak az eszemet tudom, kísért ez a hely és a hozzá tartozó személy. Először csak az álmaimban, később már látomásokként is, most pedig, ha minden igaz, itt vagyok – gondolkodott magában. *– De miért? Mi a jelentősége ennek az egésznek?"*

A válasz ott lapult a lelke mélyén, de az elméje még nem tényként kezelte.

„Mi van akkor, ha ehhez az egészhez úgy van közöm, hogy mindez... az én életem része volt? Te jó ég... Lehetséges lenne, hogy én voltam... Alex Brown?"

A bejárat túloldalán vonós hangszerek csendültek fel.

Thén kíváncsian visszament az ajtóhoz, és kinyitotta. Meglepődve tapasztalta, hogy a környezet megváltozott: az ajtó túloldalán már nem a fagyott tó és a füves terület látványa fogadta, hanem egy auditóriumé.

Bár akkor először látta a helyet – mivel Alex a bejegyzéseiben nem írt róla részletesen –, de azért sejtette, hogy ez Susan felvételi előadásának helyszíne.

A méretes helyiségben számtalan üres szék volt elhelyezve ívelt alakban egy hatalmas színpad előtt, amelyet reflektorok gyenge fénye világított meg.

Amikor a zene elérte az intro végét, a színpad függönyei elhúzódtak, a reflektorok fénye felerősödött, hogy jól láthatóvá váljon az ott álló énekes.

Thén a távolból egy barna hajú, hosszú, fekete ruhát viselő lányt látott előrébb lépni a színpadon, aki ez után énekelni kezdett – méghozzá a legkellemesebb, legnyugtatóbb, legmennyeibb hangon, amit valaha hallott. Túl távol állt tőle ahhoz, hogy megfelelően szemügyre vehesse, de nem kellett a szemeire hagyatkoznia, érezte magában... Szíve hevesen verni kezdett, szemei tágra kerekedtek.

„*Ő az* – gondolta. – *Susan.*"

Óvatos, lassú léptekkel indult el a sötét nézőtéren keresztül a színpad felé, közben a szemeit egy pillanatra sem vette le a lányról.

A lány szólóját tovább kísérte a körülötte lévő láthatatlan zenekar.

Leá boldogan s szívből énekelt. Énekelte a dalt, amelyet már egészen kisgyermekkorától kezdve hallott a fejében, valahányszor vigaszra vagy nyugalomra volt szüksége. Még ha csak gondolt is a dalra, az lélekben egy olyan világba repítette el, ahol a béke és a harmónia az úr; ahol a szeretet olyan, mint egy örökké ragyogó csillag, amelynek fényétől sehova sem vetül árnyék.

Mozgásra lett figyelmes a nézőtér székei között, ezért abbahagyta az éneklést – de a láthatatlan zenekar tovább játszott –, majd lesétált a színpadról, hogy kikerüljön a reflektorok vakító fényéből.

Szemei lassan hozzászoktak a sötéthez, s ekkor felismerte a felé közeledő alakot: Alex Brown volt az, a fiú, aki régebben megszámlálhatatlan alkalommal jelent meg az

álmaiban; akivel még kislány korában együtt szálltak az elképzelt, mesebeli kalandokban. De amióta felnőtt, csak egy kellemes gyermekkori ábrándként emlékezett rá. Viszont most ott van előtte, s tudta, hogy nem képzelődik: érezte a fiúból áradó életet.
Ő is elindult Alex felé.

Egyre csak közeledtek egymáshoz.
Thén és Susan megálltak egymással szemben, de egy jó percig csak némán, zavartan keresték a szavakat.
Thén végül elhessegetett magából minden zavaró gondolatot, és kitárta a szívét Susan felé:
– Sosem voltam biztos abban, hogy létezel... inkább csak hittem benne.

– Akárcsak én, valahányszor felébredtem azokból az álmokból – mondta Leá.

– Egyszer azt hittem, hogy... megtaláltalak – mondta Thén.

– Most itt vagyok. – Leá kinyújtotta a karjait Alex felé.

Thén odalépett Susanhoz, majd felemelte a karjait az övéihez. Először csak az ujjbegyeik értek össze, aztán ujjaik összefonódtak, végül egymás kézfejébe kapaszkodva még közelebb léptek egymáshoz annyira, hogy érezték egymás testének melegét.

Ekkor mindkettejük elméjében események sorozata villant fel az előző életükből: születésüktől kezdve – Alex Brown és Susan O'Neillként – a gyermekkorukon át a felnőttként leélt utolsó éveikig megállás nélkül özönlöttek a tudatukba múltjuk élményei. Az első találkozásuk az Akadémián, az együtt töltött éveik, a háborús évek, Alex találkozása Gordonnal, az utolsó boldog óráik és a végzetes küldetés a múzeum irodájában… Mindez újraéledt bennük, újra a részükké vált. Elméjük felszabadult, teljesen megnyílt a valóság és az igazság felé: az Ősi Lovagok Útját járják egészen az első világok megszületése óta. Már tudják, hogy kik is ők valójában.

Előző életük felidézése véget ért, és immár jelenlegi mivoltjukban látták egymást: Thén Leát látta maga előtt, Leá pedig Thént.

Elengedték egymás kezeit, sírva borultak egymás karjaiba.

– Hát te vagy… – szólt Thén halk, remegő hangon.

Abban a pillanatban átérezték az előző életükben egymás iránt érzett szerelmet. Átérezték a kettejük között lévő időtlen összetartozást. Úgy tartoznak össze, mint a fény és a sötétség; önmagában egyiket sem lehet felfedezni, amíg nincs mellette a másik. Egymást éltetik, amióta világ a világ.

Egy villanás kíséretében Elena jelent meg mellettük. Könnyáztatta tekintetüket felé fordították.

– Az igazság mindig nagy teher – mondta Elena. – Ne aggódjatok, tudni fogtok élni vele.

Egy kis szünet után folytatta:

– Az Ősi Lovagok közé tartoztok. E világ első embereinek születése óta arra vagytok hivatottak, hogy óvjátok őket attól, hogy belevesszenek az örök sötétségbe; hogy fényt vigyetek oda, ahol a sötétség felborította az élet egyensúlyát. Mostanra elegendő tudást gyűjtöttetek össze, elég erősekké váltatok és bebizonyítottátok bátorságotok meglétét ahhoz, hogy újra ezen Utat járjátok. S most, hogy felkészültetek, az emberek máris szükségét szenvedik a világosságnak: Holdkőváradon, szinte amióta csak eljöttél, pusztító háború dúl – mondta Thénnek, s mivel a fiú arcán tisztán olvasható volt a kérdés, nem várta meg, hogy feltegye:

– A déliek lerombolták az egyenes falat, és megtámadták az északiakat.

Thén szörnyülködő tekintettel nézett Leára.

– A csaknem négy éve tartó háború mára annyira elmérgesedett, hogy már egyik fél sem képes letenni a fegyvert, hogy ezzel véget érjen a harc. Az emberek túlnyomó többségének szíve megtelt gyűlölettel, őket már csak az elégíti ki, ha ellenségeiknek vélt testvéreiket holtan láthatják. Ha nem léptek közbe, akkor a háborúnak az fog véget vetni, hogy az emberek az utolsó szálig kiirtják egymást. Mint mindig, a megoldás meglelése most is rátok vár; én csak arra vagyok képes, hogy irányt mutassak nektek, hogy elkísérjelek titeket életeken át, világokon át, időkön át...

Mielőtt bármit is reagálhattak volna, Thént és Leát egy mindent beborító, vakító fény vette körül.

Amikor a fény megszűnt, a tábor egy kevésbé forgalmas részén találták magukat.

Rá néhány másodpercre egy lebegő robot repült föléjük, majd lámpáival megvilágította a közvetlenül körülöttük lévő területet.

Thén hazáig kísérte Leát, de út közben egy szót sem szóltak.

Amikor odaértek a konténerszerű házhoz, Leá odaállt az ajtó elé, amely a falba húzódva kinyílt előtte, és belépett rajta. Ahogy az egyik válla felett hátranézett, azt látta, hogy Thén tekintetét a földnek szegezve hátat fordít neki, és lassú léptekkel távolodni kezd tőle. Ekkor megfordult, s a fiú után sietett.

– Thén! – kiáltott utána.

Thén megállt, majd fürgén visszafordult Leá felé.

Leá megállt Thén előtt, a szemébe nézett, s így szólt:

– Akárhogy is végződjön… én… veled tartok.

Thén belemosolygott Leá gyönyörű, csillogó szemeibe.

Szétválásuk előtt még egyszer átölelték egymást.

– Tudom, Leá – mondta Thén. – Tudom.

Az Óváros melletti táborban
Másnap reggel...

– Nos, akkor készen állsz, haver? – kérdezte Thén Cziótól, miközben felkötötte Városvédő öltözékének övét. Az elmúlt négy év alatt egyszer sem vette elő, viselését kimondottan erre az alkalomra tartogatta. Bár azt még csak nem is sejtette, hogy ilyen körülmények közé fog visszatérni Holdkőváradra.

– Hogy készen állok-e? – kérdezett vissza Czio az ágyaként funkcionáló pokróchalmaz mellett ülve. – Öregem, úgy érzem, én erre születtem: hogy téged csatába kísérjelek.

Czio nem élte át azt, amit Thén és Leá, így ő a közös múltjukat illetően semmiről sem tudott. Azonban Thén tudta, hogy Czio személyében az ő legkedvesebb barátját kapta vissza, Gordont.

– Helyes! – mondta Thén, aztán a hátára vett egy élelemmel teli hátizsákot.

Még egyszer körbepillantott egyszerű házának belsejében, és egy mélyet sóhajtott.

– Induljunk! Hosszú lesz az út.

Ugyan nem beszélték meg az indulás időpontját, de ahogy Thén közeledett Juliha házához, annak ajtaja kinyílt, és Leá lépett ki rajta – mintha csak megérezte volna Thén közeledtét –, nővérével a nyomában.

Juliha arcán már messziről látszott az aggodalom. Leá valószínűleg még csak nemrég közölte vele, hogy háborúba vonul Thén oldalán.

Thén nem akart hinni a szemeinek: Juliha könnyes szemekkel magához ölelte húgát.

Amikor odaért hozzájuk, a két lány kivált egymás öleléséből.

Leá szótlanul Thénre nézett.

Thén egy bólintással jelezte, hogy indulhatnak.
– Menjetek csak előre – mondta Leának. – Mindjárt megyek.
Leá még vetett egy utolsó pillantást nővérére, aztán intett egyet Czio felé.
– Gyere, Czio, menjünk!
Amikor Leá és Czio már elég távol jártak, Thén belekezdett a könnyeivel küszködő Julihának szánt mondandójába:
– Hát ennek is eljött az ideje... Gondolom, a lényeget már tudod. Nézd... ennek a dolognak a veszélye minden eddigit felülmúl. Nem tudom, mi lesz, ezért el szeretnék mondani valamit.
– Ugye nem búcsúzni akarsz? – kérdezte Juliha. – Mert abba nem megyek bele.
– Nem... Csak arról van szó, hogy ha esetleg úgy alakulna... akkor az utolsó pillanatokban nem akarok azért bánkódni, mert nem tudsz erről. – Látta, hogy Julihának ez sem túl szimpatikus, de a lehető legőszintébben akart beszélni.
Egy pillanatra lesütötte a szemeit, aztán folytatta:
– Amikor Holdkőváradon kudarcot vallottam, akkor egyszerűen semmi sem nyújtott vigaszt. Úgy éreztem, hogy vége van mindennek. Részben ezért is indultam el. Nem tudtam, mi vár majd a falakon túl... de ezekről már beszéltem.
– Igen, emlékszem.
– Juliha! – Thén megállt egy kicsit, hogy éreztesse, most jön a lényeg. – Te és Leá felébresztettétek a szívemet. Általatok fedeztem fel, hogy akkor is van tovább, amikor minden elveszett. A családommá váltatok. A hála és a szeretet, amit irántad és Leá iránt érzek, sosem fog elmúlni.
Juliha arcán végigfolyt egy könnycsepp. Mélységesen megérintették Thén szavai.

Kénytelen volt belátni, hogy bár a képességei páratlanok, van rá esély, hogy most látja utoljára. Úgy érezte, eljött az ideje, hogy kitárja a szívét a fiú előtt.

– Tudod, én már nem vártam senkire, nem kerestem az érzést, amióta ő... meghalt. Pont ellenkezőleg: igyekeztem beletörődni... de aztán jöttél te. Eleinte pusztán érdekesnek tartottalak, egy fura idegennek, aki egy ismeretlen világból jött. Lenyűgöztek a képességeid, az erőd, a bátorságod. Később, ahogy egyre nagyobb betekintést engedtél magadba, magukkal ragadtak a gondolataid, az érzelmeid. Egyre többet gondoltam rád, végül a gondolataim közül, a fejemből átköltöztél a szívembe. Azóta azzal nézlek. Miattad álltam talpra, közben reméltem, hogy viszonozni fogod mindezt. De valahogy... mindig olyan érzésem volt, mintha... egy csillagra várnék; mintha valójában valahol messze járnál, s ide, az emberek közé csak a ragyogásod jut el. Ezért tartottam ezt inkább magamban és próbáltam megelégedni azzal az örömmel, amelyet e ragyogás által kaptam tőled. – Juliha behunyta a szemeit és elfordította a tekintetét. – Próbáltam elfogadni, hogy sosem... tartozhatok hozzád.

Amit Juliha Thénről mondott, lényegében igaz. Thén sosem élhet majd olyan életet, amelyben kötelezettsége elől elbújva hosszú időre belefeledkezhetne annak mulandó örömeibe olyasvalakivel, aki nem követheti őt mindenhova. Valóban, figyelme szüntelen egy távoli célra összpontosul, amelyet véglegesen talán sosem fog elérni: a béke.

Thén magához ölelte Julihát, egyik tenyerével végigsimította a lány gyönyörű, a felkelő Nap fényében ragyogó szőke haját, és halkan így szólt:

– Miket beszélsz? Hiszen te is hozzám tartozol. De jól látod: más Utakat járunk. Az enyém mindig veszélyes lesz, ezért sosem lenne biztonságban a szíved. De ez nem azt jelenti, hogy néha nem teremthetünk közös pillanatokat, amelyekben örömünket lelhetjük; ahogyan azt eddig is tettük. – Thén Juliha szemébe nézett, majd folytatta: – A szerelmet nem lehet megígérni, sem megjósolni. Azt viszont megígérem, hogy mindent el fogok követni annak érdekében, hogy mindannyian visszajöjjünk hozzád, s hogy még nagyon sok boldog pillanatot töltsünk együtt.

– Nem segíthetnék valahogyan?

Thén pár másodpercre eltűnődött.

– De. Lenne... két dolog. Az egyik, hogy vigyázz magadra! Akkor ránk is vigyázol. Ugyanilyennek szeretnélek látni, amikor visszajövünk.

Juliha Thénre mosolygott. – Rendben. Igyekezni fogok.

– A másik dolog... – Thén elengedte a lányt, aztán elővette a hátizsákjából azt a bizonyos könyvet. – ...ez lenne.

– Mi ez?

– Afféle... biztosíték. Szeretném, ha vigyáznál rá, amíg visszajövök. De ha nem jönnék... akkor kérlek, kezdd el figyelni az embereket! Keress közöttük olyat, akiben engem látsz, és ha meggyőződtél az érdemességéről, add oda neki! Ha nem találsz, akkor pedig add tovább ezt a feladatot valakinek, akiben megbízol majd!

– Jaj, Thén...

– Ez nagyon fontos! Remélem, hogy nem lesz erre szükség, de ha mégis, akkor ugye számíthatok rád?

Juliha egy fájdalmas sóhaj után így felelt:

– Persze, hogy számíthatsz rám! – Azzal átvette a könyvet Théntől.

– Köszönöm!

Thén megcsókolta Juliha arcát, aztán távolabb lépett tőle.

– Most mennem kell.

Juliha könnyei ismét hullani kezdtek. Mindössze bólintani tudott egyet Thén felé.

Thén visszaemelte az egyik vállára a hátizsákot, aztán Leá és Czio után eredt.

Gondolatban egy valamit még kimondott: *„Isten veled, Juliha!"*

Ez tehát a háború első szörnyűsége: a szívtépő elválás.

A hegyeknél
Aznap este...

Napnyugta előtt egy órával a csapat már csak percekre járt a szurdok végétől.

Az átkelés ezúttal is egy egész napot vett igénybe, de Thén ezt alig érzékelte – feltehetően a vele tartó kellemes társaság miatt. Leá és Czio lelkesen követték őt. Út közben egyszer sem álltak meg, ezért már igencsak fáradtnak érezték magukat: Czio a nyelvét kilógatva, hangosan lihegett; Thén és Leá mindennapos témákról való társalgással igyekezték elterelni a figyelmüket sajgó lábaikról.

– Egy kicsit még tartsatok ki! – mondta Thén. – Mindenképp ki kell érnünk a szurdokból, még mielőtt besötétedne.

Egészen addig egy szó sem esett azon dolgokról, amelyeket azon a különleges estén éltek át, pedig Leá nagyon meg szeretett volna beszélni néhányat. Különösen egy konkrét ügy nem hagyta nyugodni, amely reményei szerint a jelenlegi életükben is jelen van:

– Thén! Szeretnék kérdezni valamit... rólunk. Akkor este ugye te is érezted azt a dolgot kettőnk között?

– Igen, Leá. Sőt... még mindig érzem.

Leá szemei felcsillantak. Arra gondolt, hogy talán végre eljött az ideje annak, amire oly régóta vár.

– Komolyan?

– Érzem, de... még nem tudtam feldolgozni. Tudom, hogy te vagy az... de egyszerűen még túlságosan össze vagyok zavarodva ettől. Ne haragudj, részemről még korai ez a téma.

– Megértem, semmi baj – mondta csalódottan Leá, de hogy Thén erre ne figyeljen fel, gyorsan témát váltott:

– Szerinted miért van az, hogy csak az előzőleg leélt életünkre emlékszünk, a többire pedig nem?

– Talán mert abban már benne van minden, amire szükségünk van: minden tudásunk, minden hibánk... Másrészt pedig nem hinném, hogy fel tudná dolgozni az elménk azt a rengeteg életet. Még azt az előzőt is nehéz befogadni.

Kiértek a szurdokból.

Mindhármuk figyelmét azonnal megragadta Holdkővárad távolban lévő hatalmas, hófehér Tornya, amely az alacsonyan szálló Nap fényében rikítóan világított a sötétkék ég alatt.

– Te jó ég... ez hatalmas – mondta ámulva Leá. – Ilyen magas épületet még Óvárosban sem látni.

Thénre nézett, akinek arcáról nemtetszés volt leolvasható.

– Azt hittem, örülni fogsz, hogy újra láthatod.

– Pont ez a probléma: nem kéne látnunk. Nem működik az álca.

– Ezek szerint tényleg nagy a baj.

– Igen... Nos, néhány napba beletelik, amire odaérünk. Holnap korán kell folytatnunk az utat, szóval jobb lesz, ha most lepihenünk.

Holdkővárad
2731. június

A reggeli órákban Thén és két bajtársa felkészültek a Városba való behatolásra. Az elmúlt éjszaka első felében megkerülték a Várost, hogy ezt az északi oldal felől tehessék meg. Thén abban bízott, hogy bármi is zajlik odabent, azon az oldalon lesz előnyösebb felbukkanniuk. A Város fala rengeteg ponton át volt törve, ezért nem kellett megkockáztatniuk a déli kaput.

A csapat bemászott a falon tátongó egyik nyíláson.

Thént ez után sorban érték az újabb és újabb meghökkentő tények: az ilyenkor megszokott lombos, ezerágú fák mindegy szálig a tövükig megcsonkolva álltak ki a földből – akár a végtagjaiktól megfosztott, oszló tetemek. A megműveletlen termőföldek mindenféle nem odaillő tárgyakkal voltak teleszórva. Az épületeken már messziről látszott, hogy lepusztultak és elhagyatottak.

– Ezek lennének a mesés kertek és termőföldek, amelyekről meséltél? – kérdezte Leá.

– A mese borzalommá vált – válaszolta Thén.

Ismét végignézett a földeken, aztán megrázta a fejét.

– Rendben… a gyümölcsfák nem létfontosságúak, és sok mindenre felhasználhatták őket. De a termőföldekkel miért bántak el így? Honnan szereznek így táplálékot?

– Odahaza mi is meg tudtuk oldani.

– Igen, de itt nincsen semmiféle technika. Leszámítva a Tornyot.

– És az emberek?

– Arra tippelnék, hogy szorosan a Torony körül gyűltek össze. Az lehet az egyetlen dolog, amely életben tarthatja őket. Induljunk el arra, aztán meglátjuk.

Néhány lépés megtétele után Czio megszólalt:

– Várjatok! – Orrát szorosan a földhöz nyomva szimatolni kezdett. – Van itt valami. Eddig csak egyszer éreztem ilyet, de nem emlékszem pontosan...

– Nagyon mélyen van? – kérdezte Thén.

– Nem. Elég erősen érzem...

– Nézzük meg! Hátha segít.

Czio erős lábaival ásni kezdett. Alig fél perc alatt egy jó méternyit haladt. Ekkor körmeivel belekarmolt valami tojás alakú, koromfekete tárgyba.

– Ez lesz az! – állapította meg, miután megszimatolta.

Thén behajolt a gödörbe, hogy elkotorja a tárgy körül lévő földet. Az oldalán előtűnő homokkal megtelt szemgödröt felismerve azonnal elrántotta a kezét.

– Ne... – Felállt, és távolabb lépett a gödörtől.

– Egy megégett emberi koponya – mondta borzongva Leá.

– Egy temetőn állunk.

Czio erre felkapta a fejét.

– Igen, már emlékszem. A tábor temetőjében éreztem hasonlót.

Thén végignézett a földeken. Remélte, hogy senki sincs alattuk azok közül, akiket még viszont szeretne látni ebben az életben.

Egy percnyi időzés után betemették a gödröt, aztán folytatták útjukat az épületek irányába.

Egy óra elteltével maguk mögött hagyták a külső körzetet, és beléptek a Védők körzetébe. Az ottani épületek sokkal jobb állapotban voltak – mindössze pár beszakított tető és betört ablak csúfította a látképet –, de emberekkel még mindig nem találkoztak.

Ahogy a széles főúton haladtak – amely egyenesen a Torony tövéhez vezetett –, Leá azon merengett, milyen lehetett itt élni, amikor még rendben mentek a dolgok.

– Már sejtem, mit érezhettél, amikor először láttad a tábort – mondta Thénnek. – Elképesztő ez a hely. Még így is... Akárcsak Óváros. Furcsa, hogy előbb-utóbb minden város így végzi... Felépül, működik, aztán végül elnéptelenedik. Mintha élne, mintha az ember lenne a vére; addig él, amíg áramlik benne.

– A vér az embert szolgálja, és ez így van rendjén. Viszont a város esetében ugyanezen felállás már nem egészséges. Az ember nem válhat a város rabjává. A városnak megkönnyítenie kéne az életet, nem pedig megnehezítenie. Ehhez kell egy rendszer, azon belül pedig szabályokat kell alkotni. A szabályoknak csak azt szabad leszögezniük, hogy mit nem szabad megtenni. Ez a legegyszerűbb és legkevésbé megterhelő módja a tömeges együttélésnek. Itt, ameddig az emberek java része betartotta a szabályokat, addig a rendszer könnyen talpon tudott maradni.

– De hát miért lett egyre több törvényszegő? Ha valami egyszer jól működik, azt miért teszik mindig tönkre?

– A rendszer a biztonság érzését kelti – magyarázta Thén. – Ebben a látszólagos biztonságban az ember bátrabbá válik, könnyebben növekszik. Minél nagyobbra nő, annál jobban szorítják majd a rendszer korlátai, egyre szűkösebbnek fogja érezni. Aki felelősséggel éli az életét, az jó eséllyel még időben fel fogja fedezni, hogy meg kell állnia. De aki nem fékezi meg magát, és túllépi a korlátokat, az azokon kívül már a saját szabályai szerint fog élni. Azon szabályok pedig nem biztos, hogy összeférnek majd a rendszer szabályaival. Hogy ezelőtt miért voltak többen azok, akik felelősséggel éltek? Csak abból tudok kiindulni, hogy én miért tartottam be a törvényeket: a mások iránt érzett szeretet miatt. Észrevettem, hogy ez hiányzik a törvényszegőkből. Ők csak és kizárólag maguknak akarnak jót, bármi áron. Ölni is képesek úgy, hogy nem magukat érzik felelősnek miatta. Egyszer a Tanács elé állítottam egy gyilkost. Bent maradtam a meghallgatásán, mert kíváncsi voltam a magyarázatára. Azt mondta, hogy

„*azért öltem meg, mert nem kaptam meg tőle azt, amit akartam*". Úgy beszélt, mintha az áldozata tehetett volna arról, hogy megölte. Hogy egyesek miért nem képesek szeretni? Szerintem ők azért ilyenek, hogy mi felismerhessük a szeretetünk fontosságát. Ezek szerint a vége felé ez kezdett feledésbe merülni, ezért az élet ezzel a borzalommal hívja fel az emberek figyelmét a szeretetük fontosságára. Nekünk az a dolgunk, hogy segítsünk nekik a feleszmélésben, még mielőtt késő lenne.

– Igen – mondta sóhajtva Leá. – Ez a dolgunk.

Czio megállt előttük. Sárga szemeit nagyobbra tárta, füleit ide-oda mozgatva fürkészte a környezetet.

– Hallok valamit.

– Embereket? – kérdezte Leá.

Czio fülelt még egy kicsit, aztán válaszolt:

– Igen. Emberek azok.

– Végre – mondta megkönnyebbülten Thén. – Gyorsan, vezess oda!

Czio bevezette a csapatot a házak közé.

Tíz házat elhagyva már Thén és Leá is hallották a hangokat – több férfi hangját.

Elérkeztek egy kisebb térhez, ahol egy ház sarka mögül kilesve rábukkantak a hangok forrására: a tér közepén lévő megcsonkolt fa mellett, nekik oldalvást három férfi állt félkör alakban egy negyedikkel szemben, aki szemmel láthatóan bajban volt: feltartott kezekkel állt a három férfi előtt, akik kardjaik hegyét egyenesen a torkának szegezték.

Thén felismerte őt: Ex volt az.

A többi pasasról egy pillanat alatt megállapította, hogy egyikük sem Városvédő. A kifinomultság még csak halványan sem látszott rajtuk: úgy fogták a kardot, mint a kapát; arcuk eltorzult kifejezése haragról árulkodott.

– Tudod, elég gyanús, hogy mindig pont azon az oldalon bukkansz fel, amelyik éppen jobb helyzetben van – mondta a középen álló férfi.

– Ez csak egy… véletlen egybeesés – magyarázkodott Ex.

– Azért jöttem vissza, hogy jelentsek a Kapitánynak. Kizárólag neki dolgozom.

– Igazán? Akkor talán tudsz mesélni valamit a merényletről.

– Merénylet? Milyen merénylet?

– Ne nézz minket hülyének! – mordult fel a jobb oldalon álló fickó.

– Pofa be! – állította le a középső.

Az eddiginél is lesújtóbban nézett rá Exre, majd folytatta:

– A Kapitány megsebesült a merénylet során, és szerintem neked közöd van ehhez, te kis pojáca!

– Mi? Nem! Nem árulnám el! Soha!

A férfi kardjának pengéjét szorosan Ex torkának nyomta.

– Most utoljára elengedlek, barátocskám, de rajtad lesz a szemem, és ha csak egy kicsit is nem tetszik, amit látok…

– Akkor elkaptok és kibeleztek – vágott közbe vakmerően Ex. – Tudom, tudom…

Az alak erre még nagyobb dühbe gurult, és úgy gyomron vágta Exet, hogy az azonnal – görcsös köhögések közepette – a földre roskadt.

– Lépjünk közbe! – suttogta Leá.

– Ne! Nem lenne jó belépő…

A férfi Ex fölé hajolt.

– Ahogy mondod.

Ez után elrakta a kardját, és intett a másik két alaknak.

– Gyerünk innen!

A három férfi sietve távozott a térről.

Ekkor a csapat előjött a ház sarka mögül, és elindultak Ex felé, aki még mindig a földön térdelt és a gyomrát masszírozta.

A fiú a szeme sarkából észrevette a felé közeledő alakokat, de nem nézett oda.

– Ti meg mit akartok? Az egyetlen testrészem, amelyet ma még nem ütöttek vagy rúgtak szét, az a hátsóm. Ha gondoljátok, odatartom.

– Inkább kihagynám – mondta Thén. – Most inkább üdvözölnék egy régi barátot.

Ex felismerte ezt a hangot. Felemelte a tekintetét Thénre, és lassan felegyenesedett. Olyan képet vágott, mint aki kísértetet lát.

– Thén! Cimbora! – Erősen megszorították egymás kezét.

– Már kezdtem azt hinni, hogy nem látlak többet... Hol voltál?

– A falakon túl, de még a hegyeken is túl – mondta mosolyogva Thén. – Hallottam a háborúról, és visszajöttem, hogy segítsek.

– Hallottál róla? Kitől?

– Az nem fontos, majd később elmondom. Most minél hamarabb el kell jutnunk Szynhez!

Ex a homlokához emelte az egyik kezét.

– Igen... Ha igaz, amit ezek az átkozottak a merényletről mondtak, akkor jobb, ha sietünk.

Lenézett a földre, ekkor a tekintete összetalálkozott Czióéval. A sárgán izzó szempár láttán felfogta, hogy egy élőlény áll előtte, méghozzá olyan, amilyet eddig még sosem látott. Ijedten hátralépett egyet.

– Ez meg mi a franc?

Thén lenézett Czióra, aztán vissza Exre.

– Ó, ne félj tőle! Mindketten velem jöttek a hegyeken túlról. Ő itt Czio. – Kezével először Czióra, aztán Leára mutatott. – Ő pedig Leá.

Leá biccentett egyet Ex felé.

– Na, ahogy elnézem, később tényleg lesz mit mesélned – mondta Ex Thénnek. – De most siessünk! Először a legközelebbi őrhelyhez kell eljutnunk. Ott majd megtudjuk, hol van Szyn.

Thén menet közben Exet faggatta:

– Kik voltak ezek az alakok?

– Áh, egyike az önbíráskodó őrjáratoknak. Idióták, elég sok van belőlük. A többségük azelőtt Fenntartó volt, de a háború kitörése után a Védők toborozni kezdtek a másik két csoportból. Minden harcképes emberre szükség volt. Én nem akartam harcolni, de az emberek elvárták, hogy mindenki kivegye a részét a háborúból. Így hát közvetlenül a Kapitánynál jelentkeztem kémnek. Meséltem neki a barátságunkról, és ekkor elfogadta a szolgálataimat.

– Hm... Ügyes – mondta Thén. – Mi van a többiekkel? Phil? Emma néni? A családod?

– Phil néha felbukkan, de olyankor csak Szynnel tárgyal. Nagyon keveset látni, de szemmel láthatóan jól van. Emma néni, akárcsak a többi nő és gyerek, a páncélokat és a fegyvereket tartják karban naphosszat vagy újakat készítenek. A családom is ott van. Túl ritkán látom őket.

– Akkor ők legalább biztonságban vannak... viszonylag – szólalt meg Leá.

– Igen... viszonylag.

– Na és... fiú lett vagy lány? – kérdezte Thén.

– Fiú – mondta büszkeséggel telt hangon Ex. Még valami örömféleség is kiült az arcára. – Csak ne ebbe a borzalomba született volna...

– Talán még nem tudja, hogy ami körülötte zajlik, az rossz. Hiszen még nincsen viszonyítási alapja az életben. De azért nem hagyjuk, hogy ebben nőjön fel. Rendben?

– Úgy legyen, Kapitányom! Egyébként is, most, hogy itt vagy, csak győzhetünk.

Thén ezt inkább nem kommentálta. Inkább áttért a következő dologra, ami érdekelte:

– Mi történt a fallal? Mindenhol át van törve...

– Ne is kérdezd... Miután a déliek átrobbantották az egyenes falat, és az emberek rájöttek, hogy addig homályban tartották őket, létrejött egy falellenes társulat; a másik ütődött banda... Minden hónapban egyszer-kétszer végeznek egy újabb robbantást a falon. Eleinte még nagy érdeklődés vette körül őket, de mára már senkit sem érdekelnek. Az emberek egyszerűen csak megunták őket. Ennek ellenére ők szorgalmasan robbantgatnak újra és újra.

– Aha. Mi van az élelemmel? Láttuk a termőföldeket...

– Igen... hát, az egyenes fal lerombolása után megerősítették a Torony körüli védelmet. Ez sok őrjáratot vont el a földek mellől. A déliek átjártak élelmet lopni. Az utolsó szálig begyűjtöttünk mindent, és egy helyre hordtuk össze. Így sokkal könnyebb volt védeni az élelmet, és ez azóta is jól működik.

– De így nem terem utánpótlás.

– Az nem. De ez most még nem okoz gondot.

– Ezt nem értem.

– Alapvetően mindig legalább száz százalékkal több élelem termett annál, mint amennyire szükség lett volna. Így még a háború előtti népességszám mellett sem jelentett gondot az, hogy mindenkit ellássunk...

Thénnek szörnyű érzése támadt.

– Várj csak! Ezt úgy érted... Ex, hány ember van most itt?

Ex vonakodott a válaszadással, de végül lassan kinyögte:

– Az északi oldalon... nagyjából...

– Nos? – siettette Thén.

– Százezren.

Thén hátranézett Leára. Mintha a saját szörnyülködő tükörképét látta volna a lány arcán.

– Csaknem kilencszázezer áldozat. Ez nem lehet igaz...

– Sajnos az, barátom.

– Hogyan tűrhette ezt a Tanács? Egyáltalán tettek valamit ez ellen?

Ex ismételten lelassult a mondandójával:

– A három Tanács... feloszlott. Thén, többé nincsenek Védők, sem Vezetők, sem pedig Fenntartók. Itt már csak a háború van. Itt... már csak a gyűlölet van.

Holdkővárad
Aznap délután...

A szükséges információk megszerzése után Ex elvezette a csapatot ahhoz a házhoz, amelyben a sebesült Kapitányt ápolták.

Ex-szel az élen beléptek az ajtón. A benti előtérben öt fekete ruhás testőr állt készenlétben.

– Megállni! – szólt az egyikük.

Ekkor a velük szemben lévő ajtó kinyílt, és egy hatodik fekete ruhás férfi lépett ki rajta.

– Ex! Már vártunk.

– Parancsnok! – üdvözölte a férfit Ex.

– Kik ezek?

Thén előre lépett barátja mellé, és őt megelőzve így szólt:

– A nevem Thén. Városvédő vagyok. Sürgősen találkoznom kell a Kapitánnyal!

– Thén? – kérdezett vissza a parancsnok, közben tekintetét feltűnő módon a fiú ruháján lévő zöld körre szegezte. Ezután Leát és Cziót is jól szemügyre vette. Cziót egy kicsivel tovább és kérdőbb tekintettel figyelte, akárcsak társai. – Várjatok! – mondta, aztán el is tűnt a mögötte lévő ajtó mögött.

A parancsnok résnyire nyitva hagyta az ajtót, ezért a hangja halkan kiszűrődött:

– *Uram! Thén visszatért. Itt van a házban.*

Egy jó percnyi csend után kinyílt az ajtó.

– Gyere be, kérlek! – szólt a parancsnok Thénnek. – De egyedül!

Thén a társai felé fordult.

– Itt várjatok!

– Menj csak – mondta Leá.

Thén belépett a félhomályos szobába, a parancsnok pedig magukra csukta az ajtót.

Szyn Kapitány egy, a szoba végében álló ágyban feküdt, félmeztelenre vetkőztetve. Éppen egy fejkendős idős asszony kezelte a hasán és a mellkasán lévő sérüléseket a körülötte égő gyertyák fényében.

– Thén! – szólalt meg halk, erőtlen hangon, amikor meglátta Thént. – Gyere! Gyere közelebb!

Thén odament hozzá, és fél térdre ereszkedett az ágya mellett.

– Barátom! Mi történt veled? Ki tette ezt? – kérdezte szörnyülködő hangon, ahogy rámeredt a Kapitány testén éktelenkedő mély sebekre.

Az idős asszony egyik kezében egy gyógyfőzettel átitatott rongyot tartva közéjük hajolt, és törölgetni kezdte Szyn sebeit. A fájdalomtól Szyn izmai összerándultak, de összeszorított fogakkal, ökölbe szorított kezekkel igyekezte tűrni a kezelést.

– Tudom, hogy fáj, de el kell lazulnia, uram! – szólt érdes hangon az asszony. – A gyógyszernek minél mélyebbre kell folynia a sebben.

Szyn, hogy figyelmét elterelje a fájdalomról, belekezdett a válaszadásba:

– Déliek voltak. Rajtaütés volt. Egy pillanat volt az egész. Más nem sérült meg, én voltam a célpont. Meglőttek. Összeestem. Aztán itt ébredtem. – Testében némileg csökkent a fájdalom érzete, ezért lassan ellazította az izmait.

Ennek láttán az asszony megcsavarta a rongyot, és belecsöpögtette a beleszívódott főzetet Szyn sebeibe. Ezután arrébb állt tőlük.

– Thén! – folytatta Szyn. – Kevés az energiám, ezért most jól figyelj rám! A harc jelenleg már csak a Toronyért folyik; a Város többi részének vége. Tudod jól... a Torony a szimbóluma mindannak, amit Holdkővárad az embereknek jelent. Már csak ez maradt. Egy módon lehet véget vetni a háborúnak: le kell rombolni a Tornyot. Már rég rájöttem erre, és számtalan alkalmam volt rá... de nem bírtam megtenni.

Thén, a te elmédet nem fertőzte meg a Város, te képes vagy rá! Mentsd meg az embereket, barátom!

– Rendben! Megteszem! Véget vetek a rémálomnak, ígérem! – vágta rá Thén.

– Csak egy módon tudlak segíteni. – Szyn hangja egyre halkult. – Parancsnok!

A parancsnok azonnal odalépett az ágy mellé.

– Igen, uram?

– A felépülésemig... Thén... a Kapitány.

A férfi megdöbbent a parancs hallatán, de természetesen engedelmeskedett Szyn akaratának:

– Értettem...

Ez Thén számára sem volt kis meglepetés, de igyekezett férfias magatartással viselni a váratlanul ránehezedett felelősséget. Szótlanul figyelte tovább Szyn egymás felé közeledő szemhéjait.

Szyn egy nagy levegővétellel még megismételte az egyik iménti mondatát, mielőtt elvesztette az eszméletét:

– Mentsd meg az embereket, barátom!

Az öregasszony odalépett Szynhez, és a homlokára tette a kezét.

– A fájdalom kimerítette a testét. Egy darabig nem fog magához térni.

– Kérem, továbbra is tegyen meg mindent a felépüléséért! – mondta Thén.

Az asszony biccentett egyet felé.

– Úgy lesz.

Thén a parancsnok kíséretében kilépett a szobából, vissza az előtérbe.

Ekkor a parancsnok felkiáltott:

– Testőrök! Szyn a felépüléséig Thénre ruházta át a Kapitány címet. Fogadalomtétel Thén Kapitánynak!

Az öt testőr azon nyomban kardot rántott, azok pengéjét függőlegesen a mellkasuk elé tartva harsogták egyszerre fogadalmukat:

– Lelkünk a Kapitányért! Szívünk a Kapitányért! Karunk a Kapitányért! Kardunk a Kapitányért! – Az utolsó mondat előtt fél térdre ereszkedtek Thén előtt. – Életünk a Kapitányért! – Ezután felálltak, és elrakták a kardjaikat.

– Nocsak! – mondta mosolyogva Leá.

Czio egy nagyot vakkantott és a farkát csóválta.

Ex odalépett Thénhez, és enyhén vállon veregette.

– Én az elejétől fogva tudtam, hogy egyszer eljön ez a nap.

Thénben csak ekkor tudatosult igazán a dolog: ő Holdkővárad Kapitánya.

– Parancsnok!

– Igen, uram?

– Teljesítsük Szyn kívánságát!

– Mik az elképzelései?

– A Torony a cél. – Thén egy rövid időre elgondolkodott. – Az egyetlen gyenge pontja a Tanácsterem; egy hatalmas üreg az egész. Magunkkal tudunk vinni annyi robbanóanyagot, amennyivel kirobbanthatjuk azt a szintet?

– Ejnye... várjunk csak! – vágott közbe Ex. – Csak nem azt akarod mondani, hogy le kell rombolnunk a Tornyot?

– Szyn szerint ez az egyetlen megoldás, és én egyetértek vele. Válaszút elé érkeztünk: a Város pusztuljon el vagy az emberek? Szóval... tudunk robbantani?

A parancsnok bólogatott.

– Megoldható. Viszont a Torony jelenleg a déliek kezén van. A bejutás nem lesz egyszerű. A trükkökből már kifogytunk. Erővel kell bejutnunk. Azt javaslom, támadjuk meg a Tornyot, a teljes haderőnket bevetve.

– Vagyis csatázzunk. Hm... Rendben, ha nincs más mód... Mikorra tudja felkészíteni az embereket?

– A leghamarabb... holnap délre.

– Jól van. Egyelőre tudjanak csak annyit, hogy el akarjuk foglalni a Tornyot! Szyn állapotáról tudnak?

– Nem. Csak az itt lévők.

– Ez se tudódjon ki! Nem tenne jót a morálnak. Az arcomat eltakarva fogok közéjük lépni.

– Értettem!

– Valamiért el kell mennem Phil régi házába. Reggel ott találkozunk!

Phil háza

Aznap este...

Thén Leá és Czio kíséretében belépett Phil házának előszobájába. A sötét, nyirkos kis helyiség valamelyest javított a csapat komfortérzetén, ahogy végre behúzódhattak valahova az odakint szakadó eső elől. A ház belsejét betöltő dohos, ázott fa szaga a rég nem karbantartott tető beázásáról árulkodott. Thénben ez a jellegzetes szag felébresztett néhány régi emléket. Kisgyerekként az esős napokon gyakran vendégeskedett a volt Kapitánynál. Phil olyankor általában mesés történetekkel szórakoztatta őt, amelyekre azóta is emlékszik.

Czio megrázta csuromvizes bundáját, amelynek tartalma mind bajtársaira szóródott rá. Aztán felnézett rájuk.

– Bocs!

Leá legyintett egyet.

– Ennél már akkor sem lennénk vizesebbek, ha fejest ugranánk egy tóba. Akkor... hol kezdjük?

– Szerintem... kezdjük a nappaliban – mondta Thén, miközben meggyújtotta a bejárat mellett lógó lámpát, amelyet aztán le is akasztott a helyéről.

Óvatosan kinyitotta a nappaliba vezető ajtót, és a lámpát maga előtt tartva benézett rajta. Látván a félhomályos, üres szoba közepén mocorgó sötét alakot gyorsan visszacsukta az ajtót, és Leá felé fordult.

– Erről már meg is feledkeztem... Még mindig működik a biztonsági hologram.

– És?

– Eleinte csak egy közönséges hologram volt. Aztán egyszer Phil figyelmeztetett, hogy nélküle lehetőleg ne jöjjek be, mert egy módosításnak hála a berendezés képessé vált ténylegesen sérülést okozni.

– Ez komoly? Amúgy nem azt mondtad, hogy itt nincsen semmiféle technológia?

– Pontosabban... csak nyilvánosan nincsen – magyarázkodott Thén. – A Védők vészhelyzet esetén használhattak néhány régről megmaradt titkos eszközt. Nekem is volt egy holovetítőm.

– Értem... Nos, akkor most mi lesz? – kérdezte Leá.

– Minden ilyen berendezést ki lehet kapcsolni, de a módját csak az ismeri, akit véd.

– De te elég jól ismered azt, akit véd. Talán te is ki tudod kapcsolni.

– Igen... talán. Oké, előremegyek.

Thén ismét kinyitotta az ajtót, és belépett a nappaliba.

A lámpás fényében valamelyest láthatóvá váltak a hologram testének részletei: a csupasz, fekete bőrű, négylábú szörnyeteg felállt, közben kinyitotta jó ökölnyi méretű, vörösen világító szemeit, amelyekkel egyenesen Thént kezdte bámulni. A feje egy kutyáéhoz hasonlított, leszámítva, hogy nem voltak fülei, hosszú pofája két oldalán pedig hosszú, éles fogak álltak ki. Az egész lény volt vagy három méter hosszú és olyan magas, mint egy átlagos magasságú ember. Szokatlan és ijesztő látványát hangos, hörgő szuszogása egészítette ki.

Cziónak minden szőre felállt a hátán. Kivételesen örült, hogy ezúttal nem ő van elöl a nála legalább hatszor nagyobb fenevaddal szemben.

– Ez már ránézésre sem túl szívet melengető – mondta Leá. – Légy óvatos!

Thén megfogta a kardja markolatát, és félig kihúzta a tokjából. Kíváncsi volt, hogyan fog reagálni erre a szörnyeteg.

Pontosan az történt, amire számított: a fegyver láttán a lény élesen visítva felállt a hátsó két lábára, majd visszaereszkedett, és hatalmasra nyitott szájjal üvölteni kezdett Thén felé.

Thén érezte magán a nyomást, de a tudata túl erős volt ahhoz, hogy elveszítse az önuralmát. Visszatolta a kardját annak tokjába, majd elengedte. Ettől a lény nyugodttá vált. Egy perc gondolkodás után félmosolyra húzta a száját. Úgy vélte, hogy rájött a megoldásra. Kardját tokostul kihúzta az övéből, és hátranyújtotta Leának.

– Fogd meg, kérlek!

– Jó ötlet ez? – kérdezte kételkedve Leá, miközben átvette a kardot.

– Bízz bennem!

Thén tett két lépést a szörny felé, de az nyugodt maradt. Lassan kinyújtotta felé az egyik karját, de nem történt változás.

– Igen... – mondta halkan. – Az előítélet... – Lassan lépdelt a lény felé, közben nyugodt hangon folytatta: – Mégis ki gondolna arra, hogy ne karddal közeledjen egy ilyen ocsmány teremtmény felé? – Megállt a szörny előtt. – Hanem ellenkező módon: gyengédséggel. – Egyik tenyerét ráhelyezte a lény jéghideg pofájának elejére, aztán lassan végigsimította a homlokáig. Erre az becsukta vörösen izzó szemeit, és visszafeküdt a földre.

Egy pillanatra mindhármukat egy erős villanás vakította el. A biztonsági hologram kikapcsolt. Ezután a nappali visszanyerte a régi kinézetét. Minden pontosan úgy volt hagyva, ahogy arra Thén emlékezett: a már rég nem használt kandalló, az az előtt álló asztal, a falak melletti szekrények... Minden úgy állt, ahogy négy évvel ezelőtt.

Leá és Czio beljebb léptek.

– Ezt gyorsan megfejtetted. Szép volt! – szólt elismerően Leá.

– Mindig legyen itt legalább az egyikünk! – mondta Thén.

– A berendezés aktiválódik, ha nem érzékel életjelet a szobában.

Kis szünet után folytatta:

– Felélesztem a kandallót, aztán átkutatom az itteni szekrényeket. Addig ti megnéznétek a hálószobában? Az a másik esélyes hely.

– Persze! – válaszolta Leá, majd Czióval együtt nekiláttak a kutatásnak.

Miután Thénnek sikerült begyújtania a kandallót, elkezdte átkutatni a nappaliban lévő szekrényeket, de a keresett holmit ott sehol sem találta.

Kis idő múlva Leá és Czio visszatértek hozzá. Leá egy kis ládát tartott a kezében.

– Thén! Azt hiszem, ez az. – Letette a ládát az asztalra.

Thén felnyitotta a láda tetejét, és belenézett.

– Igen... ez az. – Belenyúlt, és kiemelte annak tartalmát. A láda Phil egykori láncingét őrizte.

A páncél ragyogó csillogással töltötte be a nappalit, ahogy visszaverődött róla a kandallóban lobogó tűz fénye.

Nagy pillanat volt ez Thén számára. Mérhetetlen csodálattal nézte a ragyogó, híres láncinget. Ezt viselve ténylegesen Holdkővárad Kapitányának fogja érezni magát, amikor holnap kilép a csatatérre.

Phil háza
Másnap reggel...

Czio még hanyatt fekve, feldobott lábakkal horkolt, de társai már hajnal óta készülődtek. Leá már készen állt. Hosszú kardja mellé egy rövidebbet is felszerelt az övére, amelyet Phil fegyvertárában talált. A táborból való indulásuk előtt szándékosan nem rakott el magának lőfegyvert. Egy ideje már az volt a meggyőződése, hogy egy ravasz meghúzásában nincsen semmiféle önmegvalósítás.

Thén az ablak előtt állt, és egy élezőkövet húzogatott kardjának pengéjén.

– Reggel van. A parancsnok most már bármikor itt lehet – mondta egykedvűen, miközben az üres utcát bámulta az ablakon keresztül. – Ne feledd: nem az erős, aki képes megölni az ellenfelét, hanem az, aki megadja neki a lehetőséget a változtatásra. Kerüld a gyilkolást!

– Rendben – mondta Leá.

Van rá esély, hogy ez az utolsó lehetősége egy számára fontos ügy tisztázására, s ez arra késztette, hogy végre összeszedje a bátorságát. Már éppen belekezdett volna, de Thén megelőzte:

– Előfordulhat, hogy egyszerre több ellenféllel kerülsz majd szembe. – Befejezte az élezést, kardját a fal mellé állította, majd odasétált az asztalhoz, és rátámaszkodott. – Ilyen esetben a rövidebbik kardot is használd; gyorsabban és pontosabban tudsz vele... – Lehajtotta a fejét, és egy nagyot sóhajtott.

Leá odalépett mellé, és tenyerével végigsimította a hátát.

– Mi az?

Thén számára addig annyira természetes volt az, hogy maga mellett tudhatta Leát. Kényelemben volt a szíve. Viszont a jelenlegi helyzetük miatt tudatosult benne, hogy elveszítheti őt. Ez a tény előtérbe helyezte benne azon érzelmeit, amelyeket addig nem akart tudomásul venni. Bevallotta magának, hogy egész végig félt az újabb sérüléstől. Inkább elbújt a mesterszerep mögé, és szándékosan pusztán csak tanítványként tekintett Leára. Pedig ő az a lány, aki hozzá tartozik. Semmi értelme továbbra is ellentmondania ennek. Odafordult hát Leá felé, és így szólt:

– Leá! Én… félek. Nem akarlak elveszíteni.

Ez az első alkalom, hogy Thén meginogva áll Leá előtt. Most neki kell támogatnia őt. Az alkalom ezzel tálcán kínálja neki a lehetőséget az érzelmei kifejezésére. Rámosolygott szerelmére, arcát lágyan végigsimította.

– De hát tudod, hogy nem veszíthetsz el. Mi összetartozunk. Ezen semmi sem változtathat. Nincs mitől félned. – Átölelte Thént, homlokát az övének döntötte.

Thén viszonozta az ölelést. Elhatározta, hogy nem bujkál tovább, hanem teljes egészében átadja magát valódi énjének. Már nem csak emlékként élt benne közös múltjuk, hanem egybeolvadt a jelenével.

– Annyira vártam rád…

– Most itt vagyok.

Thén és Leá megcsókolták egymást. Szerelmük ismét beteljesült. Hosszú percekig szótlanul álltak összeölelkezve, elmerengve érzelmeik időtlenségén.

Végül a bejárat felől érkező hangos dörömbölés szakította ki őket a pillanatból.

Egy utolsó csók után kiváltak egymás öleléséből.

Thén felemelte a tekintetét, vett egy mély levegőt, majd így szólt:

– Itt az idő.

Toronyudvar
Aznap délben...

A csapat a főúton közeledett a Torony udvara felé, a csata vezetőinek gyülekezési pontjához. A parancsnok Exet küldte el értük, mivel őt a vártnál jobban lefoglalták az előkészületek. A fiú maga is katonaként fog részt venni a csatában. Mellkasára egy páncélt, a derekán lévő övre egy kardot szerelt fel. Thén Phil láncingére egy csuklyás palástot vett fel, arcát a szeme aljáig egy fekete kendő takarta el. Ahogy az úton haladtak, egyre több, a házak között várakozó katona tekintete szegeződött rájuk. A láncing láttán a legtöbbjükből hangos éljenzés tört elő, ők mind azt gondolták, hogy a Torony elfoglalásában Phil is részt fog venni. Sokak fejében még mindig ő élt úgy, mint Holdkővárad igazi védelmezője.

Thén és Leá reggel óta többször is a jelenük és a múltjuk összeolvadását tapasztalták: Thén a szeme sarkából gyakran mintha a barna hajú Susant és a kócos bundájú Gordont látta volna maga mellett menetelni, de amikor odanézett, Leá és Czio voltak ott. Ugyanezt Leá is többször átélte.

Észrevették a főút végén várakozó parancsnokot, aki éppen a csata vezénylésében segédkező tisztekkel egyeztetett.

– Minden érthető? – kérdezte a tisztektől.

– Igen, uram! – harsogták egyszerre.

– Akkor mindenki a helyére, és várjanak a jelzésemre!

A tisztek megfordultak, aztán futólépésben elindultak a csapataik élére.

A parancsnok Thén felé fordult, vetett egy pillantást a rajta lévő láncingre, aztán így szólt:

– Kapitány! Éppen most készültünk el mindennel. Ha megengedi, ismertetném az akció részleteit.

– Hallgatom – mondta Thén.

– A katonák a házak között várakoznak. Meglepetésszerűen fogjuk megrohanni a Tornyot. Önt és társait az első vonalak mögött, a testőreiből álló védelmi gyűrű közepén fogjuk eljuttatni a Torony bejáratához. Amikor bejutottak, a kinti csapatok körbe fogják zárni a Tornyot, ameddig önök elhelyezik a bombát odabent. Miután kijutottak, visszavonulunk, és robbantunk.

– Hm... Jó terv – mondta bólogatva Thén. – Hol van a bomba?

A parancsnok intett az egyik mögötte álló emberének, aki azon nyomban ott termett közöttük, kezében egy átlagos méretű zsákkal.

– Ez lenne az – mondta, miközben rámutatott a zsákra. – Könnyen szállítható és távolról vezérelhető. És persze nagyot tarol. – Odalépett a zsákhoz, és előhúzta a bombához tartozó távirányítót az azon lévő kis oldaltárolóból. – Ezzel lehet robbantani, akár a Város széléről is. A Tanácsteremen belül az oszlopok és a fal közé lenne érdemes elhelyezniük. Az a biztos.

– Világos – nyugtázta Thén a parancsnok magyarázatát. – Kéne valaki, aki csak a bomba szállításával fog törődni, hogy mi hárman a harcra összpontosíthassunk.

Ex nagy lendülettel lépett egyet előre.

– Én vállalom!

Thén pontosan erre számított, ezért egy pillanatig sem gondolkodott azon, hogy elfogadja-e Ex önként jelentkezését.

– Jól van, de akkor végig mellettünk kell lenned! Mindkét eszköznek velünk kell lennie arra az esetre, ha nem tudnánk kijönni.

– Értem!

– Van még valami, parancsnok?

– Részemről ennyi. A parancsára azonnal kezdhetjük.

Thén felnézett a Toronyra, és ekkor jött egy újabb összeolvadás: szemei előtt a Torony egy másodpercre átváltozott a múzeummá, amelyben régen az életüket vesztették. Behunyta a szemeit, s amikor kinyitotta, újból a Tornyot látta maga előtt.

– Leá, Czio! Készen álltok?

– Tőlem mehet – mondta Leá.

– Mindig, haver! Neked mindig! – mondta Czio.

– Parancsnok! – szólt Thén. – Vágjunk bele! Adja le a jelet!

– Igen, Kapitány!

A parancsnok megfordult, és teli tüdőből ordítani kezdett:

– Készülj!

Erre a házak között várakozó csapatok vezénylőtisztjei elkezdték házról házra továbbadni a jelet.

Phil a Torony erkélyének korlátja mellett állt, parancsnokai körében. Fekete maszkján keresztül figyelte a Torony felé közeledő csapatokat.

„Ezt a támadást nem Szyn indította. Azt megüzente volna" – gondolta.

– Az északiak támadásba lendültek. Kezdjék meg az ellenállást! Emellett minél hamarabb készítsenek egy elemzést! Derítsék ki, hogy mi a céljuk!

Thén és csapata a testőrökből álló védelmi gyűrű közepén tartották a lépést az előttük szélsebesen haladó csapatokkal.

Eleinte a léptek dübörgésén és a páncélok csörgésén kívül más nem hallatszott. Aztán a vezénylőtisztek egymás után kiáltottak fel:

– Jönnek!

Thén az égvilágon semmit sem látott maga előtt a hatalmas tömegtől, és ez meglehetősen zavarta.

Fél perc sem telt el, és jöttek az újabb kiáltások:

– Íjászok előttünk! Készülj!

Az elöl lévő csapatok valamelyest lelassítottak, a védelmi gyűrű pedig összeszűkült Thén és a többiek körül.

A távolban nyílvesszők emelkedtek fel a magasba, méghozzá annyi, hogy az ég egy részét szinte teljesen eltakarták. Egy ponton mintha megálltak volna a levegőben, aztán egyre növekvő sebességgel zuhanni kezdtek a Torony felé közeledő seregre.

– Pajzsot fel! – harsogták a tisztek.

A csapatok még jobban lelassítottak, a katonák maguk fölé emelték a pajzsaikat. A testőrök is felemelték a sajátjaikat, és esernyőszerű formában illesztették össze őket – így védve a Kapitányt és társait.

A nyílvesszők hatalmas, éles zajt csaptak, ahogy becsapódtak a fémből készült pajzsokba. A testőrök pajzsai között egy nyílvessző sem hatolt át, de az előrébb lévő csapatokban néhány katonából fájdalmas üvöltés tört elő. Számukra máris eljött a csata vége.

Ahogy véget ért a nyílzápor, mindenki leengedte a pajzsát, a testőrök szétszéledtek Thén körül, aztán futottak is tovább a Torony felé.

Phil még mindig az erkélyen állt.

Egyik parancsnoka szaladt ki hozzá a Toronyból, és megállt a háta mögött.

– Uram! A műszerek szerint nagy erejű robbanóanyag van a támadóknál, egészen pontosan a vonalaik mögötti védelmi gyűrű közepén. A seregük mozgásából és felépítéséből arra következtetünk, hogy a robbanóanyagot egy kisebb egységgel akarják bejuttatni a Toronyba. Ebből adódóan a céljuk a Torony lerombolása.

– Igen, ez elég egyértelmű – mondta Phil.

– Az erőink egy részét ráirányíthatjuk a védelmi gyűrűre, hogy megállítsuk…

– Ne! Túl nagy veszteséggel járna. Akkor könnyen a kezükre kerülhet a Torony. Ha robbantani akarnak, akkor a Tanácsterembe tartanak. – Phil pár pillanatra elmerengett, aztán szembefordult a mögötte álló férfival. – Küldjön egy feláldozható egységet az előcsarnokba, amely az övékét csak meggyengíti. Ha túlságosan megfogyatkoznának, akkor valószínűleg idő előtt robbantanának. Hagyjuk őket eljutni a Tanácsterembe!

A parancsnok túl kockázatosnak vélte a tervet, de nem mert ellenkezni Kapitányával, akit még a tűznél is veszedelmesebbnek ismert meg.

– Értettem, uram…

– Gyalogság előttünk! – üvöltötték a tisztek. – Kardot elő! Nyílhegy alakzat!

A katonák kardot rántottak, aztán a Torony bejáratával szemben lévő csapatok előrébb futottak, hogy felállítsák a nyílhegy alakzatot. A hátrébb elhelyezkedők igyekeztek mögéjük tömörülni, hogy biztosítsák az utánpótlást a nyíl hegyének.

Ezzel az alakzattal képesek lesznek gyorsabban behasítani magukat a Torony bejáratáig, utána szét kell feszíteniük az oldalaikon küzdő ellenséget, hogy a Kapitányt óvó védelmi gyűrű a lehető leggyorsabban juthasson el a Toronyhoz. Áldozatokat követelő módszer ez, de a kitűzött cél eléréséhez ez kecsegtet a legjobb esélyekkel.

Elöl iszonyatos üvöltések törtek fel, amelyekhez pár másodperc múlva kardok éles csattanásai társultak. Az északiak serege összecsapott a déliek seregével. A tempójuk ettől kissé lelassult, de a nyíl hegye folyamatosan egyre mélyebbre hatolt a déli csapatok között.

Újabb nyílzápor közeledett feléjük, de ezúttal sokkal kisebb szögben, szinte szemből. Ezt nehezebb volt észrevenni, többen túl későn reagáltak. Még a testőrök pajzsai között is átsüvített néhány nyílvessző, azok közül az egyik éppen csak pár centiméterre suhant el Thén feje mellett, aztán az egyik testőr combjába fúródott bele. A testőr felüvöltött fájdalmában, de nem állt meg, letörte a nyílvessző szárát, aztán tovább tartotta a lépést bajtársaival.

Egyre gyakrabban kellett haldokló vagy már halott katonákat átlépniük menet közben. Sokuknak nyílvesszők álltak ki a testéből, a többinek a mellkasát szúrták át vagy a fejét vágták szét. Bármennyire is volt erős bennük a késztetés, nem segíthettek rajtuk. Ha nem jutnak be a Toronyba, akkor ez a rengeteg áldozat mind hiábavalóvá válik. Ezt észben tartva igyekeztek tovább.

A nyíl hegye végül eljutott a Toronyig, így a csapatok elkezdhették két oldalra visszaszorítani az ellenséget.

A védelmi gyűrű előtt lassan szabaddá vált az út a Torony bejáratáig. Nekivágtak a nagy futásnak, de a sebesült testőr nem bírta az iramot, ezért kivált bajtársai közül, hogy becsatlakozzon a délieket visszatartó csapatokhoz. Nem akarta lassítani őket.

A kapuhoz érve megálltak. Az egyik testőr lassan benyitott a Torony előcsarnokába. Senkit sem látott odabent, ezért kézfejét előrelendítve jelzett a többieknek, hogy mehetnek. Egyenként gyorsan beslisszoltak, aztán visszacsukták a kaput – ettől a kinti csatazaj valamelyest eltompult.

Leá végignézett a kör alakú előcsarnok ajtóin.

– Biztos, hogy odatalálunk?

– Persze. A szemben lévő ajtó mögött van egy lépcső, amely egyenesen a Tanácsteremhez vezet – felelte Thén.

Aztán a testőrökhöz szólt:

– Jól van! Közel a cél, de legyünk résen! Nem hinném, hogy megússzuk ellenállás nélkül idebent.

Ahogy ezt kimondta, az előcsarnok túlsó felén ajtók vágódtak ki, és déli katonák tucatjai futottak ki rajtuk, karddal a kezükben.

– Sor alakzat! – adta ki a parancsot Thén, amelyet a testőrök azonnal végre is hajtottak. – Ex, maradj mögöttünk! Vigyázz a bombára!

– Jól van! – Ex visszahúzódott a falhoz, de elővigyázatosságból előhúzta a kardját.

A déliek lendületesen, szintén soralakzatban közeledtek feléjük.

Thén és két társa felálltak a sor végére. Megdöbbenve fedezték fel, hogy a feléjük közeledő katonák egytől egyig még náluk is jóval fiatalabb, tizenéves kölykök, akik valószínűleg azt sem tudják, miért küldték őket oda.

– Thén! – szólt Leá.

– Látom! Egyes kód! – kiáltotta Thén.

– Egyes kód! – adták tovább egymásnak a testőrök.

Az egyes kód annyit jelentett, hogy lefegyverezni, harcképtelenné tenni.

– Előre!

A két csapat üvöltve egymásnak szaladt.

A déliek alakzata szinte azonnal megtört. Erősek és fürgék voltak, de érződött a gyakorlatlanságuk. A testőrök mind egy szálig tapasztalt, erős férfiak voltak, akikkel szemben katonáknak öltöztetett gyerekeknek legfeljebb csak leheletnyi esélyük lehetett.

A déliek legalább kétszer többen voltak, de hullottak, mint az őszi falevelek.

Thén hirtelen három katonával került szembe. A hozzá legközelebb lévő vágása elől oldalast tért ki, azután leütötte a könyökével. A másik kettő egyszerre támadt rá. Egyetlen vágással megvágta a bal oldali katona kézfejét – amitől az elejtette a fegyverét – és félreütötte a jobb oldali kardját, eközben letérdelt, Czio felszaladt a hátán, és a jobb oldali katona torkának ugrott, s miután az kiterült, erős szorításával elkábította. Thén felegyenesedés közben megragadta a sebesült kezű kölyök lábát, és kirántotta alóla. A fiú esés közben beverte a fejét, azonnal el is ájult.

Leá egy kicsit távolabbra keveredett, de egyedül is jól boldogult. Támadója kardjával folyamatosan a fejét célozta, de ő ügyesen elhajolt a vágások elől. Azonban hamar megunta ezt az egyhangú táncot.

– A fejemet akarod, öcskös? – A következő vágás elől lehajolva tért ki, majd felhajlás közben előrelépett, és a rövidebbik kardját előrántva megvágta a katona arcát. – Előbb rakd rendbe a sajátodat! – A sebzett arcú fiú inkább menekülőre fogta.

Nem tellett sok időbe, és a déli csapat elbukott. Akik nem hátráltak ki az ütközetből, azok mind ájultan vagy sajgó testüket fájlalva feküdtek a földön.

– Szép volt! – kiáltotta Thén.

Tekintetével társait kereste a testőrök tömegében, de csak Leát és Cziót találta. – Ex!

– Itt vagyok! – visszhangzott Ex hangja a távolból.

Mindenki a hang irányába fordította a tekintetét, és ekkor észrevették a fal mellett ülő sebesült fiút. Lábai előtt egy halott déli katona feküdt a saját kiömlött vérében.

Thén odafutott hozzá. Ex az oldalát szorította, ujjai közül vér szivárgott. Letérdelt sebesült barátja mellé.

– A fenébe, haver! Mi történt?

– Ez az egy megkerült titeket, és nekem rontott. Tudom, mi volt a parancs, de amikor megvágott, bepánikoltam. Nem gondolkodtam, csak beleszúrtam…

– Jól van, oké… Semmi baj, mutasd a sebet!

Ex levette a kezét a sebről. Páncélja csak a mellkasát védte, a jó ujjnyi hosszúságú vágás az alatt, az oldalán érte. A vérzés miatt nem lehetett megállapítani a seb mélységét.

– Oké, tedd vissza! Szorítsd! El ne vérezz itt nekem!

– Parancsára, Kapitány! – Ex felnevetett, de ettől csak fokozódtak a fájdalmai. – A pokolba… Ne félts, Kapitányom, meglészek!

Thén felemelte a bombát, aztán a testőrök felé fordult.

– Lássák őt el és őrizzék a bejáratot! Én és Leá felvisszük a bombát. Ezeket a szerencsétleneket meg küldjék innen jó messzire – tekintetével a földön fekvő déliek felé bökött –, mihelyst talpra bírnak állni.

– Igenis! – ordították egyszerre a testőrök.

– Valakit kifelejtettél – szólt Czio.

– Nem. Czio, te maradj itt Ex-szel! A lépcsőkön úgyis csak lassítanál minket – mondta határozottan Thén.

– Jól van, cimbora, de aztán siess vissza!

Thén bólintott egyet, aztán Leával együtt elindultak a Tanácsteremhez vezető ajtó felé.

Czio Thén után kiáltott:

– Thén! – Amikor Thén megfordult, ennyit mondott neki:

– Sok szerencsét!

Thén előtt egy pillanatra megelevenedett a sikátor, amelyben Czio Gordonként mondta neki ugyanezt. Egy lélegzetvételnyi időre elmerengett, aztán így szólt:

– Kösz, haver!

A hosszasnak tűnő mászás után Thén és Leá feljutottak a Tanácsteremhez vezető széles csigalépcső tetejére. Ott már semmit sem hallottak az odakint dúló csatából, síri csend uralkodott.

A Tanácsterembe egy nagy, fekete kétszárnyú kapun keresztül vezetett az út.

Odabent, a tágas, ablakok nélküli helyiségben két oldalt vastag oszlopok tartották a mennyezetet, amelyek oldalán zöldes fényű kristályok világítottak.

A terem látszólag üres volt, ezért elindultak a vége felé.

Lépteik zaja hangosan visszhangzott.

Leá pár lépéssel Thén mögött haladt.

– Rossz érzésem van. A benti ellenállás… mintha nem is akartak volna megállítani minket.

– Ez kissé engem is zavar, de maradjunk összeszedettek! Csak letesszük a bombát a helyére, aztán itt sem vagyunk.

Az utolsó oszlop és a fal között volt egy nagyobb szabad terület. Odaérve Thén letérdelt, és lerakta a bombát a földre.

– Oké. Itt jó lesz.

Ha ott robbantanak, akkor a fal egy része és az oszlopok el fognak tűnni. Vagyis a Torony azon részén keletkezni fog egy hatalmas üreg, amelyen belül nem lesz semmi, ami megtartaná a felette lévő tömeg súlyát. A Torony egyszerűen csak ki fog dőlni, akár egy kivágott fa.

Leá az utolsó oszlop mellett állt, miközben Thén a bomba távirányítóját igyekezett kiszabadítani a zsák oldaltárolójából. Észre sem vette a mögötte lopódzó, hangtalanul felé közeledő alakot. Nem hallott semmit, de a hátán végigfutó hideg arra késztette, hogy megforduljon. Tekintete belemerült a rámeredő fekete maszkba, amely körül hosszú, ősz haj terült szét. A kardjáért nyúlt, de nem volt elég gyors. Phil kardjával átszúrta a testét a mellkasa és a válla között. A hatalmas fájdalomtól keservesen felsikoltott, és erejét vesztve összeesett.

Thén azonnal felugrott. Szíve majd kiszakadt a mellkasából. Úgy érezte, mintha testének minden egyes idegszála felizzott volna, ahogy ránézett fájdalmától szenvedő szerelmére. Fejében felvillant egy kép a múzeum irodájában fekvő halott Susanról. Tekintetét felvezette a Leá vérétől csillogó kardról a fekete maszkra. Fogalma sem volt, hogy kit rejthet, de abban a pillanatban ez nem is érdekelte. Szívét mérhetetlen harag és félelem töltötte be. Elméjében csakis egyetlen iszonyatos cél lebegett. Előrántotta a kardját, és rettenetes lendülettel, üvöltve indult meg Phil felé.

Kezdetét vette a vad és veszedelmes párbaj.

Thén és Phil úgy köröztek egymás körül, úgy vezették egymást oda-vissza, mint két egymással harcoló sas.

Egymás vívóstílusáról felismerhették volna egymást, de az indulataik túlságosan eltorzították a tudatukat.

Eközben Leá összegyűjtött magában némi erőt. Lassan felült, hátát az oszlopnak támasztotta. Sérülése közvetlenül nem volt halálos, de valahogy gyorsan el kellett állítania a vérzést. Épen maradt oldala karjával leszakította ruhája ujját, azt rátekerte a vérző sebre, majd mindkét végét megragadva erősen meghúzta – ami nem kis fájdalommal járt.

A két Kapitány kardja összecsapódott.

Phil látta ellenfele szemében a végtelen haragot. Eddig még senkiben sem tapasztalt ekkora erőt és lendületet. A sokadik perc után szinte már csak hárítani bírta Thén támadásait, kezdett fáradni. Kénytelen volt kihátrálni a küzdelemből, de Thén éppen csak egy-két másodpercnyi pihenőt hagyott neki. A fiú támadásai úgy csaptak le rá, akár a földre a villámok.

Thén észrevette ellenfele folyamatos gyengülését. Pár mozdulat után Phil kibillent az egyensúlyából, ezt kihasználva félrecsapta a kardját, és teljes erővel mellkason rúgta, amitől jó négy métert zuhant hátra.

Az ütődéstől Phil elejtette a kardját, amely aztán jó messzire csúszott tőle a simára csiszolt márványpadlón. Itt a vége. Teljesen kifáradt. Elvesztette a küzdelmet.

Amire feltápászkodott a térdeire, fáradhatatlan ellenfele már ott állt előtte, hogy befejezze a harcot.

Thén lenézett az előtte térdelő Philre, és a magasba emelte a kardját. Egy erőteljes vágással levágta az arcáról a fekete maszkot.

Phil felemelte a tekintetét. Arcát megvilágították a zöldes fényű kristályok.

Thén azonnal elejtette a kardját. Fején hátratolta palástjának csuklyáját, arcáról letépte a kendőt.

Megrettenve nézték egymást.

– Thén! – szólt akadozó hangon Phil. Csak akkor vette észre, hogy a fiú az ő egykori láncingét viseli.

Thén nem tudta, mit mondjon. Elborzasztotta a gondolat, hogy majdnem végzett Phillel. Nem szólt semmit, megfordult, és odaszaladt Leához.

– Leá! Tarts ki, kiviszlek innen!

– Annyira nem súlyos, de piszkosul fáj – mondta elfojtott hangon Leá. – Kérlek, most már tűnjünk innen!

– Jól van. Fel tudsz állni?

– Igen... azt hiszem.

– Hozom a távirányítót.

Thén megfordult, körülnézett, de Philt már nem látta sehol.

– Phil! – Nem kapott választ.

Odaszaladt a zsákhoz, és kivette a távirányítót az oldalából.

Fogalma sem volt, hogy mi lehetett ez az egész, de remélte, hogy később magyarázatot kap rá.

Leá hamar elfáradt lépcsőzés közben, ezért Thén a karjaiba véve cipelte őt.

Az előcsarnokban Ex áldozatán és a kapuban várakozó testőrökön kívül már senki más nem volt ott.

– Hol van Ex? – kiáltott oda Thén a testőröknek.

Az egyikük odaszaladt Thénhez.

– Nem állt el a vérzése. Ketten közülünk elindultak vele visszafelé. A társa is... Czio is velük tartott.

– Jól van. A bomba a helyén van. Adják le a jelet a visszavonulásra!

– Igenis! Viszont odakint nem a tervnek megfelelően alakultak a dolgok. A csapatoknak nem sikerült körbezárniuk a Tornyot. Megrekedtek a kapu körül. Csak az egyenes fal romjainak takarásában távozhatunk, a csapatok támogatása nélkül.

– Akkor ne álljunk itt tovább! Indulás!

Miután kirohantak a kapun, a testőrök ismét körülvették Thént és Leát. Egyikük a zsebéből előhúzott egy rúd alakú tárgyat, letörte a végét, és felemelte a magasba. A tárgy letört vége erős fénnyel felizzott, aminek láttán a körülöttük harcoló csapatok elkezdtek utat törni maguknak visszafelé.

A déli csapatok addigra már az udvar nagy részét elfoglalták, ezért Thénnek túl kockázatos lett volna az északi csapatokkal tartania. Elindultak hát az egyenes fal romjai felé, abban bízva, hogy a magas törmelékkupacok között észrevétlenül visszajuthatnak a házakhoz.

Ötszáz métert sem tettek meg, amikor észrevették, hogy az északi és a déli oldal felől ellenséges csapatok közelednek feléjük.

– Észrevettek minket! – kiáltott fel az egyik testőr. – Csapatok közelednek két oldalról!

– Hányan? – kérdezett vissza Thén.

– Túl sokan. Kapitány, attól tartok, egyedül nem fogunk bírni velük.

– Mi a helyzet a mieinkkel?

A testőr gyorsan felmászott egy kisebb törmelékkupac tetejére, hogy szemügyre vehesse az északi csapatok mozgását.

– Elakadtak. Körbevették őket.

Thén megállt, és letette Leát a földre.

– Most mit tegyünk? – kérdezte kétségbeesett hangon a lány.

– Robbantáshoz készülj! – ordította Thén.

Leá Thénre meredt.

– Túl közel vagyunk…

– Tudom. – Thén elővette a bomba távirányítóját, és felnyitotta az azon lévő előlapot. – Leá! Lehet, hogy ismét itt a vége.

Leá megfogta Thén kezét.

A déli csapatok dübörgő léptei egyre hangosabbá váltak körülöttük.

Thén megnyomta a távirányító gombját.

Egy másodperccel később az iszonyatos erejű robbanás egy hatalmas darabot repített ki a Torony déli oldalából. Ennek hatására a csatazaj azonnal megszűnt. Az addig egymással küzdő katonák mind a Toronyra emelték fel a tekintetüket.

Ahogy a Tanácsterem fala és a tartóoszlopok eltűntek, a Torony északi falára akkora teher nehezedett, amelyet önmagában nem bírt megtartani. Az északi fal hangos recsegéssel-ropogással több ponton megrepedt, majd onnan felfelé az egész Torony fokozatosan gyorsulva dőlni kezdett a déli oldal felé.

A katonák fejvesztve menekültek a kidőlő Torony közeléből.

Thén ismét a karjaiba vette Leát.

– A déli oldal felé dől! Még megcsinálhatjuk! Futás!

A talpuk alatt remegő talajon nem volt könnyű a haladás, de igyekeztek minél távolabb kerülni a darabokra hulló monumentális építménytől.

Amikor a Torony becsapódott a földbe, a remegés legalább tízszer erősebbé vált.

Abban a rengésben Thén nem volt képes tovább haladni.

A magasba felpattant törmelékdarabok esőként hullottak vissza rájuk. Az udvaron menekülő katonák közül sokakat halálos találat ért. A testőrök közül néhányan szintén holtan estek össze a fejüket bezúzó kődarabok miatt.

Thén karját eltalálta egy kisebb darab kő, így nem bírta tovább tartani Leát. Letette őt a földre, aztán fölé hajolt, hogy a testével védje.

A Torony egy nagyobb, hófehér darabja csapódott be egy közeli szekrénybe, amitől az darabokra robbant szét. Az egyik majd' ökölnyi méretű fadarab egyenesen Thén feje felé tartott a levegőben.

– Vigyázz! – kiáltott fel Leá.

Ha Thén nem nézett volna fel, akkor az a darab fa talán egyszerűen csak elrepült volna a feje felett. Nem érzett semmit, egy pillanat alatt minden elsötétült körülötte.

– Thén! – hallatszott tompán Leá hangja. – Hallasz?
– Kapitány! Uram! Ébredjen! – szólt a parancsnok.
Thén lassan kinyitotta a szemeit. Kissé homályosan látott és szörnyen fájt a feje. Leá és a parancsnok térdeltek mellette.
– A fejem... Te jó ég... – Lassan felült.
– Valami eltalált, egy ideig eszméletlen voltál – mondta Leá.
– Valami rémlik... Mi történt? Mi van a csapatokkal?
Az addig komor parancsnok arcán végre derű látszott.
– A Torony ledőlése után visszavonultunk. A déliek is. Vége a harcnak, sikerült! Megcsinálta, Kapitány!

Holdkővárad

Egy héttel később...

Nagy volt a nyüzsgés a déli oldal termőföldjein. A végső csata után életben maradt alig negyvenezer emberből ötezren várakoztak arra, hogy elindulhassanak a számukra még ismeretlen világba. Mostanra már mindenki tudta, hogy mi is történt azon a bizonyos napon. Megtudták, hogy Thén, a háború előtt eltűnt Városvédő volt az, aki lerombolta a Tornyot, hogy ezzel megszabadítsa őket Holdkővárad illúziójától és megadja nekik a lehetőséget a felszabadulásra. Ezek után nem meglepő, hogy a Várost elhagyók az új közösséget védelmezők vezetőjének ismerték el őt. Olyan embert láttak benne, akire számíthatnak, ha a jövőben ismét a vész fenyegetné őket.

Thén a földek és a házak közötti széles úton várakozott. Örömmel telt szívvel figyelte az embereket. Nem gondolta, hogy ilyen sokan követni fogják.

Tőle nem messze Cziót éppen három kisgyerek „kezelte". Egyikük a fejét vakarászta, a másik kettő – hangos kacajokkal kísérve – a mellkasát és a hátát borzolta.

– Ti aztán tudjátok, mi kell egy magamfajta fickónak! A füleimmel mi lesz?

Négyévnyi háború ide vagy oda, Emma néni ugyanolyan jó kedéllyel nevetgélt barátaival, mint azelőtt.

Szyn a hozzá továbbra is hű emberei körében állt a várakozók között. Bár még nem volt ereje teljében, azért vállalta a hosszú utat.

Ex a volt Kapitányt körülvevők mellett állt mankójára támaszkodva, családját magához ölelve.

Egy kicsivel odébb Szyli állt társával. Karjaiban gyermekét tartotta.

Thén és Szyli tekintete összetalálkozott.

A lány rámosolygott családja megmentőjére.

Thén biccentett egyet feléjük. Látta, hogy boldogok egymással, és ennél több nem is kellett neki. Abban a pillanatban fedezte csak fel, hogy szíve végre megszabadult a hosszú éveken át ránehezedő tehertől. Hálás volt az életnek a találkozásukért, hiszen Szyli által fedezhette fel, hogy tartozik valakihez. Ha ő nincsen, akkor ezen életében talán nem talált volna vissza valódi énjéhez és igaz szerelméhez.

Oldalról Leá és a parancsnok közeledtek Thén felé.

Leá sebe szépen gyógyult, azon a reggelen vették le róla a kötést.

Megállt a fiú mellett, és átkarolták egymás derekát.

– Nos, milyen? – kérdezte Thén.

Leá megmozgatta az oldalát. Már alig érzett valamit, komoly fájdalmai nem voltak.

– Megteszi.

Végignézett az előttük álló embertömegen.

– Ejha… ők mind jönnek?

– Igen – válaszolta Thén.

– És… a többiekkel mi lesz?

– Sajnos vannak olyanok, akiken nem segíthetünk. Bármilyen lehetőséget is kínáljon fel nekik az élet, ők nem akarnak kiszabadulni azon világból, amelybe magukat zárták. Ezt el kell fogadnunk. Ők itt maradnak… gondolom.

Thén ez után a parancsnokhoz szólt:

– Parancsnok!

– Igen, uram?

– Már… nem kell így szólítania.

– Tudom.

– Szóval… megtalálták Philt?

– Sajnálom, uram… attól tartok, nélküle kell…

– Jól hallottam, engem keresnek? – zengett mögülük az érdes hang.

Mindhárman megfordultak. Phil állt előttük egy rongyos, csuklyás öltözékben.

A parancsnok azonnal térdre ereszkedett Phil előtt.

– Kelj fel, barátom! Én már csak egy öregember vagyok – mondta Phil.

Aztán Thénre nézett.

– Fiam… ami a Toronyban történt…

– Phil, már mindent tudok – vágott Phil szavába Thén. – Szyn mindent elmondott. Nem kell magyarázkodnod. Tudom, hogy minden cselekvéseddel az embereket akartad óvni a kipusztulástól. Nem féltél drasztikus eszközökhöz nyúlni, e nélkül nem ment volna. Megtetted a magadét.

– Hát… igen, végül is igaz. Tudod… én is ismertem a megoldást, de én is túl gyenge voltam ahhoz, hogy megtegyem. Féltem a korlátok nélküli élettől. De te nem. Amikor felismertelek odafent, egyből tudtam, hogy félre kell állnom.

– Most már vége.

– Igen.

Phil Leára nézett.

– Mondd csak, kedves, számíthatok arra, hogy valaha is megbocsátasz nekem?

– Hitből cselekedett, és emiatt tiszteletet és megértést érdemel tőlem – mondta Leá. – Még akkor is, ha nem volt valami kellemes az első találkozásunk.

– Köszönöm! Mindkettőtöknek köszönöm!

– Köszönd meg azzal, hogy velünk jössz! – mondta Thén.

– Ó, fiam… – Phil lehajtotta a fejét. – Nekem már régóta a bűnhődők között van a helyem. S most, hogy elfogytak a feladataim, megkezdhetem… a vezeklésemet, hogy egyszer majd megtisztulva távozhassak innen. Sajnálom, de én itt maradok.

Hosszas hallgatás következett.

Thénben tudatosult, hogy el kell búcsúznia Philtől. El kell búcsúznia attól az embertől, aki már a születésekor is vele volt.

Egy pillanatra meglátta maga előtt Phil valódi énjét. Felismerte őt az előző életéből. Már akkor is ő volt az, aki a szárnyai alá vette őt és segítette az Ősi Lovagok Útjára való visszatérésben. Ő volt az Akadémia Mestere. Ezek szerint sosem kell elbúcsúzniuk egymástól.

Odalépett Philhez, hogy még egyszer megszorítsák egymás jobbját. Nem tudta, mi lenne a leginkább odaillő szó, ezért inkább hagyta, hogy a szíve beszéljen:

– Remélem, minden tehertől képes leszel megszabadulni, és hogy megleled majd a békédet.

Phil Thénre mosolygott.

– Vigyázz... magatokra, fiam! – Végül megfordult, és megfáradt tempóban elindult az összedőlt Torony romjaihoz vezető főúton.

Thén sokáig figyelte őt. Egészen addig, amíg Phil el nem tűnt Holdkővárad házai között.

Letörölte az arcán folyó könnycseppeket, aztán visszafordult Leá és a parancsnok felé.

– Parancsnok!

– Igen, uram?

Thén visszafogottan felnevetett. Jobb lesz, ha a jövőben meg sem próbálja leszoktatni erről.

– Indulhatunk! Irány Óváros!

EPILÓGUS

Légy bátor, merj elindulni!
Tanulj, maradj az Úton!
Légy erős, tarts ki a viharban!

Dél-Óváros
2735. augusztus

Dél-Óváros I. kerületének épületeit és utcáit ismét virágzó élet töltötte be. A letelepedők érkezését követő két év alatt – a táborlakók segítségével – sikeresen felújításra került annyi épület, amennyi mindenkinek otthont adhatott. Az emberek békében és boldogságban éltek az új világban. Kialakult egy új társadalom.

Thén Kapitány Dél-Óváros egyik forgalmas utcáján sétált a nyári melegben. A közelében haladó emberek tisztelettel köszöntötték őt, néhányan még oda is léptek hozzá, hogy kezet rázzanak vele.

Leült egy padra, és hosszú percekig csodálta a késő délutáni napfényben ragyogó épületeket.

Tekintete egyszer csak egy neki háttal álló hosszú, ősz hajú öregemberen akadt meg. Sokáig figyelte és várta, hogy felé forduljon. Feléledt benne egy halvány remény aziránt, hogy talán Philt látja.

Az első egy-két évben gyakran esett meg vele ugyanez. Akkoriban mindig odaszaladt kiszemeltjeihez és megszólította őket, hogy megbizonyosodjon kilétükről. Ám mindannyiszor csalódnia kellett. Titokban gyakran kívánta az élettől, hogy egy nap Phil bukkanjon fel közöttük, és maradjon velük a hátralévő napjaira. Viszont közben azzal a gondolattal is igyekezett megbarátkozni, hogy ezen életükben ez már nem fog megtörténni. Hiányzott neki Phil.

Az öregember végül megfordult, de nem Phil volt az.

Thén az ilyen alkalmakkor mindig arra gondolt, hogy egyszer talán ő is ugyanazt fogja jelenteni valakinek, amit neki Phil jelentett, s azt a valakit végül majd neki is el kell hagynia. Gondolatban ezt az elképzelt személyt próbálta vigasztalni, ennek köszönhetően legtöbbször saját maga is vigaszra lelt.

Valaki a háta mögül előrenyúlt a vállai felett, és tenyereivel letakarta a szemeit.

– Na, ki vagyok? – szólalt meg egy női hang.

Thénnek nem kellett találgatnia.

– Juliha! – mondta derűs hangon.

A lány leült mellé. Ragyogó mosollyal nézett rá.

– Mi a helyzet, Kapitány uram?

– Itt minden rendben. Veled mi újság? Megy a munka?

– Hát... Zeymouss az őrületbe kerget, mint mindig. De amióta átköltözött ide a táborból, még az eddigieket is felülmúlja. Naponta legalább három új projektbe kezd bele. Már meg sem próbálom követni.

– A letelepedés tényleg felvillanyozta. Új lehetőségek, új tudományos kihívások... Ez itt most az ő kis mennyországa. Na de, ha már így áll a dolog, azt javasolnám, hogy hordjon sisakot, amikor együtt dolgoztok.

– Jó ötlet! Nem kéne annyira visszafognom magamat.

– Igen, erre gondoltam.

Mindketten jót nevettek.

Juliha előhúzta a táskájából azt a könyvet, amelyet Thén négy éve bízott rá, és odanyújtotta neki.

– Azt hiszem, ezt már visszaadhatom.

– Ó, igen. – Thén átvette a könyvet Julihától. – Már majdnem megfeledkeztem róla.

– Nem nyitottam ki. Azt akartam, hogy te mesélj arról, ami benne van.

– Az hosszú mese lesz. De ha szeretnéd, egy nap belekezdhetünk.

– Már alig várom.

Juliha megsimította Thén vállát.

– Visszamegyek. Várnak a további teendők.

Thén bólintott egyet.

– Vigyázz magadra, Kapitány uram!

– Te is, drága! Te is!

Juliha felállt Thén mellől.

– Holnap számíthatunk rád? – tette fel gyorsan a kérdést Thén. – A letelepedés évfordulóját fogjuk megünnepelni.

– Hát persze! Egy olyan percet sem hagynék ki, amelyet veletek tölthetek.

Juliha még egyszer rámosolygott Thénre, aztán elindult, de pár lépés után a homlokához kapva megfordult.

– A helyedben ellátogatnék a II. kerület nyugati szélére.

– Miért? – kérdezte Thén.

– Mondom, a helyedben elmennék oda. Akár most azonnal. – Juliha kacsintott egyet, aztán távozott.

Thén egy pillanatra felhúzta az egyik szemöldökét, aztán egy percig még tovább szemlélte a nyüzsgő várost.

Lenézett az ölében heverő könyvre. Felnyitotta az utolsó bejegyzés utáni üres oldalon. Öltözéke belsejéből előhúzott egy tollat, majd írni kezdett:

2735. augusztus

Nem volt könnyű, de visszatértem az Útra. Persze a megpróbáltatásaimat nem teljesen egyedül kellett kiállnom. Igaz társam, aki egyben igaz szerelmem is, Leá, és hű barátom, Czio, végig velem voltak. Mindig is velem voltak. Mindig is velem lesznek.

A dolgok újból rendbe jöttek, de tudom, ez nem lesz mindig így. Igaz, az emberek megfeledkeztek védelmezőikről, már rég nem tudják, kik vagyunk, de mi itt vagyunk, és itt leszünk, amikor újból fenyegetni kezd a veszedelem. Újból és újból fel fogjuk venni a harcot mindazzal, ami az élet ellen való, és irgalom nélkül sújtunk majd le rá.

A nevem Thén. Dél-Óváros Kapitánya vagyok. Visszatértem.

Thén becsukta a könyvet.

Fejét hátradöntve felnézett az égre. Figyelte a felette szálló felhőket.

Behunyta a szemeit, és elmosolyodott.

Egy erősebb fuvallat félresodorta öltözéke felső részét. Az alól előcsillant az ezüstös színű láncing. Thén lehajtotta a fejét, majd tenyerével végigsimította a nemes páncélt.

Egy ideig még tűnődött a körülötte lévő mesés világon, aztán felállt, és elindult.

Thén a Dél-Óváros I. és II. kerületét elválasztó széles úton haladt.

Eleinte sejtelme sem volt, hogy mit is kell keresnie, azonban egy magasabb házon túljutva annak takarásából előtűnt az a bizonyos épület, amelyet felismerve azonnal minden világossá vált számára: az étterem állt ott. Nem látomás volt, tényleg ott állt.

Thén hangosan felnevetett. Csípőre tett kezekkel megrázta a fejét.

Odament, és a nagy, gömb alakú fémkilincset megragadva kinyitotta az étterem kétszárnyú kapuját.

A díszes előtéren át belépett a belső térbe. Odabent minden úgy volt berendezve, mint régen: a terem végében, az üres színpad előtt a kis táncparkett és a hosszú asztal állt.

Az egyik oszlop mellett, pontosabban amellett a bizonyos oszlop mellett Leá állt.

A színpadi hangszórókból közös zenéjük csendült fel.

Leá megfordult, és Thénre nézett.

– Na, mit szólsz? – kérdezte széttárt karokkal.

Thén alig tért magához.

– Nem tudom, mit mondjak…

– Egy kis meglepetés.

– Kis? – Thén közelebb lépett Leához.

– Megtaláltam a régi képeken. Azonnal tudtam, hogy újra fel kell építeni. Szinte a pontos mása.

– Lenyűgöző!

– Akkor... – Leá kinyújtotta az egyik kezét Thén felé. –...felkérhetem egy táncra, Kapitány?

Thén megfogta Leá kezét, és magához húzta őt.

Átölelték egymást, és egymásra mosolyogtak.

Onnantól kezdve nem volt szükségük szavakra. Testükkel együtt a lelkük is összeért.

Belefeledkezve az időtlen boldogságba és szerelembe, összeölelkezve ringatóztak – ahogyan régen.